亦舒作品

亦舒

-作品-

07

幸运星

湖南文艺出版社
HUNAN LITERATURE AND ART PUBLISHING HOUSE
博集天卷
CS-BOOKY

幸运星

目录

幸运星，

壹·

过了廿一岁，人人都明白，
家人朋友只能帮你那么多，
一切靠自己挨过。

开头，是痛。

痛到晚上睡不着，只得服食镇痛剂。

无效。

然后，发现淡绿色分泌，无臭，但浓稠。

这时，一个月已经过去。

年年忐忑地去找医生。

王医生是熟人，让她脱去上衣检查，一看，脸色即变，抬头，警惕眼神与病人接触，年年立刻明白有事，她咳嗽一声。

医生叫病人躺下，细细检视，按下胸脯，年年皱起眉头。“痛？”“是。”乳房已经红肿发胀。

医生唤进看护：“做全套检查，并致电易医生定最快时间。”

看护立刻戴上手套替年年抽血检脓，以及造影。

病人如此年轻。

而且貌美。

站起之际，身段苗条，如香艳杂志中间拉页美女，处处恰恰好，不过分。

看护心酸。

“马上把样板拎到化验所。”

年年坐着不出声。

王医生说：“你今年廿四岁。”

“是。”

“发现不妥有多久？”

“一个月。”

“不止一个月了。”

“约夏季吧，游泳回来淋浴，左胸有小小硬块。”

“为何不早警惕？”

年年还没来得及回答，看护进来：“易医生此刻有一小时空档，让病人立刻到诊所。”

年年抬头：“这是午膳时间。”

“易医生诊所就在楼上，我亲自陪你。”

“我——”

“穿上衣服，立刻！”

王医生气恼，病人仿佛还不知情况危急。

年年被押着乘升降机到顶楼易医生诊所。

一走进去，便推开写着肿瘤科的玻璃门。

另外一个女医站起：“是年小姐，请坐。”

一直还算镇静的年年这时双手忽然颤抖。

她最害怕的事终于发生。

王医生一直用她的宝贵时间陪着病人。

“病历如何？”

“非常健康的女青年，每年都来我处检查。”

“上次体检应是何时？”

“六月。”

“这是说，肿瘤在八九个月时间迅速蔓延，来势汹汹。”

“防不胜防。”

两个医生讨论的语气，年年不过是个病历样板。

“年小姐母亲亦是我病人。”

易医生知有下文：“啊。”

“年太太病发在三十二岁，医治无效，两年后辞世。我已紧紧为鉴，留意遗传可能，岂知——”

年年双手抖得更厉害。

易医生打开一格抽屉，那原来是小小酒吧间，里头放着许多各式各样的小小样板酒，她拧开一支威士忌，打开冰箱，取出冰块，加入杯中，递给病人：“喝一口。”

这是第一杯。

年年往杯里看去，冰块非圆非方，而是最早电子游戏机打怪兽里那些天外来客的形状。

她不禁微笑，喝一口，酒入愁肠，四肢放松。

易医生说：“不要怕，你还年轻，肿瘤科拥有许多崭新科技。”

年年点头。

这已是一年前的事了。

一年后的今日，吃尽万苦，掉光了的浓发长回，像刺猬，皮肤受化疗影响变得粗糙，她还失去百分之七十的味觉。

这些，都还不重要。

她已摘去双乳，剩下两道疤痕。

不过，她活着。

而且，继续工作。

未婚夫青山陪她走过千辛万苦这一年，不止一次伏在她胸前流泪："蛋，我陪你一生一世。"

年年不出声，咬紧牙关死忍，希望没有人揶揄她厚着脸皮不愿轻生。

每次到易医生处，看护都为她斟一杯琥珀色威士忌，加上趣怪怪兽形状的冰块。

一次，青山在玩具店看到这种软塑料冰块模子，高兴之极，买下半打送给爱人，又搜购某酒庄里所有庄尼走路黑牌威士忌[1]样板。

年年感激得说不出话，像个孩子般抱着青山，长久不放。

在这一年多，她渐渐变得沉默。

需要咬紧牙关屏住气活命，还怎么说话。

上司说："年，你不必挺着上班。"

教授指出："随她去，反正上下班时间不定，免得她在家胡思乱想。"

年年发觉写报告也要极大体力，像苦力抬重物一样，

---

[1] 庄尼走路黑牌威士忌：又译为尊尼获加黑方威士忌（Johnnie Walker Black Lable）。

没有精力，按键忘字，无以为继，只能托着头懊恼。

她想起青山第一次把她带回家的情况。

那一天，她什么也没准备，也没打扮，白衬衫卡其裤。青山本来说好去码头看远航的高桅帆船，小跑车忽然一转，到了陆宅。

那是一幢小小独立洋房，在本市来说，只得富翁才住得进去。她一直知道陆家环境不错，却不料富裕到如此程度。

她有点意外。

门一打开，大厅传出欢呼："陆青山回家了。"

可见青山不住家里。

两个花枝招展的年轻女子迎出，看到年年，忽然愣住，她俩听说兄弟这次的女友相貌标致，却料不到好看到这种地步。

怎么说呢，那是一种不落俗套活生生的秀美，她容长脸蛋，皮子雪白，两颊晒得微红，浓眉长睫，小肿嘴，身段高挑，齐青山耳边，衣衫虽然宽松，但也看得出胳臂是胳臂，腰是腰，还有，高耸胸部。

大小姐低声说："整个人像意文艺复兴时代画家鲍蒂

昔利[1]的维纳斯。”

只有二小姐听到颔首。

“年小姐快进来坐。”

说这话的是陆太太。

青山拉着女朋友说：“妈，我来介绍年年，家母，以及刁钻的自小叫我吃苦的大姐彤云及二姐紫杉。”

年年连忙鞠躬愉快称呼。

那陆太太上下打量，喜从心发，这可谓是青山历年最登样的女朋友，如此朴素自然可爱。

年年见三母女在家都穿戴整齐，只觉自身太随便，只得以笑脸搭够[2]，脸容更显得无比甜美。

大家围住客人坐下。

“与青山一起多久？”

“一年左右。”

“认定是对方没有？”

青山肯定地答：“一定是年年。”

---

[1] 鲍蒂昔利：又译为桑德罗·波提切利（Sandro Botticelli），原名亚历山德罗·菲利佩皮（Alessandro Filipepi），15 世纪末意大利画家，早期佛罗伦萨画派代表人物。

[2] 搭够：指补救。

“家里有什么人，做事还是读书？”

“年年已获硕士衔，她读社会人文两科，此刻帮系主任做研究报告，支取津贴。”没提家有何人。

陆太太这次才信任儿子眼光，越来越欢喜，忽然把手上一只戒指脱下，握着年年的手，套到她左手无名指上：“哟，尺寸刚刚好，这是阿姨的见面礼，别脱下。”

彤云与紫杉两姐妹一见，眼珠瞪出，这枚珍贵蓝钻戒指她俩不知猴了多久，每年生日都套母亲送出，无效，今日老妈自动奉献，被那小女孩得了去。

啊，万事都讲缘分。

彤云说：“啊，三弟订婚了。”

年年飞红面孔。

紫杉说：“我立刻相帮替你们看新房。”

这么快，年年问自己：“你情愿吗？”

情愿，一百个情愿。

每朝醒转，她都开心咧开嘴笑，因为她听到青山在电话叫醒她：“鸡蛋，快起身。”

他叫她鸡蛋，或简称蛋。

不多久，年年一次表现，令得陆家更加疼爱她。

那一日阴雨，原来彤云已经怀孕，身形未露，四肢却有点浮肿，她又不听话，不肯放弃高跟鞋，走路时忽然一滑，眼看要跌倒，众人都惊得呆了，保姆尤其失色，幸亏年年不顾惜自身蹲下抱住孕妇双腿，彤云借到力站稳，但年年却因此跪倒马路，泥水溅身。

青山连忙扶起，只见她脸上都有泥浆，心疼，年年却还关怀他人："大姐没事啊。"

陆太太连声赞道："这孩子奋不顾身帮人，好心肠。"

彤云让名牌服装店送了十多套衬衫西服做谢礼。

年年双膝摔得紫瘀，几个星期不散，然后变得黄肿，痊愈缓慢。

她开始疑心，但不出声。

陆家替他们选了二千平方呎[1]背山面海住宅公寓，过户时陆太太问："怎么不约年先生夫人给我们相见？青山，你办事不力。"

青山忽然说："他们移民外国。"

年年当下不发表意见，事后说："虽说天国也是外国，

[1] 呎：指英尺。

这事却不能久瞒。”

“对不起。”

“为什么不直说明：家母早已病逝，家父再婚，另有家庭，不再联络。”

“蛋，我会补偿你。”

“很少人有你那样十全十美的家庭，一个人成年后总得靠自身努力。”

“我家也很复杂。”

“可要申诉？”

“我也早已放下，正如你说，廿八岁高大健全男子还到处投诉祖宗太公吗？我娶的是你，你嫁的是我，两人盈亏自负，是否白头偕老看咱们的了。”

“喏，这话是你说的。”

话虽然这么讲，住所家具还是由家长支付。

年年从未见过陆老先生，人家不说，她也不问。

她认识青山也已经足够。

所知不多，有点像盲婚，日后才逐渐了解。

一日，紫杉好奇：“年年说来听听，你在大学写些什么报告。”

“最近一篇，是写‘人类组织帮会有何意义’。”

“啊。”

“别误会净是江湖组织，其实，有史以来，追溯到上古尼安陀[1]时期，凡事已有组织，人是群居动物，村、镇、市，都由此发展，会所众多，群策群力，各种嗜好、运动、职业，都有组织，有些规模庞大，会员众多，像美国的互助会，成员包括多届总统，还有各国神秘帮会，华裔最多。”

年年微笑，不再说下去。

紫杉说：“也许，人类太寂寞。”

青山进来听到，这样说：“所以你吱吱喳喳说个不停。”

紫杉扑上双手大力拧青山双颊，姐弟玩起来极乐，年年羡慕他们友爱亲爱。

“好了好了，叫年年笑话。”

他们一家人都漂亮，三母女，唯一担心的是发胖，“水都不敢多喝”“多吃一块糕立刻重五磅”“都饿死在这里”“唉，长期挨饿，每夜肚皮咕咕声与我议论”……

---

[1] 尼安陀：又译为尼安德特人（或尼安德塔人），远古人类的一个分支，大约 12 万年前到 3 万年前居住在欧洲及西亚，因其化石发现于德国尼安德特山谷而得名。

换句话说，陆家似没有烦恼。

结婚日期与蜜月地点都已订妥，未婚夫妇已迁入新屋同居，年年发现胸脯有硬块。

当然只得暂停一切，救活性命再说。

这一年时间，陆家对年年不离不弃，加倍呵护。

陆太太让人做了各式各样鲜美汤羹给年年食补，尽管年年食不下咽，频频呕吐，她不厌其烦。

彤云夫家是医生世家，介绍最好医务给她，用标靶治疗[1]，负责一切费用。

但头发还是掉光，新长的毛毛半黑半白，口腔敏感，口齿发肿不清。

终于，走到最后一步，割除祸患，杀退癌魔。

“Remission！”[2]医生欢呼。

作为战场的躯体已经五劳七伤。

青山背着瘦削的未婚妻在家里四处跑，重新安排婚期及蜜月。

---

[1] 标靶治疗：指靶向治疗，指以标准化的生物标记物来识别是否存在某种疾病特定的控制肿瘤生长的基因或基因谱，以此确定针对特异性靶点的治疗方法。

[2] Remission：意为缓解、控制。

“这次不去马丘比丘[1]了，我们到吐芬奴[2]住上一个夏季，我教你滑浪。”

年年沉默。

她有预感，觉得自己没有那么幸运。

青山对她毫不嫌弃，确是难得，但医生已经告诉他们，因为各种化疗电疗，年年已不能生育。

刚巧这时彤云生下男胎，夫家与娘家喜心翻倒，转移目标，忙着抱孙子。

那幼婴奇趣，个多月大，已会得眨眼、微笑、挥手，嘴里“波波”作声，还有，驱走乌云。

这时的年年，因为胸前伤口疼痛，自然地佝偻着背，脸容憔悴，衣裤宽松，比起从前，连一个影子也不如。

青山一直鼓励：“紫杉已联络最著名整形医生，重塑什么形状都可以，不必担心。”

年年知道这是真的，但是，从前，她天生美丽，她看不起人工塑造。

---

[1] 马丘比丘（Machupicchu）：秘鲁保存完好的前哥伦布时期印加遗迹，著名旅游景点。

[2] 吐芬奴：又译为托菲诺（Tofino），加拿大最西端的海滨小镇，著名旅游景点。

医生的指示是一年后可以动工。

年年寄情工作。

“你写什么？我选青帮。”

“哗，胸有大志。”

“且听年年选何题目。”

“烹饪会、妈妈会、园艺会……”

“童军也是大题目。”

年年忽然说：“有一个会，叫AA，匿名酒徒会。”

“啊，那是戒酒互助会。”

“各位有否觉得纳罕，戒酒，为何要参加组织？”

“互相鼓励支持。”

“过了廿一岁，人人都明白，家人朋友只能帮你那么多，一切靠自己挨过。”

“人多，没那么害怕。”

大家都笑：“冲呀，一起掉落山坑。”

回到家，年年取出威士忌，倒一杯加冰，缓缓啜饮，心里平静不少。

书房墙壁贴满青山收集的裸女艳照，他自十三岁就到处搜刮，收藏在床底下盒子内，家人都知道他有这个嗜好，据陆太太说："不然还怎么办，做和尚？"他特别喜欢一个叫凯特的哥加索[1]金发蓝眼模特儿，丰乳，一次在飞机舱内失重状态翻滚拍摄，双胸惊人浮荡，好像要升空，连年年都觉得有趣。

在最主要位置，贴年年的放大全身泳衣照。

青山说："她们有点笨重，没有你好看。"

年年只是笑。

一年多对着浑身怪异气味的病人，他倒是没有搬出。

都传他以前爱玩喜游荡，此刻，恐怕都改过了。

那日，他颇晚回来，看到年年在喝酒。

"一个人别喝闷酒。"

"我是秘密酒徒。"

"女子喝醉容易吃亏，会被人抬到不知名处鱼肉。"

"明白。"

他忽然说："我爸回来，我到酒店与他见面。"

"啊，他有话说？"

"家庭，对他来讲，也是一间公司。"

---

[1] 哥加索：又译为高加索（Caucasus），位于中亚地区，伊朗以北，于黑海、里海之间的高加索山脉一带。

“你可是总经理？”

“将来再说吧，我对他那门生意不感兴趣。”

“他做什么事务？”

“地产，最近移师伦敦，专唬华裔：‘伦敦近郊’，对，一小时火车路程，快去到康瓦尔[1]。”

年年忍不住笑。

“最近你气色好得多。”

年年答：“我也那么想。”

“彤云炖了虫草及燕窝，大家一起吃。”

他随即去淋浴。

之后，再也没有说话。

第二早，年年想问：陆先生可要见我，他是否出席婚礼，他逗留多久……

但是青山已经上班。

那一天，年年如常生活，回到办公室，听上司及主任讲话，小组讨论，各同学已订下题目。

年年接到易医生电讯，约好午餐时间见面。

[1] 康瓦尔：又译为康沃尔（Cornwall），位于英国西南部。从伦敦坐火车到康沃尔一般需 8 小时左右。

医生体贴地说："我替你准备一碗白粥，总得暖胃。"

她除下衣服，看护不忍卒睹：美人只怕病来磨。

做过摘除手术，平坦胸脯上还有凶狠凹下的疤痕。

"不怕，还年轻，有补救，仍需准时服药，你痊愈得很快。"

"都是陆家与青山的功劳。"

医生答："最重要有那样好的亲人支持，真是福气。"

"那些名贵中药入膳，不知可有效？"

"爱心烹调，当然神效。"

年年点头。

"年，要是你愿意，下月可以到孙医生处做修复手术。"

"可会发硬？"

"嘿，你以为是五十年前，现在做得不知多柔软自然，手感佳妙，我建议你选滴水型号。"

年年苦笑，她说："我考虑。"

"下月三号星期六上午九时我到你家陪你一起。"

医生不让她多加思虑。

"婚礼可有定下新日期？"

"这一阵，青山仿佛有点累。"

这时有人推门进来找医生，年年抬头一看，是陆紫杉。

“年年，我来陪你，稍后一起回家听妈妈说话。”

大概是叫她准备见家翁。

倘若是三年前，她另外一个样子，必不叫他失望，今日……

紫杉握住她的手。

“年年可以回去，她恢复得很好，多吃点，胖些自然好看。”

紫杉挽起年年手臂便走。

街上停着陆家车子，司机一见两人连忙开车门。

年年微笑：“都叫你们宠坏。”

紫杉忽然说：“年年你真勇敢。”

年年略觉诧异，不出声。

车子驶到陆家，彤云抱着孩子在门口迎接。

那半岁孩子穿着动画超人服饰，背后还有一幅红布披肩，叫人莞尔。

陆太太走出，却不见陆先生。

年年想，既来之则安之，且坐定定听长辈吩咐。

茶几上放满果子食物鲜花。

“年年，我有话说，请给我耐心二十分钟。”

年年欠欠身：“一定。”

陆太太喝茶，吁出一口气，开始说白。

“年年，我趁机会，把陆家的事说你听。”

年年端正坐好。

“陆先生有三个妻子，原配已经病逝，生有两女，我是二房，两女一子。”

年年吃惊，她并不知道此事，真是家家柜内都秘藏骷髅。

“我一直等，以为陆先生会将我扶正，但三五年过去，他一点意思也无，为子女着想，我要求分家，他很生气，指出那等于分手，我没有让步，你知道为什么，我得知陆先生另外有女伴，年轻，丰满，有点崇拜他，那女子已经怀孕。”

年年吓得张大嘴巴。

彤云与紫杉坐到年年左右两旁，她俩神色平静，这个故事，想必已听过多次。

“迄今，那两个小男孩大约已经四五岁，毕竟还小，陆先生年纪已大，仍然看重青山。”

原来有这许多委屈，年年听得鼻酸。

“陆氏给我的一份财产，我分为四份，各人平均，原本青山是男丁，应多一点，但他坚持与姐姐均分，我们生活不成问题，一直过得舒适，我在外也从不说一言半语。”

年年听到彤云轻叹一声：

“我们一直如此生活，家里有只大白象，各人佯装看不见，处处避着它，挤着一起生活，家里最欢喜的是青山结识你这样好的女孩子，以及彤云生了男胎。”

年年微微笑。

“所以，过去一年，我们见过陆氏两次。”

彤云接上去：“他给外孙丰富的教育基金。”

“他也问及年年这个人。”

年年心中忐忑。

终于说到她身上。

他说：“这么漂亮的女孩，学历又这样优秀，总算被青山找到了。”

年年不出声。

“随即，他打听到你在医疗，并且，令堂也因此症辞世，他与我商议。”

这时，两姐妹低下头。

“年年，你家这个症候，分明是遗传性，医生也都证明这一项事实，那即是说，将来青山的子女，很可能也会得到肿瘤因子。”

年年开始明白，但仍然沉默。

“青山固然是你的爱人，但他也是我的长子，我不比玛丽王后，去掉爱德华，还有乔治，我只得他一个，我们母子女四人，说到底，经济上仍靠陆氏。”

全明白了。

“陆氏这次态度很好，甚至是低声下气，与我们四人商议，指出家中至亲带有绝症因子，实非好事，一辈子提心吊胆。”

紫杉说下去：“陆先生要求你与青山分手。”

年年抬起头，看牢陆太太。

人虽憔悴瘦削，一双眼睛仍然明彻光亮。

陆太太说：“我不能够全部推诿陆氏，这人强凶霸道，从不把女人看在眼内，子女是他的棋子，是，他的确是那样一个人，但我也自私，我希望儿孙健康满堂，每次聚会，胖胖幼儿跑来跑去笑呵呵，所以，我这次竟也站在陆氏这一边。”

年年想说话，但胸间一口气总上不来，脚底似穿了洞，气全在该处漏光。

她抬头，这时才看到陆家大厅天花板上有一盏庞大的水晶玻璃灯，那瓔珞串串累赘垂下，富丽堂皇，晶光雪亮，一道阳光刚好射上，反映五彩光线。

凝视许久，年年眼花缭乱，垂头，隔了许久，她才轻轻问：“青山怎么说？”

陆太太松口气：“他到伦敦去了。”

什么……

“今早七时飞机，他不告而别，请你原谅。”

有人在她胸上插了一刀，然后说：原谅我。

她吸气更加困难。

“伦敦公司从今日起，由他打理，而我下星期将在本市与陆先生正式注册，成为他的合法妻子。”

条件如此优厚，无脑之人也会做出恰当选择。

“陆家亏欠你，年年。”

年年忽然听到她自己这样说：“是我没有福气。”

紫杉听到，第一个哭出声，接着，陆太太也掩住脸，彤云亦忍不住落泪。

年年说：“陆家是要我与青山分手。”

“是。”

说得这样明白，倒也难能可贵。

最重要人物陆青山已经首肯，并且失踪，她想不答应也不行。

“都明白了。”年年平静地答，“我知道怎么做。”

“年年，请你保存所有的聘礼，包括房产、首饰，请允许陆氏为你治疗至痊愈为止，有何特别要求，如往外国升学，尽管提出，我们向你致谢了。”

年年要脱下戒指：“不，不。”

紫杉按住：“连一只戒指都要讨还，我们还好算一户人家吗？”

确有不要脸的人家这样做，年年的一个女友，与丈夫分开，她婆婆要求归还金饰。

她们送年年出门。

走到大门口，有人叫住：“年小姐请留步。”

她停步抬头，叫她的是一个中年人，一看就知道是陆先生，他像极青山，只是头发斑白，这时，连他脸上都有不舍之色。

年年恭敬站住。

“我们感激你。”

年年微微鞠躬，然后走出陆家大门。

幸运星，

贰·

在青山离开她那一刹，她已经不再活着，
之后无论过多久，
任凭她多么努力起劲生活，
佯装什么也没有发生过，她只是一具躯壳，
一个死人。

司机把车子驶过来，愉快地问："年小姐去哪里，可是回家？"

她点点头。

到家她挣扎上楼，打开门，忽然绊一跤，摔在地上，一时爬不起，就躺在那里。不知过多久，爬到柜前，找到威士忌酒瓶，对牢喝几口，又倒在地上，忽然觉得累，就那样睡着。

再醒已是夜间，陆家家务助理小乙扶起她："年小姐，醒醒，喝口鸡汤。"

年年凝视她："你把门匙还我，你以后不必再来。"

"年小姐，你雇用我也一样，你付我薪酬好了。"

她扶起年年，替她更衣，发觉年小姐已瘦成一副骨头，薄薄的身躯不似真人。

“你回去吧！”

“我明日再来。”

年年本想说：我可以更换门锁，但再大的气也忍着不出声，这些小事，又何必介怀，就让陆家尽些心意，也许那样，他们会得好过一点。

陆家，算得上是仁人君子，除出青山，什么都不吝啬。

青山不再在。

柜里仍挂着他的衣物：半打白衬衫，三套深色西服，若干 T 恤，一条破牛仔裤。

他没带走什么，除出年年的快乐、感情、自尊，以及斗志。

她吁出一口气。

居然喝完小碗鸡汤，没有呕吐，想必是那几口酒的功劳。

她看着电话电脑，它们一声都没响过，看样子也不必更换号码，陆青山已经忘记她。

半夜，听到哭泣声醒转，谁，谁在哭泣？原来是她自己，泪流满脸。

女佣并没有离去，进房说：“年小姐该服药了。”

是，留得青山在。

第二早照样上班，头脸都红肿，她是病人，同学不以为意。下午，双手开始颤抖，她在咖啡里掺酒，同学问：“年，你为何一身酒气？”她决定更换没有气味的伏特加酒，加在橘子水里，神不知鬼不觉。

同学问：“你的第一个报告写什么？”

“你知道本市还有麻将馆吧，四个陌陌生生的人坐一张桌子，开始赌博。”

“那是会所吗？”同学存疑。

“我问过教授，他说是奇特一点，但确是耍乐会所。”

“你可去探查过？”

年年深呼吸一下，胸口有点痛。

“你今日脸色欠佳，回去休息，届时交报告也一样。”

年年撑着到日落才回家。

大门一开，发觉客厅书房都放着嫣红姹紫鲜花，女佣迎出：“年小姐吃什么点心？我做了川贝梨子。”

年年点头。

再一看，青山的衣物已被收拾走，如此宽大单位，供她一个享用。

她同女佣说：“下星期，我进医院做矫形手术，出院想必哼哼唧唧一副颓样。”

“年小姐我服侍你，做完该项手术，你一定会恢复从前花容月貌。”

年年被她说得笑出声：“从前我有那么好看？”

“像人家说的：春早的芙蓉花。”

第二天，年年让同学陪她到麻将馆参观。

馆内空气混浊，不但有汗气烟味，甚至有排泄物臭味，同学连忙掩鼻呛咳。

“两位小姐可是玩耍？往里百元处坐。”

年年塞一张钞票给那身段魁梧的服务员。

“请随便参观。”

同学已经吃不消：“我们走吧。”

年年只兜一个圈，便被同学拉出。

走到门口，连她也不住呛咳，弯下腰身，呛得一脸通红。

“里边有人吸烟。”同学装一个手势。

竟有如此乌烟瘴气的地方。

两人站在水果店门外喝橘子汁。

年年自背囊取出小酒瓶掺入，喝下，吁一口气。

同学瞅着她：“年年，不可造成习惯。”

年年浑身舒泰，笑嘻嘻。

她们回学校。“还打算写那个题目？”

年年摇头：“赌徒没有故事，只有癖好。”

“谁有故事？”

“酒徒，你没听说酒入愁肠愁更愁，为什么发愁，一定有苦经。”

同学大笑。

“你看，那小小麻将馆内一共四桌，全坐在五元牌子底下，多数是中年妇女，也有壮汉，目不转睛，盯着十四张牌——”

“是十三张。”

“他们脸色铁青，阴恻恻，赢了似刽子手，输后像死囚，可怕极了，这好算游戏？”

“你没上瘾，你不会知道。”

“他们根本已经走入另一空间，没有日夜，只管输赢，不，我不会写这种组织。”

“下星期可是要交第一篇功课啊。”

“让我想想。”

若无其事般，翻阅报纸杂志寻找资料。

青山爱她，她爱青山，仿佛是许久许久之前的事了。

同学热心：“年，对面街一幢旧洋房开设幼儿园，你可要去看看？”

年年答：“有趣，婴党。”

“是呀，人类最早组织，一直延至大学，什么 ΣΔΩ 同学会，就是同样意思。”

大家笑：“人类真是奇怪的群居动物。”

易医生来电：“年年，记住明天约会[1]。”

“我不想赴约，我孑然一人，做大胸脯，给谁看。”

“你自己，一切先为着你自己，修复后我给你一枚腰箍，你可挺起背脊做人。”

年年叹气。

“我明早接你。”

傍晚，一班同学参观学前班及幼儿班，只见小至一两

[1] 约会：此处指预约。

岁的幼儿由母亲陪着，摇摇摆摆做游戏、认字、体操，一本正经，像上课一样。

“哗，有趣。”“这题目值得写。”“孩子三岁前居然有学习班。”“那边传来悠扬乐声，哟，有幼儿学小提琴。”“为什么不留在家胡混，为什么三岁要学规矩？”

年年轻声答：“惧怕。”

“什么？”

“极大的恐惧，怕无辜来到人世的子女落于人后，将来像他们一般庸碌。”

“年，看很普通的事都有很特殊观点。”

“年年聪敏。”

“平凡有何不好，爱运动、艺术、厨艺、木工、航海、地理都难能可贵。”

“但廿一世纪社会，已没有人保铺保[1]，唯一担保是大学文凭，上述任何一科，都要大学文凭做担保证明货真价实，否则，极大可能假冒，而进大学一日比一日艰难，嘿，这些幼儿，岂能不早做准备。”

---

[1] 人保铺保：指找有一定声望的官员或有一定资产的老铺号为自己做担保。

“我的天，年年，你快写这个社会现象。”

“‘婴党的起源’，哈哈哈哈。”

那些幼儿真可爱，都穿着时髦衣饰，分明为着比拼而来。

那边有两个男孩推撞，倒地而哭，啊，他们的母亲也吵将起来。

年年看不惯这种推挤争撞，避到室外。

她看到一个年轻父亲背着一个熟睡小孩，他们相视苦笑。

年轻父亲问：“你也想走？”

“我只前来参观。”

“我回去会告诉妻子，这种情形简直变态。”

“听说还有法语及西语班。”

“三岁！”

年年耸肩。

“对不起，我妻子的车子到了，再见。”

年年朝他摆摆手。

同学找出：“年年，三楼有孕妇班，自胚胎开始学习——”

“我知，拉丁文。”

“以及《荷马史诗》。”

大家咕咕笑，也许，到伊们怀孕，也会落入俗套，栽入培养子女做天才的圈套。

“其志可嘉，其情可悯。”

年年取了一大叠章程资料回去研究。

同学见她努力功课，都放下心来。

第二早，天蒙蒙亮，易医生敲门。

小乙奉上薏米粥。

“小乙，你也一起。”

“遵命。”

“不准你去，做一项隆胸手术也得大队随扈，笑坏人。”

易医生一个眼色，小乙还是静静跟身后。

年年叹息：“你们太小觑身经百战的我。”

真的，光是电疗，做了三十余次。

孙医生一早就准备妥当，不久，王医生赶到，三师会，她们固然菩萨心肠，但陆氏想必付足酬劳。

孙医生轻轻说：“请在此签署，躺下，手术约两个小时，我想把你脸皮用激光治疗一下。”

“为什么，怕脸皮不够厚？”

“黝黑黝黑不好看。”

“可以喝水否？”

小乙连忙递上甘蔗水，脸有得色，表示她跟着有用。

年年悠悠入梦。

她发觉自己置身一个热闹场所，挤满华服宾客，人人笑脸盈盈，聊天说笑。

远观，彤云与紫杉也在，这是什么场合？

有女客拉住年年：“恭喜恭喜，这样珍贵的蓝钻也在你手上，可见视你如珠如宝，珍如拱璧。”

“今日怎么回事？”

女客掩嘴：“年年，是你结婚大喜之日。”

什么，那么，青山呢？

“青山在那边。”

年年欢喜，在人群里找青山，每到一个角落，都有人说“在那边”“在大门处”“在祝酒”……但是她见不到他，不知怎的，她也不见得特别惊慌，她只是想回家。

这时有人拍她背脊：“年年，抱孩子。”

“孩子，谁的孩子？”

“年年，你生下贵子，陆家上下高兴得合不拢嘴。”

年年震惊，接过婴儿，他们不知她已不能生育，这是谁家婴儿?

低头一看，那幼儿一张小小面孔似苹果，没有再可爱的了，她忍不住依偎。

“我们也抱抱。”有人接婴儿走。

年年正在发愣，众人叫她坐下休息一会儿，她还是想回家，目光不住找青山。

“妈妈，过来拍照。”

好一个英俊高大的年轻人，拉着她手。

“你是谁?”年年愕然。

“妈妈别开玩笑，我是你的乖儿子陆谦仁，这是你的好媳妇万莉。”

娶媳妇，噫，这不是她的婚礼吗?一看仔细，那只蓝钻戒指已到秀丽的万小姐手指上。

“青山在何处?”

“爸在那边等你。”

年年匆匆奔过去寻人，又不住同宾客寒暄几句。

她觉得累极，这样兵荒马乱过了大半辈子，儿子都成年结婚了。

她竟不记得这些日子是如何挣扎着每天熬过。虽说不愁衣食，但毕竟生活琐事烦事甚多，看样子青山已对她冷淡得多，不然，怎么老找不着他，他不在她身边。

口渴到极点，喝多几杯，到处找卫生间。

“年年，年年。”

是青山的声音。

她不由得恼怨：“你躲到什么地方去了？”

连忙追上。

噫，她震惊，这是什么？抬头一看，只见处处白色素花，一室清香，她看到一帧大照片，咦，这个女子也算是漂亮。

且慢，太熟悉了，这是她自己，这是年年。

礼堂中央放着棺木，走近一看，端端正正，宛如闭目而睡的正是她。

年年惊怖抬头，她已度毕一生？

青山呢？

“年年，年年。”

有人大力推她。

“年年，手术完成，过程理想，你可以醒来了。”

她用尽喝奶力气呼叫："不得瞻仰遗容，无须仪式，亦勿公告。"

"说什么？"

有人用暖毛巾敷她面孔。

年年苏醒。

她呆呆睁开双眼，梦境历历在目。

她忽然愣住。

原来，她早已经死亡。

在青山离开她那一刹，她已经不再活着，之后无论过多久，任凭她多么努力起劲生活，佯装什么也没有发生过，她只是一具躯壳，一个死人。

医生听见尖叫声，走近观察。

年年声嘶力竭："给我喝一口。"

医生朝小乙使一个眼色，小乙准备一下，递上杯子吸管。

年年说："痛……"

看护替她添增麻醉药。

她略为平静，看着三位年轻女医，她们不约而同穿着深色套装以及白衬衫，端庄神气，精神奕奕，必定自幼立志读好书贡献社会。医科是何等复杂精湛的一门功课，她们都经过三考，顺利出身，还有，在急症室没日没夜实习，为市民服务，无论贫苦疾病意外，无分国界，爱心治疗。

她们三人就差少长一副翅膀，就是天使。

现在又开设诊所，可见有商业头脑，年年自惭形秽，低头不语。

“怎样，做噩梦？”

“类似那黄粱之梦。”

外籍看护忽然开口：“我是日美混血儿，但也听过这个故事：一个上京考功名的读书人，途中在客栈累极伏案盹着，店主正在煮一锅黄粱米，他在梦中，历劫一生，醒转，黄粱却尚未煮熟。时光飞逝，人生如梦，那个书生竟回家耕田去了，那又怎样是正确做法？正因生命短暂，更应发一分光，尽一分力，掌握每一秒钟才是。”

大家都笑：“是，是。”

“你看这病房每一件仪器，都因科学家努力发明，活人无数。”

看护总算出去了。

孙医生说：“好好休息，明早我再来看你。”

年年脸上也有纱布蒙着，她觉得痒，伸手去剥。

“别动别动。”

每一次醒转，头痛若裂，她尽力咬紧牙关苦忍，心中气恼，为什么要吃这种苦头？

小乙走近让她喝燕窝粥。

她伸手推开，陆家人不到，礼还是到了。

小乙说：“热？待会儿再吃。”

年年重重吁出一口气。

“年小姐，不日你可恢复原貌，日子长着呢，你的心愿一定可以达到，你必然会欢笑连连。”

谢谢小乙的善嘱善祷。

过几日，年年脸上纱布先拆下，皮肤结痂，像月球表面，年年想尖叫，但她想到尊严，她固然没有三位医生般坚强能干，但也不能像泥渣。

脸上痂皮逐块剥落，露出粉红光洁新肤，接着拆胸前纱布及管子。

年年原先以为是包扎才显得宏伟，低头一看，吓一跳：“为什么做得如此夸张？”

“完全照你原来样子做。”

“不，不，我并非这个模样。”

“你瘦了，才显得突出，慢慢长胖，便没那么显著。”

看护取出一件腰箍：“来，穿上，好回家休养。记住，这件医护背心整个星期日夜穿着，不可脱下。”

她们替她穿上。

“我不能呼吸，不行，我连弯腰也做不到，我变成僵尸。”

腰箍用钢条撑住，背后 X 形强力橡皮筋，把她上身扳直，年年叫苦。

她们把她扶起，走到镜前。

年年真正震惊，腰箍像那种香艳内衣，把她腰身束成一握，丰硕双乳更加夸张，简直似艳舞女郎。

她恐惧地睁大眼张大嘴，啊，为奸医所害，如此这般，怎样度过余生。

她找到酒瓶，旋开盖子喝两口。

王医生说：“随她去。”她纵容年年。

小乙替年年穿上宽大运动衣裤，扶她出院。

年年默默回家。

客厅放满糖果糕点鲜花，有些由同学送赠，名贵的当然出自陆家，紫色大牡丹一定是紫杉挑选，鲜红玫瑰出自彤云之手。

她静静在花丛小坐一会儿，姿势笔挺的她可能有点滑稽。

整个下午，她一边喝陆夫人所赠皇室敬礼威士忌[1]加冰，一边写功课报告。

傍晚，吃些鸡汤面，听了几个电话，把写好的报告传给同学交上。

她想除下腰箍，但这件衣衫无缝，不知开关在何处，一旦穿上，像打了石膏，不能脱下。

在屋里关足一个星期。

年年问小乙："乙管家，这段日子，大块肉大杯酒，开销何来？"

"啊，甄律师说：假如年小姐有这个问题，请你联络她。"

又是一个能干女子。

"我背脊奇痒，请帮我除下腰封。"

"孙医生嘱咐，需由她处置。"

---

[1] 皇室敬礼威士忌：又译为皇家礼炮威士忌（Chivas Regal Royal Salute）。

年年发恼，呜呜作声，拉扯腰封。

小乙不忍：“我试试。”取过一把剪刀，用力铰，无效，只得往缝中在她背脊洒爽身粉。

“吃苦了。”

年年重重叹息。

“我帮你抹身，年小姐，顺便说一个有趣故事给你解闷。”

年年叹气。

“有一位太太，生了个顽童，这孩子长得精灵可爱，可是生性淘气，因是独子，故此领养一只小小狮子狗陪他，但他欺负狗狗，狗儿怕，躲到床底，整日不敢出来。”

年年那样愁苦也微笑起来。

“于是，那太太釜底抽薪，又领养一只壮大寻回犬，但不管用，孩子霸道，又扯耳朵又当马骑，家人觉得迟早出事，故叫孩子站好听道理。”

“孩子多大？”

“一岁多些，还未学会说话。”

“哗，顽皮精。”

“妈妈对他说：要是再不听话，试着与狗狗和平相处，就把两只狗都送走。”

“结果呢？”

“他与狗狗相拥痛哭，睡觉也不分离，从此相安无事。”

“我的天，怎么会纵容到如此地步。”

说到这里，年年明白到这正是陆彤云的宝贝儿，啊，这么大了。

“自此，果然和睦，小狗也渐渐自床底爬出。”

“吓杀人，谁还敢养孩子。”

终于到了拆除腰封的时候。

孙医生用小型电锯把它切除。

年年觉得像刑具被除脱。

腰上一搭搭紫血痕。

“过两日就好，年年，你的双眉也已长出，到理发店去剪一个时髦式样，就渐渐恢复旧观，明白吗？”

“明白明白。”

小乙说：“我已约好发型师。”

的确需要这么多人又扶又拉，才叫她站起。

发型师把她参差头发小心翼翼剪一个小精灵式样，他有经验，知道这位顾客必定大病初愈。

“这两撮白发可要做颜色？”

即染回黑色。

“不用，谢谢你。”

照一下镜子，仿佛又像一个人了。

回到住所，好好洗一个澡，浑身轻松，接着，换一身衣裙，回学校开会。

同学看到她，鼓掌欢迎。

她坐到后座。

教授笑：“年小姐回来真好，正说到阁下的报告，题目无甚特别：写的是赌窟，但意见特新，她把幽暗无窗的赌窟譬喻上古人聚居洞穴，隐藏潜意识因子叫赌徒得到一种安全感——”

“啊，我们怎么没想到。”

大家七嘴八舌，十分热闹。

一个男同学越坐越近年年，猛不防失去重心，咚一声掉地下，笔记本电脑飞出摔老远，惹起大笑。

群居确是开心。

“看什么，不认识年年？”

年年取出银制扁壶，喝一口威士忌。

她已演变成有型有款的酒徒。

就这样，秋季来临，年年在衬衫外添大毛衣，才免尴尬。

系主任召见："年小姐，你不如加入大学队伍，最近政府邀请我们做人口普查，为期一年。"

"我希望有固定收入。"

"大学教职员月薪菲薄，歌星唱一场是我们年薪。"

年年答："学唱歌已经来不及。"

"我替你看看。"

能够处变不惊，庄敬自强，赚取生活就好。

"可否住宿舍？"

教授意外，他一直听说年小姐家境极之优渥，莫非又是一个可以靠家势却又不愿依赖家长的怪青年。

秋季，坐公园里，看落叶飞雁，喝几口酒，是解除寂寞妙方。

不久，一早起床，年年双手颤抖，喝两口，才恢复正常。

已经相当依赖酒精。

但只要白天仍能如常操作，已经心满意足。

这个时候，甄律师找她，她大方赴约。

幸运星

叁·

如果一个成年人要堕落，
他一定会失救，如果他想洗心革面，
他单独可以做到。

甄律师一见到年年，脸上露出“久闻大名如雷贯耳”的神色。

她俩坐下，助手斟上咖啡。

年年趁律师不觉，取出扁银壶，添进伏特加。

不料甄律师在书架上银盾反映中看得一清二楚。

不当面做，已经相当有礼。

“年小姐，你的赞助人想知道，你的生活可好，月例可足够？”

一听赞助人三字，年年忍不住笑，感觉多像苦海孤雏，靠神秘赞助人活命。

“你可以看得出，我很好。”

甄律师凝视她，是，气色过得去，神情镇定，不卑不亢，进展令人满意。

“有工作否？”

“正在与大学洽商。”

“大学环境亦不单纯，比起外头，到底有些廉耻。”

“是是是。”

“学府严禁抄袭剽窃，但报告上教授名字永远排在学生前边，大家都知道，报告由学生不眠不休写成。”

年年微笑，这位甄律师有趣。

“年小姐可有特别需要？”

年年想一想：“我看到时装店里有粉彩色厚绒大衣，设计厚实圆润，十分可爱。”总得让律师交差。

“我知道什么牌子，立即命人送上，还有什么？”

“没有了。”

年年喝尽咖啡。

“赞助人打算资助我到什么时候？”

“永远。”

“不会吧。”

“永远。”

年年点点头，那是看准她今生今世再也不能自立或是嫁人。

那天下午，名牌大衣就送到，两短一长，淡蓝色那件特别可爱。

年年穿着大衣，坐校园长凳喝酒。

教授助手找了来：“年小姐，教授着我知会你，下月一号正式上班。”

不见答应，上前用手搭在她肩上，年年身体向前倾倒，噗一声倒地，嘴角胸前都是血渍。

助手大声呼救。

年年被送进医院。

她面如土色，听易医生教训。

“太叫人痛心！”

年年垂头不出声。

“满以为你逐日痊愈，却喝酒喝到胃出血，真令我伤心。”

“是，是。”年年唯唯诺诺。

“什么叫‘是，是’？”

年年想说，我不是酒徒，但，每个酒徒都会如此否认，更显得她是酒徒。

“我的错，我不该给你第一口酒。”

“那不是第一口，以前，我也时时与同学喝啤酒。”

“年年，你必须戒酒。”

“哈，我不是酒徒，如何戒酒？”

易医生瞪着她。

果然，年年认自己是酒徒。

“不喝就不喝。”

“不是那么容易，我要你去匿名酒徒会。”

年年非常反感，脸色更像白纸一样。

易医生给了地址及一张名片：“这位周先生是你的辅导员。”

“戒酒需要辅导员？”

“我替你约了时间，你到时出现便可。”

“你们都是我生命的主宰。”

“大家爱惜你，不忍看你为一件小小不如意的事颓废，影响健康。”

年年的情况比她想象中严重，她输了血，住院一个星期，在肉身的苦楚中，她破碎的心灵仿佛得以升华。

小乙耐心服侍，一言不发，每日炖了滋补食物，年年特别喜欢其中一味简单的牛乳炖蛋。

一个星期后穿着另一件新大衣正式上班，到了下午，精神不济，小乙又带来清淡点心，诸同学也都一起享用，她们说：“吃了几天，皮肤都嫩滑起来，这腐皮素卷特别美味有益。”

年年每早双手颤抖，想喝上一口。

终于她迟疑地到神秘的戒酒会报到。

接待员查一查：“是周先生辅导的年小姐。”

她点点头。

“周先生还未到，你请坐。”

“他迟到？”

“周先生从不迟到，是你早到，约定时间是三点，此刻才两点。”

“可以进会议室看一看吗？”

“正有集会，你可以静坐观察，请注意会议规则。”

不外是不得喧哗嬉笑发谬论之类，年年明白，规矩与课室一样。

她推门进去。

只见一班六七人男女都有，大约廿余到四十余岁，团团围坐，一个导师模样中年女子看到年年，朝她点头。

年年坐到后座。

她一直喜欢坐后排，不明白何以人人喜抢头座。

只见各人问好，寒暄，年年静静观察。

他们是酒徒吗？都不像，却似中产阶级社会中坚阶级，衣着整齐，像知识分子，由此可知，酒精不认人。

辅导人说："很多人以为，酒徒必然衣衫褴褛，每每醉得不省人事，走路东歪西倒，嘴里嚷嚷'我没有醉'……"

众人微笑。

"其实不是，一位女士，下班回到家，来不及踢去鞋子放下手袋便去做一杯马天尼，三杯之后松口气，天天如此，她已是酒徒。"

有人"啊"一声。

"在这里，我们互相精神支持，找出喝酒原因。"

有人问："为什么不可以就此喝下去？"

"因为我们不舍得糟蹋自己，像在酒吧喝得烂醉，被保镖摔到巷子，爬不起来，结果冻死。"

有人饮泣。

真是豆腐渣，不过，聚会目的之一是宣泄感情，各取所需。

“各位愿意坐在这里的，大概都想重新开始，来，请自我介绍。”

各人说出名字，一些假，一些半真半假，方便辨认。

年年已开始觉得这种聚会帮助不大。

“安娜，说一说你的经历。”

安娜相当年轻，体形不美，相当健壮，她轻轻说：“我是一个女警。”

什么？大家露出诧异神色。

“我爱酒，喝两杯之后会到地下赌馆玩两手，输得精光，负债，受上司两次严重警告，如果不改，会得开除。”

她似乎十分苦恼：“丈夫要与我分开，子女彷徨，我一定要重新开始，请支持我，我已清醒三个月。”

“做得好，安娜，加油。”

听到这里，年年轻轻站起。

她自边门静静溜走。

这不是她的那杯茶。

这同自我检讨会有什么分别，低头痛苦认错，心里好过一点，陋习未必改得掉。

门外是一块小小草地，她来回走一次，来过，也对得起易医生了。

她摘一朵蒲公英种子，轻轻一吹，小小芭蕾舞裙子般的种子四处飘扬，儿时最喜欢玩这个，哟，还有畏羞草[1]，年年高兴，用手指骚扰，碎碎叶子迅速闭拢，名副其实，难为情得不得了。

这时，有人在她身边说："你在这里。"

只见身边长长一个影子。

她转身站立。

"我叫周岁，是你辅导员，找你呢。"

还是被逮住了。

他是一个高大的近中年但还算年轻的男子，剪平头，两鬓有些少白发，打扮清爽简单，白衬衫蓝布裤，他伸出手："你好，年小姐。"

"你好，周先生。"

"你早到。"

"我看错时间。"

"进去过为何又退出？"

---

[1] 畏羞草：指含羞草。

“我不喜欢对牢陌生人大诉衷情苦经。”

他看着她，好一个秀美年轻女子，阳光下尤其漂亮。

年年则觉得他五官端正，一双眼睛炯炯有神，他是易医生介绍的人，自然胜任导师有余。

两人坐下。

他轻轻问：“为何喝酒？”

“一杯琥珀色威士忌加冰，握在手中，心情已经舒畅。”

周岁觉得有趣，这少女能言善辩，相当精灵。

“我陪你进会场。”

“君子不群不党。”

“这是非常时期。”

“连群结党，仿佛要干什么大事。”

“你今天没准备好。”

“是，是。”

“可以暂不发言。”

“我也不喜欢听别人秘密。”

他微笑：“我说不服你。”

这人左右双颊都有酒窝，笑时好看。

“我请你吃冰激凌补偿。”

“我并无损失。”

年年泄气，这样唇枪舌剑有何意思。

“我有事，我要回学校。”

“多久没喝了？”

“整整一个星期。”

“有什么反应？”

“不安，浮躁，想找人打架，夜晚出汗，颤抖，噩梦。”

“可有起身找酒？”

“全部已经被关心我的人扔出，涓滴不剩，苦恼杀人，连料酒也无，漱口水、酒精、消毒剂全部不见，此刻我口腔有臭味。”

“你的朋友很彻底。”

年年忽然醒觉：“你是陌生人，我不想多讲。”

“你最喜欢什么酒？”

“没有特别爱好，那时想一尝欧洲人口中的‘绿色仙子’苦艾酒，百分之六十五酒精含量。”

年年说完站起：“我真的要走了。”

“冰激凌呢？”

年年忽然说：“看，如果一个成年人要堕落，他一定会失救，如果他想洗心革面，他单独可以做到，你凭什么陌陌生生对我缠扰不休。我有需要，自然会找你。”

没想到他轻轻答：“我是过来人，我知你需要帮助。”

年年一怔，这样坦白，倒也难得。

这时他自袋中取出一枚小小银币：“我成功戒酒三年，师傅赠我作为纪念，时刻提醒警惕。”

年年意外，没想到他也曾经此苦。

“师傅叫这枚银币为幸运星。”

他们走进小小冰激凌店，刚看到一个三岁小男孩，不小心摔了冰激凌筒，小狗立刻赶上舔吃，男孩号哭。

年年不禁好笑，连忙再要一个给他。

男孩与母亲均道谢。

“到嘴美食丢了，不哭才怪。”

周岁怪有深意：“失去，是天底下最痛苦的事。”

年年回他：“自来无一物，何来得与失。”

周岁又忍不住微笑，这女孩是辩论会会长。

他们一边吃冰激凌一边享受阳光。

年年说：“讲你的故事听听。”

“我以为你不喜欢听别人秘密。”

有生之年辑

华语世界独具影响力作家　亦舒作品

年年气结："说，还是不说，你今年几岁，籍贯何处，家里还有什么人，做何种职业，可有房产，打算成家立室否，不然，别痴缠我家女儿。"

周岁纳罕，这女孩分明心事重重，却不减风趣，始料未及。

"我叫周岁，三十八岁，已经是中年人，我在炼油厂做工程师，最近与同事研究本市采用天然气可会洁净空气，减低污染，我住在员工宿舍，收入不多，但尚可养活妻儿，我未婚，已经错过黄金时限，少女当我阿叔，女士嫌我没有地位，身份尴尬。"声音低下去。

年年听着倒也同情："她们不识宝。"

周岁笑出声，没想到反要她辅导。

"你也曾恋爱过吧。而且，失去了。"

他不回答。

"是那女子没有福气。"口气如外婆。

周岁凝视她，第一印象是"卿本佳人偏仿刘伶"，此刻只觉得她性格言语可爱，叫人乐于亲近。

漂亮的年轻女子有一通病：骄纵扭捏，但年年却爽朗坦诚，他对她已经大有好感。

他竟坐在小冰激凌店不愿离去。

本来只预备每星期抽一小时做辅导，此刻另有想法。

“这枚古银币转赠你。”

“上面人像是谁？”

“这是公元三三〇年马其顿国王阿历山大大帝[1]头像。”

“哗，重礼。”

“请小心保存，在适合时间转送适当的人。”

“你不再需要它？”

“我是如此想。”

年年把银币握手中，心存感激。

这时周岁看到她左手无名指上有一枚硕大钻戒，闪闪生光，分明是订婚指环。

这女孩的故事，也相当复杂。

年年问：“你贸贸然相信我，你对我知道多少？”

“我自易医生处知道你需要辅导。”

“她说什么？”

“叫我尽力。”

[1] 阿历山大大帝：又译为亚历山大大帝。

“其他呢？”

“你若愿意，你会亲自告诉我。”

人人如易医生这般文明就好了。

“以后，我们每周三下午三时在中心会面，这是我名片，有事联络。”

“你还没把自家故事讲完。”

周岁只得说：“下回继续。”

像长篇连载小说：下期续完。

年年说：“这是我的通讯号码。”

“年小姐，每次聚会，请你自动出现，我不会苦苦哀求你。”

年年忽然无赖：“你会的，你会大力敲我家门：‘年年求求你！’”

周岁不知说什么才好。

这少女有股旖旎魅力。

近中年了，有点经验，亲友为他拉拢许多次，那些女生也百中挑一，但总是化妆工整，衣衫刻意，姿态骄矜，故作不在乎状，都不为他所喜，一次见面，没有下回。

如果遇见的是年年，他会不会约她再见？

肯定会。

年年这一个星期不好过，半夜，喉咙与胸口焦痛，像有火烧，又似喝了辣椒水，她悲痛莫名，起床，缓缓饮冰水解渴：冷天饮冻水，滴滴在心头。

医生有给处方药物，杯水车薪，无补于事。

她跑到街上，走近酒庄，虽已打烊，也看到一尊尊可爱胖胖设计精美的酒瓶，其中最喜欢的是一只叫梨涡的威士忌，四边都有凹位，象征酒窝，又方便捏拿。

她鼻子几乎碰到玻璃橱窗，贪婪凝视，喉咙发出响声，吞咽涎沫。

有人笑："小姐，真没想到会是你。"

年年警惕，转头，看到一个流浪汉，浑身污秽，有阵臭味，头发结饼，天还没冷，便打哆嗦，看样子还有其他癖好。

他嘻嘻笑："还有一小时开门，我也心急在等。"

年年呆呆看住他。

"小姐，施舍一点。"

年年连忙给他一张钞票。

他吱吱笑："多谢多谢，他们在料酒里加了盐，不好喝，多谢多谢，今天我可以买一打啤酒。”

年年跳上车逃一般回家。

回到住所，她浑身发抖，这次是因为恐惧。

她做一杯极浓的普洱，呆呆地坐着看天亮，一边喝药般的苦茶。

小乙开门进屋工作，一眼看到年小姐手握酒杯，杯内琥珀色的不是酒还是什么？

情急之下，她一手拍过去，酒杯飞脱落地，杯子倒是没碎，液体溅一地，一闻，知道是茶。

“我冒失了年小姐，请你饶恕，我再替你斟一杯。”

年年不出声，回到卧室，倒床上，闭目养神。

就算睡不着，这样休息着也有益处。

这时，年年的外形逐渐恢复旧貌，走在街上，回头率颇高。

小乙给她含人参片在口中纾解焦渴，颇为有效，其实即使含一粒糖也能生津。

到了星期三，本来不想往中心，但想起那流浪汉一口掉得七零八落的牙齿，以及手腕上紫血泡，打一个冷战，还是赴会。

在门外碰到周岁，原来他驾驶一辆老哈利[1]。

她摇摇头，因失事率高，医院急症室称机车“器官捐赠车”。

周岁朝她点头，一起进入中心内。

他脸上有一种沧桑，秋日阳光下特别显著。

她跟他身后，坐他后边，看牢他后颈。

他刚理过发，后脑一个桃子发尖，十分漂亮，脸上胡楂长出，密密一直伸延到下巴与脖子，像个毛人，肩膀宽厚，有男子气概，她闻到药水肥皂香气。

聚会开始，各人报上名字。

一个年轻女子说：“我叫美梨，我的故事，有点像狄更斯小说。”

“呵呵。”大家唯唯诺诺。

“我父因家母酗酒，离家出走，每月给些少家用，都给她用来买酒，通常，由邻居太太给我一个三文治当饭吃，记忆中，十一二岁开始，就看到她喝得烂醉，躺在有气味的床上起不来，每天黄昏，放学回到家，她便挣扎着

[1] 哈利：指哈雷摩托车（Harley-Davidson Motor）。

叫我出去买酒。”

众会员脸上露出愤慨样子：“不要去！”

“她从不给我钱，因为根本没有钱，我走到小店，向杂货店老板要酒，他认得我，带我到一个角落，伸手上下摸我身子，稍后，给我小小一瓶白酒。”

“令人发指，不要去，”有人握紧拳头，“他是谁，店名什么，我去报警。”

“你应知好歹，为何还去那间小店？”

美梨轻轻答：“因为每次把酒带回家，她都会挣扎着说：‘乖孩子，过来，抱一抱。’那是母女唯一温馨时刻。”

有人饮泣。

年年听得心酸头痛，浑忘个人烦恼，她吁出一口气，恰好喷到周岁脑后，啊，呵气如兰，他颈后汗毛竖起，他轻轻闭上眼睛。

“后来，小店老板把我带到暗室，进一步侵犯，但不久，被他老妻发现，用酒瓶敲破他脑袋，将我赶走，而家母，不久病逝，我流落街头，自己也开始喝个烂醉。”

大家沉默。

“但，今日我已停止糟蹋自己，我戒酒已经半年——”

年年忍不住，站起来走出会议室。

她松口气，看到身边长长影子。

她轻轻说："没想到那么多年轻女子同病相怜。"

"第二个星期了，你做得很好。"

"师傅，当初你可戒得辛苦？"

"我还好，先是停停喝喝，犹豫不决，终于咬紧牙关戒除。我的师傅，即幸运星的原主，他比较悲惨，被关进精神病院，住了三个月。"

年年打一个冷战。

"他是一名文学教授，清醒后每年辅导一个徒弟，一直成功，他是好榜样。"

"你也是，名师出高徒。"

"你相信他们的故事吗？"

"那样悲惨情节，编都编不出来。"

"她很勇敢，此刻在一间餐厅做厨师，生活稳定。"

"她会结婚生子吗？"

"人类顽强刚毅，往往出乎意料。"

"你呢，你的故事还没讲完，你结过婚吗，女友是否一队队，又你可是大情人？"

如此孩子气，毫无禁忌，由此可知必然是把他当一个没有威胁性的阿叔。

“师傅，我昨夜梦见自己与猪朋狗友痛饮。”

“我也是那样开始，喜欢松弛感觉，借醉，可以肆无忌惮乱说话，手搭在平时不敢放的肩膀上，不料越喝越多，半瓶拔兰地[1]下肚，还是死气沉沉，看到新酒友半杯啤酒便兴高采烈，羡慕得紧。”

“你有何不得已之事？”

有人推门出来找他俩：“美梨生日，狄克做了蛋糕，你们也吃一块。”

那块巧克力蛋糕，奶油奇多，但美味非常，年年又添多半块，胃口好似返转。

她走近美梨，忽然伸手轻拍她肩膀，美梨转过身，她轻轻拥抱她一下，美梨道谢。

周岁说：“下次，或许轮到你。”

“我仍没有准备好。”

周岁在门口道再见。

---

[1] 拔兰地：又译为白兰地（Brandy）。

“什么，就这样走了？”

“我俩并非约会。”

“请陪我到处逛逛。”

他婉拒：“年小姐，我以为你也要工作。”

年年无奈：“当然，每星期只给我一小时。”

她回学校。

肆·

照着镜子，年年凄凉微微笑，
再世为人，
先前那个年轻女子，
早已死亡。

在车上，周岁接到易医生电话："你学徒表现如何？"

"进展理想，但需小心防范复发，无论受过何种创伤，她表面一丝不露，反而叫人担心。"

"她没告诉你为着什么？"

"大约是失恋吧。"

"猜得不错，女子，还能为着什么？"

"什么白痴男会放弃那样漂亮可爱女子？"

"人夹人缘[1]。"

那边，年年对自己说：永远、不准、绝对，不能再蹭磨师傅，叫他陪她。

---

[1] 人夹人缘：粤语俗语，意为人和人之间有的适合有的不适合，都是缘分使然。

恰好耳边听到一个同学揶揄另一同学：“你这傻蛋——”

听到“蛋”字，年年呆住。

心头渐渐发酸，原以为肉身已经死亡，所有器官捐赠他人，怎会仍有知觉，她呆呆坐着如一尊瓷像。

“年年，你最多跳舞裙子，想问你借来一穿。”

她连忙说：“欢迎。”

“你也来吧，是积琪生日。”

“医生嘱我不可过劳。”

开会时年年向组长报告：“政府机关考虑将公务员退休年龄延到六十七岁，以防断层，中间那群壮年人去了何处？我会研究过去廿年移民人数及其子女年龄。”

同学说：“六十岁尚可应付工作，六十五……存疑，家母说她四十多岁还打老虎，但到了六十，变成半日安，下午非打中觉不可。”

“我辈将来要做到八十。”

有人沮丧：“那怎么行，我想五十退休做小说家。”

“哟，社会或许就此失去大文豪。”

“讨厌。”

“还未开始事业便想退休生活，太没出息。”

“年年，你呢？”

“我？上午不知下午的事，一天的忧虑一天当已经够了。”

大家嬉笑，日子就这样过去。

第二天年年特地去挑药皂。

逐块闻过，有一种鹅黄色的，气味最近周岁身上那种，她买了两块，回家剥出，用一只袜子装起，与那枚幸运星银币一起，放身边作为警惕：师傅无处不在监督。

小乙端上鸡汤。

年年忽然问：“各人都好吧。”

小乙脱口答：“好，正忙给宝宝找学校呢。”

立刻知道说脱了嘴，急得脸红，幸亏年小姐不再发问。

“这西洋参鸡汤同学们都爱喝，请炖一大锅让我带去，还有人说他祖母会做猪肝汤，你会否？”

“可以学做。”

“那他们有口福了。”

“年小姐多与朋友出去走走。”

“是，你说得对，明天我跟着去跳舞。”

不一会儿，同学前来挑晚服裙，叽叽喳喳：“哗，从没见过那么漂亮的裙子，有些连价目牌都未除下，全新。”

“随便哪件都行，而且不用归还，尺寸不对，可以拿到裁缝处改。”

女同学们大喜过望。

小乙不出声。

再置新的也容易。

一班同学在年家吃消夜。

“年，你爸妈呢？”“这么大屋子一个人住。”“你家境如此富裕。”“难得你不骄矜。”“以后可以常来吗？”“能够借书房让我们一起写功课否？”

年年心中只得一件事，渴望喝一杯啤酒。

她们走了，屋子静下来，小乙收拾杂物。

年年取过外套：“我出去走走。”

“年小姐，已经深夜。”

“你也收工吧。”

年年逛到酒吧区，看到门口街台上年轻男女搂肩搭背畅饮，她呆呆看视。

有年轻男子招手：“这边，过来，加入我们队伍，我请你喝三杯。”

年年笑。

“过来呀！美丽的女子，与你共销万古愁。”

她刚想移动脚步，鼻端闻到微微药皂香，原来，整理过药皂后手指有余气。

她一怔，连忙转头离开是非之地。

年年出一身冷汗。

是师傅救了她。

回到家，小乙还未走，看见她无恙回转，松口气，双眼发红。

年年取出药皂切一小片，用纱布包好，放外衣口袋里。

她找出几张照片放大，又写上说明。

星期三。

看到周岁高大身形，她微微笑。

“师傅早。”

“今日徒儿心情似不错。”

“同学积琪生日舞会，你会否陪我出席跳舞？”

“师傅最好不要与徒儿在社交场所出现，角色混淆，失去尊严。”

“你指权威。”

周岁尴尬。

“今天，我准备好说话。”

“啊，这是一项跃进。”

“我发觉我的故事，并不比他人更凄凉。”

大家坐好，这次，周岁坐年年身边不远之处。

年年自大帆布袋里取出一张卡纸，上边写着：“各位，这是我的 show and tell[1]。”

第二张是一帧全身照片：“这是从前的我。”照片里是巧笑倩兮年年的泳装照，众人一看，不由得吹起口哨，笑说：“下次我们到沙滩举行聚会。”

第三张，也是一帧放大照片，字样：“手术后的我。”

众人眼光落在照片上，顿时静得落一根针也听得到，接着是深呼吸声。

周岁看到，惊愕得呆住，他腰间似被利器插一下，刺痛，其余会员也有同感，有人不由自主冲动站立，有人想走近年年。

手术后照片中年年赤裸上身，平坦如小孩，两道恶形

[1] show and tell：意为展示和讲述。

恶状的大疤，像对观者怒目相视，她脸容如一具小小骷髅，眼神空洞，秃头，怪异可怕。

周岁颤抖。

还有下文，年年镇静地展示最后一张照片：“他离我而去。”映像是一对欢笑漂亮年轻男女的自拍照，两个人额角碰在一起。

会长先忍不住落泪：“啊，年年。”

年年自布袋取出一只空瓶，作喝光状：“我便这样开始喝醉。”

周岁鼻子通红，走近握紧她的手。

众人都围住年年。

年年微笑，这还是她第一次当着人解说她酗酒原因，如释重负。

她收拾好图片，与周岁走出门外。

过一会儿周岁说：“那很勇敢。”

“吞吐那么久，早该表态。”

周岁歉意：“对不起，我不知道。”

“我这才明白，那不过是很普通的事，你一定听过更凄厉的经历。”

“我上个徒弟，怀孕酗酒服药，婴儿只存活了三天，她痛定思痛，现已清醒。”

年年微笑：“你所有认识的人，都损手烂脚，焦头烂额。”

周岁不出声，过一会儿说：“你刚才提起，同学积琪生日，我可以抽空。”

年年点头：“果然，动了怜悯之心，不顾师傅尊严。”

周岁不出声。

年年说下去：“有个两岁小孩，头颅骨不生长，压逼脑子，不得不做大手术，痊愈之后，但凡妈妈有什么不依她，她就指着脑袋说：‘头，头。’她妈心都酸软，只得说好，以后我该怎么要挟师傅？‘胸，胸。’”

周岁气结，又不得不笑，眼眶润湿。

这女孩，拿她怎么好呢。

“星期六下午六时来接我，不必带礼物。”

周岁点点头。

这时，他忽然做了一个奇怪动作：他的唇，碰一下自己的拇指尖，然后，把那个吻，间接印到年年额上。

年年怔住，缓缓转身走开。

那拇指印一直留在她额上，良久不退。

她一直微微笑。

回到家，咚一声跌落床。

小乙正在抹墙角灰尘，年年轻轻说："他们可以放心了，我痊愈进度极佳。"

好一个小乙，气不急脸不红："他们，他们是谁？"

"你可以回老东家处。"

"我都不知你说什么，年小姐，冬虫草已经炖好，快来喝。"

真没她奈何。

第二天，学校发薪水。

支票连着收条可以撕下，似模似样，一看银码，年年倒抽一口冷气，什么，才两千元，这够什么用，物价飞涨，加一次汽油要三百元，吃一客汉堡三四十元，辛劳半个月，每天近八个小时，才两千元。

同学看到年年古怪表情，不禁笑出声："她这才刚知道物价与收入不相称。"

"年年家境优渥，无甚物价观，一千与三千差不多。"

"所以她比我们都可爱。"

“我自从借住过亲戚家之后，对一分一毫都小心翼翼。”

“两千元不算少了，当然，很难还有剩余，也不可能购买你衣柜里那般漂亮的舞衣。”

说到舞衣，她回家，拉开衣柜一看，啊，只剩下一件深紫色略为宽身她们看不上的缎裙。

看来她只得穿它了。

小乙说：“我叫时装店立刻送几件上来。”

“不，我已脱胎换骨再世为人。”

这话说得慷慨激昂，连她自己都笑出声。

试了裙子，发觉松一些，始终，未能恢复到从前模样，那时，她全身长肉，背脊腰臀，都有梨涡。

裙子是上世纪二十年代 flapper[1] 式样，衣脚钉一排珠穗，随舞步飞扬，年年记得，还有一束羽毛戴头上配成套，不知丢到何处。但是她找到一件狐皮坎肩，披上，也还好看，欠相衬鞋子，一橱细跟鞋，四五吋高，不知彼时如何练成的神功，居然可以走动。

---

[1] flapper：指20世纪20年代流行于欧美国家的一种女性时尚，服饰多以珠宝、蕾丝、羽毛装饰，体现出奢华、轻佻、前卫的风格。

此刻不行了，她挑一对平底鞋。

穿戴整齐，呆呆坐着，不知恁地，小乙甚为高兴：“真好看，化些妆。”

“不用，我坐一下就走。”

小乙还是找出华丽名贵化妆箱，打开，琳琅满目，色彩缤纷，年年讪笑，这些身外物，险些用不上。

“这管口红好漂亮。”

是紫红玫瑰色。

“我帮你梳头。”

小乙用头蜡，把年年头发往后梳，一看，真像古装，小乙又拾起一枚水晶发夹，别在她发鬓。

照着镜子，年年凄凉微微笑，再世为人，先前那个年轻女子，早已死亡。

门铃响起，小乙开门，看到一身西服英挺的周岁，先是一怔，然后咧开嘴笑，太高兴了。

周岁看到坐着漂亮如洋娃娃的年年，双眼与面孔都亮起，啊，稍微打扮判若二人，他不后悔来这一趟，重蹈红尘。

年年抬起头，对牢周岁微笑：“师傅，劳驾你。”

她自然地把手臂伸进他臂弯。

他们出门不知多久，小乙还在笑，真不知关她什么事。

那边，周岁轻轻说："没想到你如此谙打扮。"

"嘿，那是我从前的工作。"

"那是什么职业？"

"某人的 arm candy[1]。"

"他已离去。"

"像一个梦在晨曦消逝。"

周岁不再言语。

到达现场，发觉中央摆着一座小型酒吧，饮者自付，英俊酒保穿着半透明衬衫，逗女生调笑。

这么近的诱惑，所以要叫师傅陪伴。

年年呆视五颜六色半透明酒瓶，酒保以为她看他，挤眉弄眼。

周岁连忙把年年带下舞池。

主人积琪迎上说了几句，灯光忽然转暗。

年年问："你擅跳舞？"

---

[1] arm candy：指挽着男性富豪的手臂，陪伴其出席社交场合的年轻美女。

“三四步总会一点。”

“不知怎的，我老觉得你有不可思议的过去。”

“年年，你眼睛老是盯住那台酒。”

“我已戒除。”

“别挑战酒魔，有一个朋友，戒除三年，一日，走进酒吧，决定限量喝半品脱啤酒，谁知第二天醒来，发觉自己躺在公园草地。”

年年打一个冷战。

“可怕，我们溜走吧。”

两人偷偷自俱乐部横门离去。

天气有点寒意。

“这样吧，我请你吃饭。”

年年说：“你很久没出来了，本市有些资格的饭店起码需一星期前订位子，我试试我从前的关系。”

她找到以前认识的领班：“还记得年小姐吗？”

“年小姐今日是你生日，我们正等你电话，去年一定是去了别家，今年可等到了。”

“两人桌，不要近卫生间。”

“年小姐真会说笑，老位子，我立刻把那桌留空。”

年年放下电话。

她说："从前，我还专司吃喝玩乐。"

领班声音响亮，周岁全听到："今日也是你生日。"

"师傅，瞒不过你法眼。"

两人都笑了，不回避往事，才是好事。

周岁能吃，十二安士[1]T骨牛排，烤马铃薯，加一客姜茸布甸[2]，吃饱饱。

年年只喝一碗龙虾汤。

周岁还是没有把他的故事续完。

"你为何酗酒？"

"就是因为喜欢喝，醉了又睡得熟，高兴。"

"一定有其他原因。"

"猪朋狗友太多。"

这时侍者走近："年小姐，那边一桌人客坚持你的朋友是影星汤默士吉逊[3]，要求签名。"

---

[1] 安士：又译为盎司（ounce）。

[2] 姜茸布甸：又译为姜蓉布丁。

[3] 汤默士吉逊：又译为托马斯·吉布森（Thomas Gibson），美国演员、导演。

“他们看错。”

“但十分坚持。”

好一个周岁，在白纸上大笔一挥，让领班交差，使他人开心。

这时，年年才发觉周岁外貌确有三分像西人，一管鹰鼻笔挺。

“你是混血儿。”

他不回答：“吃饱好走了。”

叫结账，领班笑：“年小姐的账照例已经上妥。”

不料周岁说：“今晚是我请年小姐。”

领班见神色不大对，立刻转弯：“是，是，马上。”

结果由他付账。

“师傅，”年年表示意外，“何必介怀。”

“我不是你那些小朋友，埸些便宜无所谓。”

“是，是。”这大男子只喜欢听这两个字。

“什么是，是，这分明是你从前的地头，账挂在何人头上，我很清楚。”

“唉，一顿饭耳。”

“是非黑白要清楚。”

年年捏捏他强壮手臂："放心，真要算账，他们欠我的，不止一顿饭。"

两人静静离去。

领班与女侍应看着他俩背影："两人都找到新伴，但陆先生新女友没年小姐漂亮和善，而年小姐新男友英伟如电影明星。"

领班说："真可惜，他俩曾经那样相爱，记得彼时年小姐生日在此吃饭，陆先生先来视察鲜花可漂亮，否则，要求更换。"

"那样的爱情也会过去，真叫人心寒。"

"也许，他不是那么爱她，他只是喜欢排场。"

"不，我可以肯定，他们曾经深爱过。"

"那爱呢，去了何处？像纸，烧完还有灰烬，河水蒸发成为雨云，爱消逝遁后往何处。"

"我们这种普通人如何明白。"

在车上年年遗憾说："有香槟就好了。"

"想都不要想，年小姐，你已添了新岁，明朝好好做人。"

年年抗议："我一直妥当做人，从不撩事斗非，不知多被动，可是闭门家中坐，祸自天上来。"

他送她到家门说再见。

年年道谢："今晚很高兴。"

"你气色尚佳。"

"从前人人都称赞我漂亮。"

"我不认识彼时的你，但我认为，比今晚的你更好看是不可能的事。"

"师傅这样会鼓励我。"

第二天，教训来了。

不，不，被教训的不是年年，是周岁。

易医生冷冷问："你与年年跳舞吃饭？"

周岁见她不分青红皂白怪罪："有何不可？"

"你是她辅导员，你比她大十岁八岁，她正处于一生最脆弱时段：大病初愈，加上失恋，很容易有依赖情绪。"

"易医生，你应比任何人都清楚我性格，我不是那种乘虚而入的人。"

"只怕你自己也不醒觉。"

周岁气恼："那我辞去辅导人的责任。"

"对，'我不干了'。"

"我该如何保证？"

“维持适当道德距离。”

“我不会越礼。”

“别忘记，我们都受雇于一家人。”

“我纯是义工。”

“周先生，那家人循你要求，捐赠六位数字予微笑行动组织。”

周岁只得说：“我知道了。”

“年年上午来检查身体，她康复理想，但人生观是不一样了。”

“有健康一切可以从头开始。”

“话是这样说。”

“师太你没别的吩咐，我先告辞。”

易医生气结。

那边小乙自作主张叫时装店送秋冬衣服到年宅：“蛋青色很好，灰紫亦为她所喜，不要蝴蝶结及大花之类，是，是，目录册十一页那几件都行。”

年年打开衣柜，见到适合衣裤便穿，并不拣择。

一组同学做人口调查报告渐渐成形，都摇头：“十年前本市出生率每对夫妻是一点七，两名不到，今日，只得一点三，人口快要负增长。”

“比起日本如何？”

“那又还好些，在东京，许多百货公司用三层面积专卖老人用品，情况严峻。”

放下功课，年年想找周师傅说话，但他说过，有要紧事才好叫他。

他不是她的朋友。

“年年身上浅灰松身大衣真好看。”

“年年既有品位又有钞票。”

年年微笑：“各位想吃什么？”

他们挑一家日本菜馆，面积虽小，海鲜美味，清酒一壶壶上来，年年眼白白看着。

吃完由年年结账。

她看到小杯子有些微剩酒，考虑一会儿，忽然按捺不住，用食指蘸一蘸，就要放进嘴里，挣扎一会儿，终于用纸巾擦干手指，她已羞愧得脸红眼红。

每一天都是挣扎，过一日算一日。

每一天都是成绩。

她伸手到口袋，摸一摸那片药皂。

周岁不知此事，如果知晓，一定感动得说不出话。

大家喝得东歪西倒，只得年年站得直，她叫出租车，付妥车资，着司机送他们回家。

她一人在街上踯躅，漫无目的，自斜坡走到商业区，驻足一间婚纱店橱窗，人形模特儿穿着一袭云一般的窄腰礼服，她凝视良久。

她那袭纱裙也由专人设计，简单大圆领，全香蒂宜蕾丝，鱼尾裙摆，由陆太太挑选。年年记得女长辈这样说："年年真好，永远没有瞎七搭八主意。"她是听话顺民。

一件只穿一次的重要衣裙。

她在街边买一只烧番薯边吃边走。

终于回家。

伍 ·

呸，岂有此理，年年气愤，
他们都不发一言离她而去，
连正面说明的勇气都没有。

第二早小乙把早餐与日报放桌上。

她翻完头条看社交版，忽然读到熟悉名字……著名地产商人陆永亨办理离婚手续，妻张美德获分天文数字财产，附着二人近照。

年年发呆，伸手招小乙，将报纸递上。

小乙一看，“哎呀”一声。

由此可知，她也是刚刚知道。

照片中他俩像是在最近婚礼中拍摄，陆太太穿香槟色缎子旗袍，戴着拇指大金色珍珠，艳光四射，身边站着陆先生，他穿深色西服，头发梳得光亮整齐。

这不过是早两年的事。

挨足三十载才正式结婚，一下子分手。

小乙喃喃："怎么会。"

她再也不隐瞒是知情人士。

年年想一想："陆太太现在是极富有的女子了。"

而陆先生，大概又想再次结婚，所以付出代价。

年年把报纸拾起翻到副刊，读她喜欢的专栏文字，有一个作者每天写爱情，但始终只在风月阶梯徘徊。

小乙却受震荡："怎么会？"

这时，甄律师电话找："年小姐，每个月我俩规定见一次，你喜吃下午茶抑或到我办公室？"

"到你处好。"

"下午三时可方便？"

"没问题。"

年年穿一套深蓝色西服，没想到与甄律师衣着得一模一样。

姓甄不好改名字，总不能叫自己甄美丽。

甄律师叫甄相。

她细细端详她："请坐，年小姐，精神不错。"

年年点头。

"开始有应酬费用账单，值得高兴。"

年年又点头，似如今世道已惯，此心到处悠然模样。

甄律师有点心疼："你可以多出去散心。"

年年一味点头，像那种惹笑木偶。

"有什么特别要求否？"

"陆氏夫妇忽然离婚？"

"日久生厌。"

"我还以为日久生情。"

"那也是一种说法。"

年年忽然说："想那样得那样，一定愉快。"

"你呢，年年，你有什么要求？"十分想满足她。

"我希望经济独立，可惜半月薪水发下，只得两千元。"

甄律师忍不住微笑。

"甄律师，看你多能干。"

"专做离婚官司，拆散人家夫妻，怎算有功？"

"甄律师，我也想多读几年书。"

"那你要选读实用科目。"

"修理铅管水喉可好？"

"那是一级发财工业。"

大家都笑起来。

“先把身体调养健康。”

“病去如抽丝，易医生说这五年都要小心翼翼。”

“我也得过胃溃疡出血，十分吃苦，只能三餐吃白粥加一块白鱼或白鸡肉，你呢？”

“我由专人做一条虫粘着一枚草，燕子的巢，以及小小白鸽蛋等，全部无味。”

“真好心思。”

“心情尚可。”

“那是进步。”

“我已不大敢动气、悲哀、愁苦、怨恨，活着要紧，医生说病患者生存意旨相当重要。”

“你很懂事。”

这时助手捧进下午茶点。

年年挑一块小小青瓜三文治。

然后，她彬彬有礼道别，回到家里。

陆太太仍然关怀她，这叫年年安慰。

星期三，例会。

有新面孔，中年人，不敢抬头，紧握双手。

忽然有人说：“不怕，我们都是过来人，人人都在挣扎中。”

他松弛一些，沙哑声音这样说：“我是杀人凶手。”

说完这一句，忽然崩溃，痛哭失声，大声号啕，那种绝望悲号，叫人毛骨悚然。

大家只得静静待他发泄情绪。

年年听不下去。

她握住师傅的手。

“我杀死三个月的婴儿，他是我儿子，我喝醉把他遗忘在车子后座，独自回屋内昏睡，警察发现时他已冻死在温度低至七八度的车厢内。”

他哭得不能停止。

年年轻轻离开会场。

有好几个会员也跟着走出。

大家都不说话，过一会儿有人问：“他会怎样？”

“警方已发出拘捕令控他误杀罪。”

话还没说完，一辆没响号的警车已经悄悄停在他们身边，制服人员入内找人。

只隔一会儿，他被警员带出，押上警车。

年年听见他对警察说：“我求判死刑。”

年年坐上自己车子:“我不来了,这是最后一次。”

周岁坐到她身边:“看到自己的影子吃不消可是?”

“你这人有时相当残忍。”

“我说的都是实话。”

“请下车,我要逛酒吧。”

谁知周岁这样说:“玩得高兴点。”

回到住所,年年把药皂扔进垃圾桶。

她取出那枚幸运银币,轻轻抚摸阿历山大大帝的头像,忽然失笑,生那么大气,他不过是实事求是的职业辅导员。

生日过后,日子过得奇快,一下子又星期三。

是因为没有事发生吧,今天与昨天差不多,还有明日,也与后天相差无几,有人说这种日子最愉快,否则,就是度日如年。

她到会所,还没坐好,会长迎上:“年年,今日周先生有事缺席。”

年年点头。

那一个下午没有惊人个案,一个丧妻的中年人缓缓述说他痛苦的失落:“我还以为自己已经不再爱她,但是迄今三年,仍不舍得扔掉她的毛巾浴衣,我整整喝足三年,丢掉工作，才知醒悟，我坐在此处，是因为我想，她会要我这样做。”

“可有子女？”

“子女过了廿一岁就成为社会有用或无用一分子，陌生得多，他们已婚，照顾家庭与年幼子女还来不及，每日匆匆跑过，正像我年轻之际。”

“今日看到酒如何态度？”

“爱得不得了，但仿佛已与我无关。”

“好，好。”

“我奇怪为何酒庄仍允公开发售各种酒类。”

“因为过了廿一岁，一个人要为自身行为负责。”

“但政府已设例，禁止快餐店采用反脂油及大瓶汽水。”

“这真是严重的社会问题。”

年年立刻想到下列研究题目：“为何厚此薄彼”。

直至散会，都不见周岁，他也没有亲自关照年年。

那晚半夜，年年痛醒。

她出一身冷汗，魂不附体，起床找人，小乙已经回家，一个人走到厨房找到开水服食镇痛剂。

这次痛在下腹，她自我检查逐寸摸索，并非右边盲肠部位，是脐下左右两旁，酸痛难当。

她抬头看牢天花板，屏息，噫，难道痛的限量尚未届满，她还要继续受罪。

她在网页找到女体医学图，查看是内部何种器官叫她疼痛。

一看，心都凉了。

那是卵巢位置。

天啊，身体千疮百孔。

她浑身颤抖，一个人在住所踱步，直至天亮，然后她淋浴更衣。

在浴室，发现有深棕色排泄。

她反而笑了。“唉。”她这样叹息。

她致电王医生医务所。

看护说：“年小姐，你马上来，我即刻知会王医生。”

走到门口，她拐一个弯，到便利店，拉开冰柜门，取出一罐啤酒，开启，金黄色泡沫像是呼唤她：年小姐，喝一口，你还怕什么，保不定肿瘤已经蔓延到全身，喝一口啤酒哪算过分。

她把罐子往嘴边放。

“小姐！先付款。”

这一声唤醒她。

她放下酒罐，取出钞票，转头便走。

“喂，你的啤酒。”

年年匆匆离开店家。

渐渐镇静，但双手冰冷。

王医生站门口等她：“为什么关掉电话？”

她忘记电话。

王医生立刻做连串检查，扫描内部器官。

医生本来紧绷面孔，但随着逐步检视，脸面放松，皱纹突显。

鉴貌辨色，年年也松弛下来。

王医生叫看护：“样板即刻送化验所。”

让年年坐起：“据初步观察，并非病患。”

年年似死里逃生，怔怔没有言语。

“看情形是器官恢复局部功能所致。”

年年仍不知怎样开口。

“多休息，照常生活，报告出来再做打算。”

这时有人敲门进来。

年年抬头。“甄律师。”声音呜咽。

王医生吁一口气：“是我请她来。”她怕一个人应付不了最坏局面。

甄氏看到年年脸色惨白，形容憔悴，眼鼻红肿，又佝偻背脊，内心炙痛。

她坐到衣冠不整的年年身边，忍不住替她扣上纽扣。

“如何？”

王医生简单叙述：“想是虚惊。”

年年轻说：“感谢两位关怀。”

甄律师握紧拳头：“这女孩受够了。”

她深深叹息。

年年穿上外套，忽然流泪。

王医生说：“没事没事，有我在这里。”

助手斟咖啡进来。

“一场惊吓，起码减寿三年，不病死也吓杀。”

甄律师这样说：“医生不好做，每个病人安危，都是心事，寝食难安到退休那日，病人失救，仍然剧痛。”

“律师何尝不是，若干检察官为受害人申冤，做到走火入魔。”

年年告辞。

“且慢，我还有话说。”

年年看着王医生：“你，还有孙与易医生，甄律师，都彼此认识，属一个团队，而且受雇于同一人。”

甄律师说：“你都知道了。”

“可否告诉我，赞助照顾我那人是谁？”

“不可说。”

“我也猜得到。”

“你不妨随意猜测。”

年年站起，双腿软弱。

“年，还有一件事，周岁已向易医生请辞。”

“啊，他也是你们一组。”

“我将另外给你找辅导员。”

“他人呢？”

“辅导员的压力也相当大，他度假去了。”

呸，岂有此理，年年气愤，他们都不发一言离她而去，连正面说明的勇气都没有。

而她，竟如此叫异性生厌，避之则吉。

她一声不响，挽起手袋，轻轻离开医务所。

王医生追上："年年，不可放弃。"

年年与她擦身而过，两道并行线，碰不到一起。

世上有两种人，一种如王医生他们，意志如钢铁，一种就像她年年。

一爿酒庄门外张灯结彩，一张长桌摆开，人山人海。"新酒试版，欢迎品尝。"

不知是何种葡萄酒，香气扑鼻。"叫'愉快人生'，"服务员递一杯给年年，"卑诗省李斯玲葡萄[1]，一试便知。"

但是她轻轻放下小小塑料杯，转头离去。

她约同学到家写功课。

他们要求供应啤酒。

小乙厉声吆斥："此处不容酒精。"

她才是这间半山住宅的主人。

小乙当然也是王医生她们的组员。

年年想了想，约见甄律师。

"身体可好一些？"

"仍然这里痛那里痛。"

---

[1] 卑诗省李斯玲葡萄：指加拿大不列颠哥伦比亚省雷司令（British Columbia Riesling）葡萄。

“我何尝不是，自眼窝痛到足跟。”

“甄律师，我恳求你指导，我想独立置业。”

甄律师凝视她，过一会儿才说：“有志气值得嘉奖。”

“可是揶揄我有野心无才能？”

“并非你的错，本市房产全球最贵，年轻人不能成家叫苦连连，又不止你一人。”

“极小极小单位，伸出双臂可以碰到两边墙壁那种我也不介意。”

“万多元一平方呎，你算算。”

年年颓然。

“而且那种地区，原本是垃圾堆填区，或是两个钟头车程才到银行区。”

“我没有资格拣择。”

“那么，待健康恢复再说。”

“这就是真相。”

“还有，我是你新辅导员。”

年年好气又好笑：“你曾经酗酒？你如何辅导？好律师不是辅导员。”

“你或许不相信，周岁曾经是我师傅。”

“我不信！”

“你可以问周岁。”

年年再也不要见这个避而不见伤透她自尊的懦夫。

甄律师轻轻说：“法科生功课紧，许多同学连药夹酒喝，我是其中之一。”

年年张大嘴。

“有一个优异生在车厢里用点滴瓶注射毒药自杀身亡，整个车厢都是空酒瓶，事发后我看到他父母的神情，立刻求助。”

年年哑然。

半晌她问：“团队赞助人呢，她也曾经此苦？”

“她，你猜是她。”

“我猜是陆夫人。”

甄律师微笑。

“因为，我知道，不会是陆公子。”

甄律师如此答：“我只可以说赞助人已经失救，决定喝死算数。”

“什么？”

“年年，口说无凭，我可以委托房产中介带你参观小单位。”

经纪人年纪与年年相若，十分专业，谈吐也斯文，她如此说：“年小姐我并不代理这类公寓，但甄律师关照，你要做研究报告，我们不妨一起了解一下艰难民生。”

她把年年带到市区西边：“这里本来是货仓、长生店[1]、南货铺所在地，此刻叫西半山，很受年轻西人欢迎。”

大厦如一支铅笔，四十五层高，名叫凌云阁，倒也贴切，小小升降机只可容纳约四个人，走廊狭窄，走进室内，“新建筑，样样都簇新，这是卖点，售价三百八十万”。

不分厅房，小小一统间，可放一张沙发折床及书桌，两张椅子。

“我第一间住所也差不多大小，楼价较低时置下，五年内几乎不吃不喝供款，适当时候小换中。”

“你独身女子为何置业？”

“家母嫌我早出晚归又不嫁人她没面子，到兄嫂处暂住他们又不高兴。”

“你很能干。”

[1] 长生店：指棺材铺。

“跑得两条腿静脉曲张。”

她再带年年到东区青云阁，海旁小单位差不多价钱，隔出小房间，床放下之后，三边靠墙，窗外是人家的窗。“交通方便，该区已经更新，有两家报馆在此，故此小餐厅特多。”走远些许是殡仪馆。

要不，就是乡镇了，名字也好听，叫紫微村。

车子驶出老远，空气洋溢着一种肥料气味。

小路走过去，看到许多昆虫飞舞，秃毛黄狗迎上嗅嗅。

年年停步。

经纪微笑：“还要走过去吗？”

年年也微笑：“我想不。”

“那么，就回头吧。”

年年点点头。

“我请你到附近小店吃海鲜。”

年年推却：“我身体不适，不便在外边饮食。”

年轻的经纪忽然说：“我还有一个请求，年小姐，可否让我参观你此刻寓所？”

年年想一想：“欢迎。”

推开门，经纪小姐怔住。

大露台外海天一色，大花盆种着艳红棘杜鹃，大厅没有太多家具，一式雪白，用人捧出咖啡香茗，任由选择，走廊深且宽，可以踩脚踏车。

女经纪深深吸进一口气。

她坐下："年小姐，我有几句话不该说也想说：我实在想不出一个女子住在这里还考虑搬出，这住宅可是写你一人名字？"

"正是。"

"那人无论是谁，都视你为公主，存心照顾，你不必再多心。"

"谢谢关怀。"

吃过点心，她在露台站一会儿，依依不舍这样说："这层公寓是全城人的财富指标。"

但是住在这间屋子里边的人别有情怀。

客人离去之后，年年问："咦，今日报纸呢？"

小乙说："没送上来。"

年年在网上阅报，社交版照片打出，她怔住，当然，报纸非没有派上，是让小乙收起了吧。

相片是陆青山的婚照，他娶一个年轻女子，穿非常华丽累赘的礼服裙，看样子起码三十磅重，束腰捧胸，美丽而生硬，化妆浓厚，但她轮廓精致，卸了妆一定更加好看。

而青山，几时都那么漂亮，他穿浅灰色小礼服，白色缎子领结，一向不喜理发的他婚礼当日也不愿剪发，不羁地拨到耳后算数。

年年叫小乙。

小乙过来一看，不出声，连忙观年小姐脸色，只见年年微微笑，小乙意外，更加心酸。

这时甄律师电话到。

她不忿，这样说："这个半西洋混血儿女子自称是当今女皇表哥私生孙女，私底下自称郡主，名爱丽斯，我一查之下，女皇陛下并无表兄，她父王通共两兄弟，皇伯无子嗣——"

"终于结婚了。"

"嗯，你看他越发吊儿郎当，在伦敦根本不上班，每晚摩根跑车停在最热闹会所门外，他居然拥有领事馆车牌，漠视交通规则——"

年年不出声。

"对不起，我话多了。"

“我觉得青山不是那样的人。”

“嘿！”

不知怎的，年年一直微笑。

真没想到大家都那么爱惜她，为她不值，怪责陆青山，把他妖魔化。

“那女子相当标致。”

“陆家并没有宴客，新娘子已经怀孕三个月。”

“陆太太一定高兴。”

陆家一年内有人离婚，有人结婚，一定忙得不可开交。

年年有点怀念彤云与紫杉姐妹，还有那个专门炮制[1]狗狗的小家伙。

家族人口渐增，小东西的表弟妹出生，他必不似此刻得宠了。

年年吁出一口气。

别人的故事别人的生活。

“年年，你好好做人。”

“是，是。”

---

[1] 炮制：此处意为折腾。

“地产经纪说你已看过本市若干独身人居所。”

“置业无望。”

甄律师说：“慢慢来，大学薪水低，你可以过来我处做助理。”

“甄律师，我们不如结婚算了。”

“嘿，我自小知道我喜欢的是男性，他们虽然无赖、自私、愚昧、不忠，但是他们漂亮英伟，完全是另一种野生动物——”

甄相今日特别活泼，她受了刺激，那帧婚照的确不是人人受得了。

“过来面试。”

“我并非法科生。”

“年年，边读边学边做，我都替你安排妥当。”

“背后有赞助人吧。”

“赞助人并不同意你操劳，这纯是我的主张，明午三时。”她挂上电话。

小乙走近：“年小姐先喝碗鸡汤。”

年年转过头，忽然看不清楚，眼前像是有电光霍霍转，啊，这便是人家说的眼冒金星，接着，她觉得晕眩，继而呕吐，她紧紧闭上眼睛，不敢再睁开，万一张眼一片漆黑，那就是盲了。

小乙已经立刻叫王医生。

王医生在手术室，又找易医生。

医生到时只见年年面如金纸，紧紧握着拳头，坐在椅子上动也不动。

她扶年年躺下："告诉我是怎么一回事。"

年年轻轻说："许是视网膜脱落。"

易医生连忙检查："没有的事。"

可是年年眼前仍然有电光。

"缓缓把鸡汤喝下，嚼几口白饭。"

"没有胃口。"

"许多过度节食的女生均有此现象。"

年年忽而哈哈大笑："我还以为是上天罚我招子[1]不亮，索性废掉，原来只是营养不良。"

易医生吩咐小乙做些易消化甜品。

"服药，躺下，睡觉。"

---

[1] 招子：指眼睛。

炖蛋做妥，年年已经盹着。

易医生问：“发生了什么事？”

“年小姐看到结婚照。”

“可有不乐流泪？”

“就是没有才叫人担心。”

易医生说：“听说陆青山醉得要伴郎扶着签署婚书。”

“原本应该是年小姐，小陆先生深爱年小姐。”

“但是更爱家族财富与他自己。”

“医生，这种事是否常见？”

“天天发生。”

“年小姐算得坚强，一直撑着。”

不久，王医生也赶到。

年年醒转：“打扰你王医生。”

“我不过在接生，不妨。”

“接生一定有趣。”

“大块头，拉出一称，八磅多，几乎可以上幼儿园，哭声震天，大概知道人生路不好走。”

年年微笑。

“眼前还有金星否？”

“消失了，但太阳穴弹跳着痛，额角似要爆裂。”

“我给你揉揉。”

忽然看到年年面孔有一搭搭肿块，嘴唇爆胀像鱼唇，伸出舌头，似烂草莓。

王医生大惊：“阿易，你可是给她服……她有敏感，快取解药给我。”

“解药不在身边。”

“立刻叫人送来。”

两个医生都额角出汗，团团转。

年年大着舌头说：“给我镜子。”

“不许看。”

她伸手摸面颊，左一块右一块像鸡蛋大小。

那小乙站着吓得呆若木鸡。

真叫这两名庸医害惨。

半晌，解药来了，连忙注射，这下子，头倒是不再炙痛。

“没有生命危险，过半日就好。”

“阿易，你怎么不问病人可有过敏感应？”

“我——”

好一个小乙，镇定地把小毛巾浸过冰冻甘菊茶，轻轻敷在年年脸上。

两个女医生在房外说：“罚你坐这里待病人消肿。”

“唉，此事可大可小，经一事长一智。”

她俩静下来。

这时，年年已经累极盹着，舌头肿得嘴巴容不下，半边露唇外，真受罪，一个人竟要两个医生一名保姆招呼，太不像话。

隐约还听到外边絮絮：“唉，那张结婚照片真可怕。”

“嘘。”

幸运星

陆·

一个人靠的是自己，

尤其是女子，稍一闪失，

就堕入深渊，

永世不能翻身。

不知睡了多久，听到脚步声，年年醒转。

以为是小乙，但鼻端随即闻到药皂香。

她忽然伤心，泪如泉涌，不敢动弹。

脚步轻轻走近，他坐在床前，一声不出。

半晌，他想掀开年年脸上毛巾，病人可能不觉，躺着，又脸上盖布的只有一种人。

年年伸手阻止。

“是我，周岁。”

“久违了，师傅。”

周岁听了反而放心，能够如此嘲讪他，可见无大碍。

王医生进来：“周先生，别打扰她休息。”

过来轻轻揭开毛巾，吁出一口气。

年年知道解药已经生效，舌头也可缩进口腔。

拿镜子一照，脸庞仍比平时肿大，处处红印。

说也奇怪，她只觉呼吸畅顺，已经万幸，根本不计较容貌丑陋。

她看着周岁，啊，几乎不认得了，他发长须长，晒得一脸金棕，一副度假回来模样。

尤其是下颌胡髭，浓厚得像小小一块地毯，煞是有趣。

两人呆呆对视不语。

片刻年年问："你怎么来了？"

王医生说："我叫他来。"

不是见最后一面吧。

王医生说下去："有人说话好纾缓一下你的情绪。"

年年说："师傅你无故失踪，几达一月。"

"会所说你也缺席多次。"

"有需要我自然会出现。"

王医生一边检查年年，一边问周岁："去了什么地方度假？"

"加国卑诗省温哥华岛的吐芬奴镇。"

"我听说过该处，据讲是目前隐藏得最好的度假胜地，你可是去冲浪？”

“那个自然，同时观赏千年温带雨林，有一棵红香柏，打基督出生，它已成长，十人环抱，高耸云霄，五百余呎高。该处似全氧空气清新得教人流泪，只有千余居民，冲浪时可看到蓝鲸在不远之处喷水。”

“天堂一样。”

“许多女生喜欢结伴到该处游乐，因为海浪比较柔缓，利于学习。”

王医生微笑：“亲爱的周师傅，那才是你到天堂旅游的原因吧。”

年年听过这个地方，陆青山也提起过。

胡须汉忽然急辩：“没有的事。”面孔涨红。

王医生看在眼内，揶揄他：“可有挂念我们？”

“一日不见，如隔三秋。”

年年却没听清楚，她撑着起身，看到周岁破衫旧裤，连球鞋都穿洞，男子就是这样方便，这还叫作潇洒。

那边小乙已经做了好几个清淡小菜招呼人客，她让周先生吃西餐，老大一块香喷喷牛排拌芦笋。

易医生笑：“我们竟在此骗吃骗喝。”

小乙吃惊："快别这么说。"

这时她看到年小姐上衣敞开，露出大半胸膛，急急帮她扣纽。

但那风光一早落周岁眼中。

稍早时他一进房间就看到情景，照说，病人躺床上不应引起遐思，但他是男子，先看到胸前红色肿块，担心地仔细端详，随后发现：呀，丰胸，眼光避开。

但已经来不及，随即心酸，这已是重新塑造版本，啊，他不应如此看待该件事，这不是等于歧视义肢吗？

年宅难得有四个人一起坐下吃饭。

小乙报告："年小姐的同学有时来，喜欢吃煎炸物，通常鸡腿大虾一起落油锅炸一番。"

王医生担心："年年，你没有跟着吃油腻吧。"

小乙答："年小姐吃别的，我省得。"

年年说："小乙应加薪水。"

王医生答："那自然。"

年年说："我要出去散步。"

"今晚下雨，明早吧。"

周岁说："明早我来陪你。"

年年欢喜，忽然紧紧抱住周岁腰身。

大家都笑。

第二天，终于全身退肿，只余头上一搭红印，像人家的胭脂痣。

周岁一早就到，天气已经相当阴凉，他破棉衫外罩件磨得发白的旧皮夹克，戴一顶绒线帽。

小乙追出："年小姐，下雨，穿暖一点。"

不管三七廿一，帮她罩上羽绒大衣。

自从得病，年年一直穿得像粽子。

她把两手插袋里，走出门去。

她仰脸看天空，潇潇秋雨细如丝。

周岁蹲下，帮她结鞋带，发觉她小面孔朝着灰色天空，嘴里轻轻吟："春日游，杏花吹满头，陌上谁家年少足风流？妾拟将身嫁与，一生休。纵被无情弃，不能羞。"

"已经深秋了。"

"时间究竟去了何处？"

周岁握住她的手，五指冰冷，他把手放进外衣口袋。

"有些时间停在鬓角，变为白发，有些驻足眼角，化为细纹。"

周岁接上："也有些叫孩子们快长高长大，有些令春季明年再来。"

年年微笑问："这次你约我散步，可得到家长同意？"

周岁讪讪："我已不是你的辅导人。"

年年看着他："男性真好，都快四十了，仍然允许拥有孩子气。"

"我也不是时时这样局促。"

"我相信有许多异性追求你。"

周岁忽然腼腆。

"真奇怪，男人老狗，这有什么不好意思？"

周岁气结："这是我的私隐。"

"许多男性来不及夸耀。"

"我并非那些人。"

"总也有异性知己吧。"

"你到底想知道什么？"

"哈哈哈哈。"惩罚他不予交代无故失踪。

他们站在海滩边喝热可可加棉花糖。

有一对情侣穿橡皮衣在大浪中游泳，上岸不忘接吻拥抱。

看到周岁与年年，招呼眨眼。

年年说："有这样好记忆，也不枉时间飞逝。"

这次轮到周岁低声问："你呢？"

年年照实说："我病得最厉害之际，头发落光，皮肤焦黑，呼吸恶臭，他仍然陪着我。"

"后来呢？"

"是我知难而退，做人要识相，不要叫人讨厌。"

"但他仍然负责——"

"不是他，他名下没有能力，我猜是陆太太照顾我。"

"他是一个非常漂亮的青年。"

年年微笑："彼时，人家也都称赞我外形姣好。"

"你现在一样漂亮。"

年年指指脑袋："这里明澄了，"又指指双目，"招子雪亮。"

两人冒着碎雨回家。

年年这样说："有你这个朋友真好。"

周岁回到办公室。

"周先生，你有访客。"

他的工作室像实验室，大统间，钢筋架建阁楼放办公桌，人人看得见人人，有访客，都知道。

周岁已心知是谁。

一个女子坐在他椅子上。

她看着他，他也看着她。

同事们好奇张望。

终于她说："我有话说。"

"今晚我找你。"

"没想到你周岁也会拖拖拉拉，支支吾吾。只身度假，回来三日三日避不见面，有话请即刻说清，放心，大家都是成年人。"

周岁定一定神："我俩分手吧。"

那女子一怔，脸色渐变，但仍然倔强："好，说明免得有误会。"

她转身离去，但是四吋高鞋跟卡在钢板缝隙拔不出。

不知怎的，周岁并没走近相帮。

女子脱下鞋子，蹲低把鞋跟拉出，一声不响，离去。

周岁回到工作岗位。

同事们稍后静静说："没想到这样爽快甩掉所有责任。""值得学习。""我与前女友分手，几乎被斩下一条手臂。”“阿岁可是有新欢？”“不知。”“只见他时时凝视窗外，几乎变成诗人。”“如此铁汉……”

助手大叫：“视频会议。”

大伙赶到会议室，银幕上出现石油公司主脑，那中年人有点无奈，有点气愤，这样说：“我们只与愿意与我们做生意的人做生意，基史东[1]油管建设一拖再拖，已经超过三年，美方即使在本年十一月通过批准，亦会亏损。”

大家气馁。

“工程师们有何意见？”

周岁光火：“通过建设地下油管，接驳往哈尔滨。”

“大家都有此设想，哈市已备全套设计，供我方参考。”

有人踌躇：“这样大一件建设，忽然直角转变，恐怕冒险。”

“总不能一直朝茫茫大海盲目飞去直到油尽。”

“从详计议。”

周岁把旧女友与新女友丢到一旁。

这也是做男人的好处，他们感情线路如此，不会蹭磨。

---

[1] 基史东：又译为凯斯通（Keystone）。

下班，他探访年年，在她处吃卤肉面。

年年说："小乙老煮肉给你吃。"

小乙吱吱笑："吃肉才有力气。"

"此刻人人用脑，大力士无用。"

"要周先生背着年小姐走呀。"

"我自己会走路。"

小乙不出声，回厨房张罗甜品。

一言惊醒梦中人。

年年静静回味小乙那句话。

她轻轻说："女子，可分两种，一种需要高度维修保养，那是我这类。"

周岁看着她。

"你看我，三个医生一个律师与保姆，照顾我日常生活，扶助我康复，若非那神秘赞助人，我怎可若无其事嘻嘻哈哈如常生活。"

"你小觑我，我也可照顾你生活。"

"我不想从一个保护区走到另一个保护区，我想独力康复，凭一己之力站起，社会照顾弱势社群，渐弃施舍，转为培育工作能力。"

周岁一直小心聆听。

“我已不是人家女朋友的材料，周岁，但我珍惜你这个辅导人。”

她握着周岁大手流泪。

周岁心酸。

他低声说：“我会在你身边。”

那是一个星期三，年年说：“辅导会不知情况如何。”

“去看看。”

两人到了会所，实时发觉情况异样，主持人知道他们来了，迎出，一脸灰败。

“发生什么事？”

主持人垂头丧气：“这个分会暂时停办，你们去灵亮堂吧。”

周岁这样说：“你不妨对我说实话。”

“会员安娜自杀身亡。”

年年吃惊，退后一步。

“其余会员反应错愕、沮丧、悲哀，情绪陷入低谷，纷纷退会，力挽无效。”

“安娜她不是一名女警吗？”

“她喝下整瓶烈酒，在浴缸溺毙，真是可惜，”声音渐渐低下去，“留有遗书，死因无疑问。”

周岁匆匆拉着年年离开负能量。

年年浑身起疙瘩，拂之不去。

“我们去吃热粥。”

坐在拥挤小馆子，人来人往，碰到肩背，年年却不觉丝毫热闹，一碗猪肝粥虽绵糯鲜味，也不知其味。

啊，她想，一个人靠的是自己，尤其是女子，稍一闪失，就堕入深渊，永世不能翻身。

“你是你，年年。”

“明白。”

“我在你身边。”

但靠的还是自身。

她轻轻说：“下星期我将到甄相律师事务所做打杂，一边学习，见面时间恐怕不多。”

“我会尽量争取。”

他握住她的手忍不住吻她手心，胡髭刺刺。

年年把他手放腮边：“周岁，你是我的好朋友。”

不可利用、连累好朋友，不要令他们气馁、灰心。

那边周岁回到宿舍，取过一只大纸箱，把女友的杂物收拾一下，丢进箱子，预备叫人送回。

真没想到有这许多杂物：茶杯、牙刷、美容霜、洗发精、内衣裤、书籍、林林总总化妆品、卷发器、拖鞋，以及衣物。

他俩并非同居，她却悄悄带来这许多生活用品。

这也是一名高度维修保养的女子。

回忆当初首次见面，在某个美术展览馆，有人叫她名字，他闻声转头，站在一幅齐白石墨虾画前的她穿翠绿色唐装衫裤，巧笑倩兮，他立刻被吸引，一步步走近，她看到高大英俊的他，也忍不住笑。

那时他刚戒除酒瘾，预备重新做人。

他同自己说，如果她愿意……谁知她已走近："这里空气欠佳，可要出去走走。"

他叹一口气，把纸箱拎近门口。

小小宿舍，只得几件必需家具，年宅空荡叫简约，他这里是简陋，年年跟他过来的话，他如何招待？

然而他是一个男子，当时的形势不得不逼着骄傲的他说：让我照顾你。

其实最近在年宅晚膳次数比在外吃饭还多。

隔几天，他差人送纸箱给那女子。

年年已往甄律师处上班。

头一天，招呼过后，介绍同事，立刻坐下相帮找数据。一做整日，上午下午各三个小时，不算劳神，但觉有趣。

甄律师擅做离婚争产官司，故此需要把那些过气丈夫的隐藏资产查得一干二净，方便前妻开价。

年年一向做惯数据资料搜查，得心应手。

她与前同学说："那许多人离婚！而且男方行为鄙劣，超乎想象，这是另外一个族群，你们可以统计一下，猜度该种现象对社会的影响。"

大家惊异，议论纷纷。

那日，有衣着华丽少妇走近前夫，伸手就是一巴掌。"衣冠禽兽！"她斥骂。

年年大大不以为然，禽鸟中的隼鹰，英伟神武，丝毫不见猥琐，还有兽中之虎豹，勇猛独立，堪称兽中之王。

那男子退后三步，破口大骂，粗话连篇，什么你这婊子没我还在街角卖肉之类，又欲扑上厮打，被护卫扯开。

甄相铁青面孔，坐下与对方律师说："我手上拥有阁下当事人与未成年少女不雅录像，请嘱你当事人即付此数目——"

看多了真会胃溃疡。

可是，年年猜不到男女之间还有更凄厉的事会得发生。

那日下午，她刚想下班，周岁来访。

他带来糕点果子饮料，甄相高兴："从此我们有口福。"

女同事目不转睛看着他。

把年年拉到一旁："这是甄师还是你的男友？"

"都不是。"

"这么好看的男子！站着都似玉树临风。"

"一个大胡髭罢了。"

"在都会太罕见，他充满男子气概。"

"女士们，看男人不能光看外表。"

"不看外表看什么，嘿，内涵、学位、储蓄，我自己都有。"

周岁问候几句便告辞。

他站在升降机大堂等下楼，背影英挺。

年年喃喃说："你们都不想明天。"

“啊，今天过得去，就已经很好，现在才四点半，不知还会发生什么可怕的事。”

如此悲观。

果然，有人叫：“加班到七时，快动手。”

周岁回到宿舍，心里宽慰。

年年健康进度理想，甄相照顾妥善。

忽然门铃响。

他去开门。

门外站着他不愿看到的女子。

他轻轻问：“可是我忘记什么？”

那女子和颜悦色说：“你看你这记性，那么重要的事物你都忘记。”

周岁一怔，还未开口，那女子忽然举手用刀插向周岁胸膛，周岁还未看清那是什么，只见胸口一凉，他低头只见血如泉涌，他大叫一声。

那女子退后，周岁缓缓坐倒。

这时有人高声问：“什么事？”脚步声奔近。

周岁抬起头，对女子说：“快走，快走。”

女子呆一会儿，转身逃走。

邻居看到血，惊怖喊叫：“报警叫白车！”

周岁渐渐失去知觉。

他想，她一口气吞不下，能够叫她消除怨气，只好说值得。

真没想到她会如此认真。

平时来去自若，十分潇洒，可见一个女子还是一个女子。

他昏迷过去。

柒·

这女孩，重病、失意、跌倒，
却能一骨碌爬起，不改其乐，
生命力竟如此强壮。

醒转时在医院，身边是熟悉的律师与王医生。

警方要问话。

“我没看清是什么人。”

“你平时可有仇家？”

“没有，猜想是抢劫。”

警方离去。

周岁问：“伤得如何？”

“严重，但可望完全康复。”

“周老师，分手只有一种，但态度却有多类，男方若做得好看一些，女方下得了台，就不会有这许多悲剧。”

周岁不出声。

“这次算你幸运。”

“几时出院？”

“尖刀刺入两吋，可见内脏，你说呢？”

“血债血偿。”

“这会子也别取笑他了。”

“年年呢？”

“她来过，此刻正在上班，周岁，你不适合她，她也不适合你。”

“别刺激他了，我们走，还有工作要赶。”

周岁想坐直一点，但痛得扭曲五官，全身像撕裂，不能动弹，他差些掉下床。

看护把他扶好。

下午，年年来看他，只见他光着上身躺床上受镇痛剂影响入睡，胸膛汗毛下半部被剃清，敷着腰封般的绷带，明显伤势不轻。

年年心里炙痛，这人，一定与劫匪肉搏，才会受伤，警方不知说过多少次：财宝身外物，不要与歹徒争持。

周岁呼吸重浊，她轻轻握他的手，他仍没有醒转。

看护进屋，大声吆喝：“病人服药！”年年有点吃惊，这样无情，想必是病人太多。

周岁睁眼，看到的是年年小脸，顿现微笑。

他乖乖被看护转身检查，服药、量热度。

他问年年："可有吓到？"

"甄律师说只是轻伤。"

"她说得对。"

"我一听，脑里当一声，仿佛有什么东西掉出，忽然头晕，不知方向。"

周岁感动。

看护又进来："病人需要休息。"

年年告辞。

脚步有点浮。

数年前与陆青山滑水，不小心被小艇撞倒，一头一脸血，吓得她面无人色，青山还抹开血水装鬼脸，结果到医院缝了七针。"幸运号码。"他说。

现在他已不是她的烦恼。

她走到停车场，坐在一角，直至天色灰暗，又去探访周岁。

他不在病房，看护说："照扫描去了。"

"不用说我来过。"

她终于回家，小乙问："年小姐去了何处？"

她说明因由："做些白粥之类给他。"

小乙心突突跳："抓到劫匪凶手没有？"

年年摇头。

小乙匆匆出外购买食料。

不一会儿甄律师到。

她说："周老师是大人，你不必劳心，医生悉心照料，他很快会康复。"

年年不出声。

"你把感情注在他身上。"

"你多疑了，甄律师，我不过关心他。"

"有一个人想见你。"

"谁？"

"此刻不便透露，你休息一下，梳妆后我带你去。"

"噫，无缘无故的人，我可是要收取费用，俗云一元一看。"

"年年，是你的赞助人。"

"啊。"年年张大嘴。

"有话要说。"

“可是取消津贴？”

“那些，都已一次付清，由我托管。”

“那么，还有何话可讲？”

“年年你几时变得那般现实？”

小乙做了锅碎牛肉粥加蛋，甄律师说：“我司机阿忠在楼下，你交予他便行。”

“年小姐——”

“年小姐有事，你留下照顾。”

“我——”

甄律师忽然大喝一声：“都给我听话！”

年年不忿。

“一年已经过去，你难道连见人一面都觉勉强？年轻人太不感恩。”

“是，是。”

也许，陆太太想找她诉几句苦。

甄相在衣柜找出一套深色西服，是一套面试工作服饰，配白衬衫。

年年沐浴，身上一股药皂气味。

她与甄相吃些点心。

年年仔细端详："甄律师，眉头稍微松懈，你已是美女。"

甄相好气又好笑："廿年前也许。"

"是工作累你吧。"

"可不是，今早有猥琐男讨价还价不愿付足赡养费，争半日。"

——那男人还想混赖，被甄相拍台子痛斥："三个孩子即将升中，生活费用焉可不加，我这里有你消费账单，十二万一瓶红酒一夜开三瓶，可需要我把秘闻周刊记者请来与你谈？"

"年年，你们年轻，总不相信，世上最浪费时间精力心血之事是恋爱，盛夏暴雨般一下子过去。"

"别忘记我也再世为人。"

"我们出发吧。"

甄氏的司机已经回来。

年年问："病人情况如何？"

"周先生说他从来不吃粥，又带回来。"

"他想吃什么？"

"他说医院食物就可以。"

年年不出声。

甄相说："那就不必勉强，男人，都叫你们这些少见男人的女子宠坏。"

年年在车上多疑团，车子往都会南区驶，直到近海，停在回环处，已经有人自小洋房出来开门，啊，陆太太搬了家。

男用人一脸笑容："甄律师，年小姐。"

当然，已吩咐过她是何人。

他请她俩进图书室，这图书室相传是古人查阅绘画地图之处，后来，变成男宾饭后聊天喝酒抽烟的房间，今日，成为会客室。

室内布置简单，各式大小地球仪，有些是古董，一枚最新式，利用磁力把蓝色地球模型悬在半空。最有趣的是一座太阳系八大行星，可以上发条转动模子，年年见了浑忘烦恼，真想伸手拨动，终于忍住。

"看，"她对甄律师说，"彼时尚未发现冥王星，此刻又剔除冥王星，说不是星球[1]，白扰攘一番。"

---

[1] 此处较为规范的说法是，冥王星于2006年被科学家从"九大行星"中除名，定为矮行星。

甄相无言。

真还是个孩子，如进糖果店。

这时有人进来：“你们到了。”

年年满以为是陆太太，一转头，看到一个中年男子。

这是谁，她怔住。

缓缓，她打开脑海存储记忆部位某只抽屉，抽出一丝资料。

哎呀，这是她见过一面的陆先生，青山之父，那个设计把她撵走的人，他叫陆永亨。

要见她的是这个人？

甄相说：“陆先生，我出去打几通电话。”

她借故留下年年一人。

半晌，年年问：“陆太太呢？”

陆先生有点无奈：“她此刻不叫陆太太，大抵在打牌，或是做瑜伽，我不清楚她行踪。”

年年渐渐会意：“你是我的赞助人。”

他点点头：“看到你身体康复十分高兴。”

年年小脸缓缓沉下：“多谢关心。”

“你随甄相做事，将来可任我助手，眼前有一宗事，要请你帮忙。”

年年失笑，找她相帮？幼鼠有什么可帮到老猫。

这时甄相回转：“由我来说吧，彤云与紫杉二人受人唆摆想争取更多财产，要与陆先生打官司。”

年年大奇：“用什么理据？”

“遗弃。”

年年冲口而出：“但他们不是苦海孤雏。”

甄相也微笑：“就是要用这点理由争辩，两姐妹在世界各地都有房产，尤其是伦敦与温哥华，不止一幢。”

年年忍不住问：“那小家伙好吗？”

“顽皮得像一只狗，喜穿红色三角内裤挺胸凸肚满屋走。”

年年咧开嘴笑。

陆先生都看在眼内。

这女孩，重病、失意、跌倒，却能一骨碌爬起，不改其乐，生命力竟如此强壮。

这种个性，恁地可爱。

甄相说：“那边青山得悉，不甘后人，也呈上一状。”

陆先生摊开手作无奈状。

“接着六个月，我与年年将专心办理这件案子。”

年年推辞：“我身份尴尬，我不便参与，他们一向对我亲善，我怕不能中立。”

甄相笑：“她们善待你？上次见到紫杉，她还说，怎样使个法子，把那枚蓝钻指环讨回来才好。”

年年猛地想起，她一直戴着指环，连忙用力褪下，扭得手指发红：“喏，这是她的，完璧归赵。”

陆先生和甄相都没接过指环。陆先生面色不虞，甄相反而有点欢喜，可见是毫无留恋了。

年年说：“我的话已经讲完，对，陆先生，多谢你在经济上庇护，否则，我真是贫病交逼。”

陆先生哑然。

他像上次那样送年年出门。

上车，年年喘出一口气：“谁会想到！”背脊都是冷汗。

她懊恼，原来她一直接受陌生男子经济资助，稍嫌猥琐。

“我知你想什么，当年我念法律，也由陆先生辅助，开头我不过在他公司做接待员，还有，王医生那笔学费，至今尚未还清给陆先生。”

“啊。”

“他自幼失学，特别注重捐助奖学金。”

“我真不想介入争产案。”

“我明白，这是世上相当悲哀的一件事，况且，陆先生不如他们想象中富有，也不如他们想象中快乐。”

“我愿意分担一些工作。”

“这次见他，你觉得陆先生如何。”

“比上次精神些，瘦削一点，青山与他长得像，但又不太像，他在家也穿整套西服，想必拘谨，到底上了年纪，语气无奈。”

“你觉得他老。”

“我如何想法有什么要紧，周岁四十不到，你们也觉得他不适合我，怕他会利用过去不良经验控制我。”

“我们怕你受伤。”

“都是陆先生的主意吧。我并不笨，他想留我自用，请问，他为何在芸芸众女看中我？”

甄相这样说：“本来，我也不想接你这个烫手山芋，但接触之后，又渐生感情，我从未见你这般聪敏少年，举一反三，一点即明，进退有序，决不说一句多余的话，确是本行人才，且长得漂亮，这样惨病一场，仍然维持当年模样。”

“我不会做任何靠色相赢取的职位。”

甄相笑得弯腰。

年年不与她争辩。

过一会儿她说：“对不起，我幼稚。”

“回公司，我教你看彤云与紫杉联合状书。”

“我想先到医院探周岁。”

“工作为先。”

如果认真地不想自一个保护区走到另一保护区，那么，真得以工作为先。

在办公室看到陆大小姐与陆二小姐的告状书，大意是告遭陆父遗弃，没有天天把她们拥在怀中呵护，甚至连她们婚礼也不出席，她俩生活费用皆由母亲拨出云云。

年年无言。“官司予受理？”

“官府请他们庭外和解，不要浪费他们时间精力，多少严重罪案与妨碍司法公正案子尚且排队轮候。”

“真可笑，不过是为几个钱，而且，钱都花到何处去？”

“吃喝玩乐，都有购物癖。”

年年与同事细细查阅两姐妹信用卡开销账单，果然如此。

——“世上有三十万美元的手袋？”“我以为三万已经顶角。”“这是一只白色鳄鱼皮H牌。”“拿着，会年轻健康一些，会聪明智慧得多，会得到更多尊严？”

年年一看时间：“我有要紧事。”

甄相说：“我陪你。”

但是车子并非驶向医院，却到了一所老式宿舍房子。

“这是何处？”

“这是周岁的住所。”

年年愕然：“他在家？”

甄律师按门铃，一个清洁工人开门。

甄相说：“周先生托我们带一些文件到医院。”

打扫工见是两名年轻斯文女子，让她们入内。

屋内并无名贵物件，四壁萧条，单身汉都这般随意。

书房内一天一地是书籍地图文件，角落有一张沙发，搭着件淡黄色女装浴袍。

甄相老实不客气说：“将来，这也许是你的寝所。”

真是残忍，而且刻薄，却是事实。

年年不出声，她虽年轻但有涵养。

再转到睡房，只得一张床褥，连床架也无。

年年眼尖，一眼看到角落有一管口红，静静拾起一看，是资生堂牌子，色号叫作珊瑚。

她放在桌子上。

“这还叫已经收拾过。”

年年轻轻说：“王老五。”

厨房更空无一物，蟑螂都会饿死。

冰箱里有腐烂蔬果及比萨饼，工人正在清理。

大好露台上植物花卉也都枯萎。

清洁员工说：“好好一株桂花树——小姐送来，她在的时候时时浇水。”

甄相说：“够了。”

年年目光四处探索，幸亏没有酒瓶，否则，旧瘾复发，不堪设想。

甄相说：“好走了。”

一路沉默，年年忽然笑出声。

“你愿意做那间宿舍的女主人否？”

“样样从头开始未尝不是成就。”

“从床单毛巾碗碟油盐酱醋都由你添置，还有，既然是你的家，洗熨煮清洁也自然通归你。”

年年嘴硬：“有些男子连一片瓦也没有，也可以结婚。”

“谁？”

“陆青山以及许多有色心无才能的一批。”

“青山有父荫。”

“甄律师，谁说要结婚？”

“我不知道，不过同居更差。”

年年说：“我累了。”

“跑了一天，是该休息。”

回到家，小乙盛出一碗鸡汁银丝面。

“可有探周先生？”

“阿忠送水果给他，又全部带回，也许，年小姐，你去看看他？”

“我明早会去。”

“阿忠说，有人讲，是周先生女朋友气愤动手伤他。”

“那人可知他女友叫年年？”

“对不起年小姐。”

“再多话，你以后不必在此工作。”

“明白。”

第二早，年年受召回办公室，她看到彤云与紫杉像孪生儿般一人一套淡色香奈儿，正在跺脚发脾气。

“他并非财阀？我才阅报，说他捐一千万美元给本市儿童医院，建设员工托儿中心，好让护理人员放心日托幼年子女，专心工作——”

“行善是好事。”

她俩正要进一步大声发表意见，忽然看到一名年轻女子走近，她细致微笑，脸容有点熟悉。

半晌，两女一齐叫她名字：“年年。”

年年微笑：“什么事生那么大气？”

彤云悻悻：“为着一个不关心子女的男人。”

年年帮她们斟出咖啡。

“怎好劳驾你。”

“不妨，我是甄律师助手。”

“年年，你身体无恙？”

“谨慎乐观，每个月检查造影。”

“仍是王医生及易医生吧。”

“正是。”

寒暄完毕，紫杉说：“我想易名紫檀。”

甄相劝说：“紫檀固然名贵，但已绝种多时，今日紫檀云云，全属冒充，不如杉木实用美观。”

“十年前我们姐妹分得的份子，由母亲赡养费中拨出，已经开销得差不多，后来母亲与他正式结婚，又离婚，分得巨款，再也不愿接济我们姐妹，我俩不问他要问什么人？”

年年睁大双眼，但两位陆小姐已是成年人，难道不应该负担自家生活？

“这场官司非打不可，至少，让社会知道陆永亨是个怎么样的人。”

年年忽然问：“是谁教你俩羞辱陆先生？”

紫杉答：“当然有人仗义执言。”

彤云说：“家母有年轻男友，家父有年轻女友，各适其适，只有我俩中年姐妹，穷瘪在这里。”

年年不好再说话。

甄律师说：“你们要的不过是钱，凡事留一线，日后好相见。”

“我们愿意与他谈判。”

“他不在本市。”

“伦敦也不远。”

“彤云，请你说一个合理数字。”

年年说：“我出去一下。”

“不，”甄律师说，“年年你坐着。”

彤云琢磨，一时说不出数目，怕开价太低，吃亏，旁人不知，还以为她不想提钱。

紫杉插嘴：“不少于——”

“他没有那么多。”

“他的底线是什么？”

甄律师也问：“你的底线又是什么数目？”

“将来他的财产也是我们的。”

“未必，他另有子女，他们年幼，需要生活费。”

“他一共七名，两个大姐姐，我们三个，还有两个小的。”

“那么均分。”

“喂，他还活着，他自己也要开销。”

年年骇笑，一边轻轻摇头。

“青山怎么说？”

“青山取伦敦总行。”

“全部？”

“百分之一百。”

甄律师揶揄：“这样，陆老要睡到街上。”

“总比我们躺天桥底好。”

“你俩不可理喻。”

“甄相，你不过是我家伙计，不劳你训话。”

“官令双方庭外商议和解。”

“那么，我分走一半，我与彤云各取三亿。”

“一亿，分三期在三年内付清。”

“嘿，年小姐手上都不止一亿，我们还是亲生的呢，这口气我吞不下。”

年年听得发呆。

紫杉说：“我口渴，叫人送啤酒进来。”

不一会儿助手捧进冰冻啤酒，紫杉打开瓶盖，就那样大口喝，一点仪态也无。

年年看着深色玻璃瓶里啤酒泡沫，隔十尺都闻到蛇麻子香气，她深深呼吸，心里苦苦哀求，给我一瓶，给我一瓶。

她仿佛看到自己的灵魂脱离肉体，一步步朝那瓶啤酒走近，她低下头，真悲哀。

这时彤云说：“谈判比以巴协商还痛苦。”

“我们先回去。”

年年说：“我送你们。”

在街角等车，紫杉问：“年年，你想想有什么办法？”

年年想说，先把那四吋高鞋脱下再说。

但司机已把宾利房车驶近，年年替她俩拉开车门。

“年年怎好意思。”

“不妨。”

把她俩送走。

吁出一口气。

匆匆回办公室，那些啤酒已被收起。

甄律师说：“没想到陆氏姐妹有如此丑陋的一面吧。”

“她们不想降低生活水平。”

“年年，你表现良好，不卑不亢。”

年年心中苦笑，递水递茶，兼拉开车门，还鞠躬，都快成婢女。

甄律师致电陆先生交谈，把刚才情况说一遍。

陆先生很镇定地答："我的底线不会动摇。"

"这样可好，我先把第一期支票准备妥当。"

"随你。"

可见是一点感情也没有了。

年年准备下班，甄相叫住："今晚你要上课。"

差些忘记，校外课程也一点不轻松。

甄律师慷慨，允许年年在她办公室用仪器及电脑。

她逗留到晚上九时。

喝了一杯浓咖啡才有力量往医院。

病床空空如也。

她问看护："周先生人呢？"

"周先生转医院，今午往中区疗养院。"

年年一怔，连忙用电话找周岁，可是一直没人响应。

她叫车子到中区医院查询，接待处说没有这名病人。"请再查一次。""电脑无此记录。"

年年发呆。

也许，他已回家。

那伤势恢复需要时间，他实在不应离开医院。

年年没有去他家。

翌晨，她对甄相说："我不想咄咄逼人，非要把他剿出来不可，他不是土匪。"

"也许他想独自疗伤。"

"每次我想进一步投资感情，他便躲起，他怕什么。"

"也许不是躲，只是不想你看到他病伤模样。"

下午，陆先生到，在支票上签名，问起年年学习情况。

"讲师希望她正式入学，说她做的报告胜过正规学生多多。"

"那就不必跟那些学生般人在课室，心在别处。"

"年年真聪明，每条问题，她都可以有与众不同角度见解，却又不强词夺理。"

"在陆家争产案，她看到什么？"

"她并无发表意见。"

"这正是她精明之处，人人忙不迭说三道四，她不发一言。"

"陆先生对她充满赞美。"

"你也是，甄律师。"

捌·

只有你一个人，
会得替别人着想，
得势与不得势，
都让人走过。

下午，年年到宿舍找周岁，邻居听见声响，开门视察：“周先生是回来了，伤口已拆线，他在花园静坐，明天搬家，也难怪，还怎么住呢，会有阴影，连我们都受影响睡不着。”

一开口便说了那么多。

年年点头，还没提问，邻居伸手一指：“花园那边。”

那是一个小小天井，一走进便看到周岁坐在石阶，头发更长，简直垂在肩上，叫年年震惊的是，一向英挺的他佝偻着腰，迁就伤处。

听到声音，周岁转过头，看到年年，他心酸：“过来。”年年走近，坐到他身边。

她把头靠在他肩上，双臂绕住他腰身：“你要搬家，带我一起。”

“那是另一间陋室。”

“生活丰俭由人。”

他吻她额角：“我没有一刻不思念你。”

“可想结婚，我们即去登记注册。”

周岁微笑：“新邻居半夜会打牌，欢畅高歌，还有小儿夜哭，欠通风，楼下街道拥挤，不见林木花草。”

年年不出声，紧紧握住他的手。

“可以到外国找工作。”

“更加吃苦，有时要与工作人员到荒原考察，住在帐篷，不得携眷。”

“把公寓粉刷一下，置一床一几，一桌两椅，我会做菜饭、鸡汤、炒蛋，我帮你洗衣服收拾。”

周岁辛酸：“我有什么好。”

“嘿，太谦虚了，不知多少女生仰慕你，愿意与你过浪漫苦日子。”

“她们不认真，像往蛮荒探险，去一下就回，到处说体验过生活。”

年年温和地说：“我打听过，你的收入，足够维持一般生活。”

“不是你，年年。”

“你一早把我视作包袱，负累。”

她自袋里摸出那枚幸运银币，摸一摸上边阿历山大头像：“我已忘记酒味。”当然，这不是真的。

这时，年年觉得后颈下痕痒，她伸手抓一下。

可能太用力，此刻又有点痛。

她再伸手去摸，黏答答两只手指都是血渍。

周岁也看到，吃惊，拨开她衬衫领子看视，只见一颗痣被搔破，微微出血。

年年说：“不要紧。”

周岁细视，那颗痣有铅笔橡皮头那般大小，形状不等边，颜色有深浅，像杀恶痣。

“去医生处。”

年年无奈：“哪个医生？”

才说周岁不应把她当负担，担子便直压下，明明想深一步谈心，却又赶往诊所。

血没有止住，一直缓缓渗出，衬衫一片红。

赶到易医生处，看护吃一大惊。

易医生沉着，细细检查做化验。

年年恳求："请别知会其他人。"

"知道，不管怎样，那么一颗大痣迟早卡住拉链之类，我帮你切除，不会痛。"

年年说："我已不知什么叫痛。"

易医生帮她止血。

周岁在角落问："我可以做什么？"

易医生看他一眼："你可以往理发店维修一下。"

"给我半小时。"

他出去了。

化验报告回转，易医生松口气："你贫血，多吃些，"她轻轻说，"手术开始。"

看护进来摊开仪器。

年年伏在手术桌子上，缓缓盹着。

易医生手势熟练，切除四方一公分皮肤，挖深一点，缝合，贴上膏布。

看护轻声说："全身缝补，可怜。"

"嘘。"

过一会儿，易医生也说："算不幸中大幸，有赞助人付清一切治疗费用。”

趁病人不觉，用放大镜仔细检查她全身皮肤，可有其他值得怀疑的斑点。

不一会儿周岁回转，短发的他神清气朗，且散发药皂气味。

易医生微笑：“又变回英俊小生。”

她示意周岁掀起上衣。

医生看到刀疤痕。“嗯，缝合有欠细致，当时救命要紧，择日我帮你重做。”

“不必。”

“做人切忌马虎，可以做得更好，一定要做。”

“是，医生。”

助手做几杯热可可放桌上。

“易医生，我有事请教。”

“请讲。”

他是辅导人，今日反而需要辅导，可见不是小事。

“可否带年年往外国居住？”

易医生看牢他：“居住有很多类型，她是病人，五年内均需郑重护理，身子虚弱，万一水土不服，十分麻烦。”

“你不赞成。”

“当然不，你不是想她爬高蹲低处理家务上街买菜扛回重物吧。”

周岁说：“你把家庭妇女生活形容得十分刻苦。”

“根本就是，什么不叫家庭主妇做，生下子女，更要处理屎尿屁以及呕吐物。”

周岁讪讪。

“你是任性自在的老王老五，快意恩仇，最大成就是维持到自家生活，以及戒除酒瘾，你不必自寻烦恼。”

“你们众口一致。”

“你不听拉倒，可别挑战病人。”

医生唏嘘：“这是什么世界，一名工程师竟不能维持稍微舒适的生活，都会物价实在太过昂贵，把中产阶级挤到边沿。”

周岁答：“是我个性散漫，廿五六岁专科毕业，找到工作，以为已经实践人生目标，接着十年，从未想过要储蓄置业，岁月飞逝，房产涨上十倍，薪水，只得两倍，已经上不了车。”

“真想不到工程师也叫苦。”

“医生你与我差不多年纪，但你事事上轨道，将来这社会，会由女性统治。”

“多谢抬举。”

看护进来说：“医生，别的病人轮候得不耐烦。”

“马上来。”

她出去。

周岁看到年年双足露在毯子外，小小足趾圆圆如孩童，这是一双未经高跟鞋蹂躏的天足。

年年渐渐醒转，睁开双眼：“痛。”

看护进来给她服药。

“可以回家否？”

“先喝杯热饮。”

年年问周岁：“在花园说到哪里？”

又记惦那枚周岁赠送的银币，伸手入袋，摸到才放心。

周岁送她回家，轻轻说：“我要回办公室。”

小乙追上：“周先生，吃了才走。”

她捧出牛肉饺子。

周岁这才觉得肚饿，坐下，筷子不停夹，一口一只，一下子整碟空空。

“周先生喝口茶，下班再来。”

周岁忙点头，倘若志气略低，索性做上门女婿也罢，单是这小乙，世上没有第二名，不知何处去找，若无她打理这一日三餐，还有上点心下点心兼消夜，年年身体必不能迅速复原。

这保姆接着轻轻帮主人家抹身，见到纱布贴在背后，吃惊，不敢说话。

年年主动向她解说。

“啊，不可湿水。”

年年觉得她实实在在尚未能够独立生活。

甄相致电找人，小乙据实说明，甄氏立刻叫她多休息，若不是赞助人刻意安排，世上哪有如此优差。

傍晚，有贵客探访。

那是陆彤云与陆紫杉。

进来坐下，喝一口茶：“小乙，这茶不好，可是年小姐惯喝的，你也欺负她，还不把上面寄来的龙井拿出。”

小乙唯唯诺诺进去。

半晌重新斟茶，两位小姐总算满意。

年年微笑：“两位小姐贵人踏贱地，不知何事？”

紫杉也笑："你这里也不算贱地了。"

年年不出声。

"我俩这次，也是受人所托。"

"请问何人？"

"家父陆永亨。"

噫，年年睁大双眼，他们父女不是势如水火，状若世仇，怎么会对话，并且做起他的说客，不可思议。

世上多变幻，人心不可测。

"是，"紫杉说："我们有条件和解。"

真奇怪，年年忍不住问："这与我何关？"

彤云低声答："年年，三年前你帮我家一个大忙。"

"不敢当，我已在经济上得到理想回报。"

"年年，你不知我家近况吧。"

年年是真的不知。

"家父与年轻女友已经分开，两个幼年子女由女方抚养。"

这颇合情理：年轻女友等了好些岁月，这陆先生却与另一个太太结婚。

"而青山与郡主妻子也已分开。"

年年吸口气：“什么？”

“都很儿戏，两父子差不多时段结婚，又似相约离婚。”

这一来一去可得花多少赡养费。

“不是已经怀孕？”

“郡主到夏威夷大岛滑水失去胎儿，青山表示了无牵挂，他从来没爱过她。”

“她可是真的郡主？”

“已经断却关系，我们也不予理会。”

年年想起：“我有一枚指环需要归还，在我身上，一点用途也无。”

谁料她俩交换一个眼色：“给你的就收着，可做防身，你也许不知，那样大的颜色钻石十分稀罕，年年增值。”

“那么两位找我，到底什么事？”

彤云吸口气：“陆先生的意思是，你可愿意跟随他？”

年年一怔，是意外又不是意外。

但令两个女儿做这件事说客，未免突兀。

“‘跟随他’是何意思？”

牙尖嘴利的姐妹俩答不上。

年年摊开手。

紫杉扬声："小乙，可有甜汤？"

小乙回答："有牛肉杞子清汤，马上斟上。"

"我曾经是青山女友，他不介意？"

"他说他第一眼看到你就喜欢。"

"啊，那次是我答应乖乖不发一言退出。"

"大家都感激。"

"外边有许多标致女子。"

"他说，只有你一个人，会得替别人着想，得势与不得势，都让人走过。"

"啊，他是喜欢我凡事龟缩，骂不还口，打不还手，息事宁人。"

"不可以把一个人的宽容贬为怕事懦怯。"

"但我手无寸铁，如何争取，不比你俩，长期雇用家庭律师。"

"年年揶揄我们。"

年年说："我不懂侍候老人家。"

"这是家父最伤心之处，他其实并不老。"

年年微笑。

"你心里另外有人可是？"

年年答：“你们都知道。”

“我们还知道那人十分英俊倜傥，懂得讨好女性，像陪女友看日出日落等，半个冰激凌当一餐之类。”

年年忽然笑，心中却无笑意。

“你是病人，年年。”

紫杉声音低下去，阴森森似游丝：“年年，医生说，你这个症候，完全痊愈机会只得百分之二十。”

年年一震，三位医生都没对她表白，她并不知道机会率如此低。

“你要步步为营，受医护人员监管，不得疏忽。”声线越来越低，卡在喉咙。

彤云说：“你随时可向医生求证。”

“你离不开本市。”

年年动了动嘴唇，想说：性命是我的，你们管不着……

但她个性不喜拌嘴，只是不出声。

“你也不想连累那个人可是？”

提到那个人，年年牵动嘴角。

那人的深邃眼神浓眉浓发，圆润背肌，四方大手，对她的呵护爱惜，都胜过青山。

他是她每日挣扎起床的原因。

“你不想你俩关系成为冥婚。”

年年忍不住站起，故意推跌花瓶，呼啦一声，水、花、瓷碎，溅了一地。

她没出声，彤云先斥责紫杉：“你太过分，如何不惹恼人。”

紫杉低头：“我该掌嘴。”轻轻掴打脸颊。

小乙连忙收拾。

年年说：“说客佣金想必超级。”

“实不相瞒，我们十分需要这笔款子。”

年年看着她俩，真不明白为何她们不赌不吹经济会得拮据，但，她只可说帮与不帮，她不便约束她们生活方式。

她说：“我帮不到忙，请让陆先生另觅人选。”

紫杉气馁。

彤云责备：“都是你狗嘴造次得罪年年。”

年年说：“没有这样的事，两位趁热喝口汤补气。”

“还喝汤。”

紫杉还想补救：“其实，不过是侍书司棋之类，陪着陆先生说说话，看看日出日落，吃半个冰激凌等。”

年年不出声。

“你想想，年年，我们改天再来。”

她俩终于走了。

年年一直坐着不动。

小乙也不敢开口。

终于，她站起轻轻问：“小乙你何来上面寄到的龙井茶？”

小乙松口气：“还不就是原来那壶茶。”

年年咧开嘴笑。

这才发觉出了一身汗，她进房更衣，忽然腿软跪倒。

过很久，才爬上床，睡直，双手搁胸前轻轻握着。

百分之二十。

梦中一直听到彤云她们声音，忽然，她俩脸容变得狰狞：“都活不长了，还不做件好事，你不必反感，真要拒绝，就不会住到这间舒适公寓里。”

年年惊醒。

噫，还在人世，且有烤牛肉香气。

她轻轻走到厨房，这样说：“一直吃红肉也不好。”

厨房里坐着周岁与小乙，正话家常。

年年想说：屋里没你们两个，我可凄凉，这时门铃响，她一转头，便不见了他俩。

这一惊非同小可。

她高声叫人。

只听见彤云阴恻恻回话：“又不由你发薪水，老板一声令下，统统走掉。”

年年抚着胸口，只觉奇痛，拼命想睁开双眼，但强光刺目，张不大，几经挣扎，她哭出声。

小乙听见，进来扶起。

她听见自己说：“唉，没有你们，我可凄凉。”

“周先生要加班，迟些来。”

她点点头。

总算醒转，心噗噗跳。

开启电脑，屏幕上字样一行行跳跃。

她走到露台，伏栏杆上，刚好看到火焰般橘红夕阳。

古诗词中时常形容女子孑然一人把廿四栏杆都倚遍，不知在等谁。

又意大利将那种小小只可容一人站立的阳台叫朱丽叶露台。

全世界女性都寂寥站露台。

忽然楼下有人朝她扬手。

啊，是周岁。

“真不知没有你们日子怎样过。”她轻轻说。

连拖鞋来不及穿便扑出开门。

她咚一声自床上摔下：“哟。”这才真正自梦中醒转。

小乙抢入，见她摸着头。

她蹲下扶起她：“周先生有电话，他有事绊住，明早才陪你。”

年年点头，脸容一下子憔悴。

小乙轻轻说：“她们说的，未必属真，不要怕。”

“周先生可说忙什么事？”

“他没说。”

年年说：“这个时候，有一杯冰镇葡萄酒就好了。”

小乙忽然站直：“年小姐，我到办馆走一趟。”

年年苦笑：“只怕周先生气恼。”

那一边，周岁的确脸色煞白，站在宿舍门前，手撑在腰上。

他看到走廊上一堆大纸箱，里边都是他的书报杂物书本，一辆车搬不光。

大门已经换锁，进不去。

邻居又出来，张望多嘴：“周先生，管理处贴过黄色告示，隔三天又贴红色告示，无人理会，这才清理单位。”那语气，是怪周岁疏忽。

这时，甄律师的助手赶到。

看到这种情况，立刻电召搬运公司及暂寄仓库。

她办事干净利落，像是司空见惯。

“周先生，甄律师要见你。”

周岁点头。

“她说：此处不留人，自有留人处，还有，这些人办事如此刻毒，恶人自有恶人磨，我们走。”

那邻居不住点头。

周岁一个大汉，这时不得不跟着女助手走。

周岁上车，往甄律师办公室。

女助手轻轻说：“才昨天罢了，一位前妻一听官判她拥有大宅，立刻把丈夫的两部宾利用拖车拉出抛车道，还有，他的衣物、古董、文件、书籍，全抛进垃圾箱。”

周岁不出声。

“真奇怪，这样的一对男女，也曾经深爱过。”

这时，周岁自裤袋取出一只小小扁瓶，打开瓶盖，喝了一口。

助手好奇问：“奇香，什么酒？”

“霖酒[1]。”

“是海盗们喝的那种？”

“一点不错。”

他把整瓶四安士喝光，心也宽气也顺，长叹一声，世上没有什么了不起的事。

助手看了看这个英俊男子，虽不知他是谁，也知上头重视他，特别小心。

她一直照上司吩咐陪到周岁见到律师。

甄律师迎周岁进会议室。

一关上门便闻到酒气。

她一颗心直堕脚底：“啊，周岁。”

周岁坐倒沙发上，一声不响。

“周先生，人生际遇自有起落，你应振作，不该旧地

[1] 霖酒：又译为朗姆酒（Rum）。

踏步。”

“多谢指教。”

“你几时开始重喝？”

“这几天。”

“年年可知道？”

“与她不相干。”

“你是她的辅导人——”

“我知你壁橱里藏最好酒类招待客人，可否慷慨一次？”

“不行。”

“女士，你有何话要说？”

“周岁，你叫我心痛。”

他不出声。

“行李怎么叫人甩出？”

“我被逼辞职，上司劝退，我立刻答允。”

“为什么？”

“上下班不准时，旁骛太多，桃色血案，均不值得原谅，新居那边需要预付两个月租金，退票，今晚看来要睡街头。”

“你允许旧疾复发。”

周岁轻轻说："我骤然离开她，未曾好好说再见。与她重逢，她也不见怪，仍然温柔拥抱，不计前嫌，我再也不想离开。"这里的她，是指酒精。

"周岁。"可怜的人。

"在公司做久了，眼见朝气勃勃新同事一批批进来，热诚奉献，做到九时还一起喝一杯，第二早八时又神清气朗，像杀我廿多岁之际，他们很快升级，趾高气扬，并不正眼看我，最近，抢去我往加国西岸合作铺设油管的机会，一叶知秋，爽快答应走路。"

"你仍沉不住气。"

"这与卧薪尝胆不一样，古人为复国，我为何事，这班年轻人不知道，若干年后，社会吸干他们的精力，还不是噗一声吐出。"

这时甄相忍不住叹息："政府聘请公务员，年限三十六，过了这岁数，老狗无新招，恕不招待，事实残忍。"

"甄女士，我已三十八，潦倒半生，一事无成，人又有点脾气，不得圆熟，我辜负你这个好友。"

"周先生，我有一建议。"

"请说。"

“太平洋油管加国负责人是协和公司。”

“我知道。”

“本市这一方不聘用你，你大可往协和工作。”

周岁大笑：“是，是，鱼子不好吃，改吃鹅肝。”

“聘书在此，你签一个名字，下月便可上任，职衔是副总工程师。”

周岁接过聘书，略略一看，一点不差，货真价实，他好不诧异，这是天上掉下的馅饼。

“我并没有应征任何协和职位。”

“他们欣赏你，认为你的丰富经验可以贡献社会，自动邀请，有何不可。”

周岁纳罕到极点。

“这位置你可能胜任？”

“我有信心。”

“周岁，你这年纪，自杀还太早，快快签署，迅速启程。”

“有什么条件？”

“当然，你必须放下酒瓶。”

他吸进一口气：“明白。”

“不要口轻，那边工作环境苦闷，工作人员都喜欢喝上一杯。”

他再吸一口气：“明白。”

“还有。”

周岁当然知道还有。

“你要放下年年。”

周岁腰间刺痛：“你指我不可以带她同行。”

“你给我听着：你从此不可再见她。”

“她怎么说？”

“与你不相干。”

电光石火间，周岁心中有数，这件事由什么人安排策划，他说不出话。

“周先生，这是你最后一次机会，不是每个人都如此幸运，去，铺设太平洋海底油管，造福社会，将来，小一辈说起这项工程，你可以微笑，轻轻告诉他们：‘我当年有份设计呢。’”

甄律师真好口才。

周岁双眼濡湿。

他忽然低声说起年年：“她与我，在最不寻常场合认识，感情渐渐滋长，两个破碎寂寞的人，互相依赖，借以生存，挨过最艰难时刻。她异常亲昵，像个孩子，对过去创伤并不介怀，真心信任，喜欢把脸趋近，鼻子嘴唇摩挲我脸颊，长期服药，呼吸有一种气味，却不讨厌。我对她心醉，明知不可能，尽量争取时间……”

甄相听得泪盈于睫。

“余生即使可以重新振作，还有什么意思。”

甄相轻轻答：“对于女性，或许一失皆空，但你是男子，将来站到台上，接受奖牌，听到颂词，热烈掌声，你会满足。”

“人生为什么总缺一角？”

“叹人生美中不足今方信。”

“谁比我先说，谁？”

“签署吧，周先生。”

周岁取起笔，用力签下名字。

“记住，放下。”

助手这时进室：“周先生，酒店房间已经安排妥当，车子在楼下等你。”

甄相站起送客：“周先生，珍重。”

她忍不住握住周岁双手。

“我们以后还会见面吧。”

甄相回答：“那还有什么重要，我不过是个听差办事的人。”

周岁大步踏出事务所门槛。

玖·

『青山，过去已经过去，
那时我们都年轻，
共度快乐日子，
我不觉有憾。』

甄相怔许久，才决定放下公事，提早下班。

她亲手将合约送到陆府。

陆先生正在与老友下象棋。

看到甄相，立刻接过那份合约，看到签署，相当高兴，他这样说："人要做到棋盘上的马就好，到处都可以走动。"

甄相本想奉承：陆先生，你便是骏马，但转念间说不出口，算了，自己都觉得肉麻，打工不必如此落力。

"他可有额外要求？"

甄相轻轻摇头。

他的棋友识趣告辞。

陆氏请甄相进书房。

“这么顺利就决定往加国西岸，难得。”

甄相不语，她仍觉心酸。

“我知道他不舍得，年年就是这样，音容叫人恋恋不舍。”

“她也许会追着去。”

“那就要看你甄律师怎么安排了。”

门口忽然有鼓掌声。

甄律师抬头一看，却是陆青山，英俊的他回来了，脸容略见沧桑，父子就是父子，尽管吵架诉讼，两人仍可以同处一室。

他缓缓走进：“年年是个财神，谁与她分手都可以赚一大笔。”

甄相这样说：“青山，你少讲一句。”

“我个人就赚得二间公司。”

陆先生声音低沉：“你讲完没有？”

“年年身体如何？”

没人回答。

“百分之二十痊愈机会，机会率好像不是太差，可是每次我伸手进抽屉，想取袜子，却一定抽到内裤，抽屉里只两样东西，百分之五十尚且那么困难。”

甄相叹口气。

“你们有意无意都瞒着她，不让她沮丧——”

陆先生斥责：“够了。”

陆青山扬起手：“好，好，我只想与甄律师说几句。”

他把甄相拉到门口。

甄相忍不住轻轻抚他脸颊：“你又想怎样？”

“我想见年年。”

“我不会做中介，你们俩成年人，你自己找她。”

“她健康如何？”

“如一枚定时炸弹，随时爆炸，不知何时。”

“平时精神如何？”

“尚算不差，比较容易累，但可以应付日常生活。”

“她在你公司边读边学。”

“也是陆老安排，她希望独立。”

“年年学历比我优秀。”

“陆少爷，还有什么话要讲？”

“我做梦时时见到她靠在露台栏杆，倩影窈窕，叫她，回转头，笑靥如花，想握她的手，已经消失。”

甄相恻然，这小子游戏人间，恐怕只有对一个女子曾经认真过。

甄律师说：“别多讲了，有点不祥。”

这时陆老走近：“讲完没有？”

陆青山匆匆外出。

甄相说：“仍然那么英俊。”

“五官全像他母亲。”

“可是人人说他与陆先生你一个印子。”

“是吗，我有那么幸运吗？”

甄相告辞。

门外，陆青山在等她：“甄律师，载你一程。”

“你那些像飞碟般的跑车，拜托，我自己有车。”

驶到半途，一辆漆黑马塞拉底[1]追近，贴住甄相车尾，一看，就知道是陆青山淘气。

甄相不去理他，一直照平常速度驶回家。

律师还有其他事务需要安排。

第二早看到年年坐在办公室处理文件。

---

[1] 马塞拉底：又译为玛莎拉蒂（Maserati）。

她把手按她肩上："假使觉得累，马上回家。"

年年微笑说："这位夏小姐控告前男友另结新欢，要实时把她逐出豪华酒店式公寓，那层顶楼四千平方呎豪宅月租三十万。"

"她想怎样？"

"多住半年，直到她找到别的住宅。"

"那也合理。"

"要不，另赔同等值租金。"

"都是为着钱，天大的乱子，地大的银子，还有，世路难行钱作马，有钱可使鬼推磨……"

华裔对于金钱功能，通彻了解至悲凉地步。

"前男友可是不愿？"

"要好好劝解，若金钱可以摆平，实时付钱，以免祸延三代。"

那夏小姐来了，甄小姐连忙见客。

那前男友也依时出现，两人细细密斟，一点也不似对头冤家，忽而紧紧拥抱，两人泪盈于睫。

年年啧啧称奇。

半小时后，二人决定复合。

甄律师相当幽默："那么，现任女友呢？"

不理她了？

年年微笑，在甄律师这里，看到不少活剧。

客户离去。

甄律师走近，轻抚年年脸颊，是，周岁说得真实，触觉确如糯米糍。

她充满怜惜，不再说话。

第二天，她约年年往陆宅。

"又有何事？"

"陆先生约你午膳，他怕你误会，故安排在白天。"

"你做陪客？"

"希望你不介意。"

年年哼一声："可否拒绝出席？"

"你说呢？"

"你看，"年年说，"一个人一旦有恩人就麻烦。"

甄相也笑。

"你为陆家服务多久？"

"陆先生代付学费，自学生时期，已在陆家出入。"

"法科学费可真要命。"

“美奥巴马总统在当选三年之前才刚刚还清学费。”

“很多人才因欠资金而不得不放弃学业。”

“是呀，”甄相说，“因此有教育家建议，但凡分数优秀有志者可免费读医科。”

“在陆宅看到很多吧。”

“他们都很不爱说心事，而且住在不同地址，甚至不同大洲，只有小家伙探访外公，陆氏才露出笑脸。”

“那顽皮小家伙真逗趣。”

“没有更淘气的了，狗都嫌，可是见到他又忍不住笑，像杀青山幼时，三代不出舅家门。”

“彤云她们找我诉苦。”

“你听她们的？”

年年也笑：“要多少钱才是足够钱？”

“她俩恐惧陆老身后安排对她们不利。”

“心中没有别人啊。”

“那自然，她们已是新中年女性，开始为下半世着急，也很自然。”

“年轻之际，都做些什么？”

“在父母威逼利诱之下大学毕业，在父亲公司上班一年，半点兴趣也无，结婚、离婚，如今做名媛，仍然有人追求，不愁寂寞。”

年年问：“我往后也是那样过吗？”

“你倒是大想头，学成后你得做我左右手，黑西服一套，忙进忙出，剪头发工夫也无。”

说到头发，陆先生一见年年，便说：“头发长了。”

她回答：“早该修剪，但先前秃头，对头发珍惜起来，留着不愿剪。”

结条辫子，用细细黑色缎带束起。

这时有两个客人上门与甄律师商量事务。

年年问：“可要我做记录？”

“你陪陆先生说话，我有录像。”

年年只得坐到陆氏对面。

陆氏问：“会下象棋否？”

“略谙一些，华裔对棋子真是钟爱，曾见过一副茶晶与紫晶组成的围棋。”

陆氏已把象牙棋子摆出。

棋子经手染日久，微微发黄，古雅美观。

年年伸手便下子。

用人斟出香茗，还有一碟小点，其中一堆花生糖与芝麻饼只得拇指大小，十分可爱，年年吃了两块。

两人不知不觉下起棋来。

陆老说："不妨把男友也请来。"

"我没有男友，"隔一会儿又说，"他忙搬家。"

"听说十分倜傥潇洒。"

"年轻男子都那样：骄矜、自满、酒色财气，野性难驯。"

她推炮进军。

陆氏微笑："你把他们看得透彻。"

"他们总有说不尽的缺点，公司有一女同事的男友被赌场逐出，他在廿一点台上数牌，被保镖怀疑出千差点被殴，同事速速与他分手。"

"之前，他有什么优点？"

"一副好身段，"年年毫不忌讳，衷心直说，"站立或走路都漂亮。"

"那是青山。"

年年微笑："啊哈，将军。"

甄相出来看到，吸一口气："年年，你怎么赢了陆先生？"

年年抬头："要不，他棋屎，要不，他没用心。"

陆永亨笑出声，他不知多久没输过棋，几乎失去下棋乐趣，忽然被一个年轻女子噗噗地吃了一子又一子，终于将军，真是罕事。

甄相问："说些什么那样有趣？"

陆氏说："年年批评年轻男子。"

"那需要三日三夜。"

午餐准备妥当，原来那两位男客也留下午膳，一起坐拢，年年不知怎的，为有点拘谨的客人添菜。

她自己挑一块红烧五花肉，甄相看到，连忙夹走，另给一块鱼片。

陆先生与客人喝啤酒，年年眼白白看着。

甄相轻声问："多久没喝酒了？"

年年答："我曾经嗜酒？我不记得。"

饭后四人一起告辞。

陆先生送到门口。

忽然听到儿童嬉笑声，原来园侧有座玻璃上盖暖水泳池，十来个孩子正快活嬉水。

甄相解释："陆先生每周一次开放招待附近儿童。"

啊。

年年不由得多看陆氏一看，原来今日他穿着白衬衫与淡蓝毛衣，比往日精神年轻。

车上甄相问："这两天可有见到周岁？"

"他忙搬家。"

这时对面一辆跑车经过她们车子，忽然使一个飘移技术，车子拐圈，轮胎吱吱响，神乎其技兜至甄相前端，骤然刹停。

甄相吓得大声斥骂："投胎鬼！"

定睛一看，那跑车主人正是陆青山，打横拦在她们面前，嘻嘻笑。

甄相下车，不住拍打青山，他也不闪避，只是笑。

忽然，他眼光落到车厢内年年身上。

他怔住，收敛嬉皮笑脸，走近，俯下身子。

看仔细了，果真是她，不禁怔住，缓缓回过神来，他轻轻叫她："鸡蛋。"

年年大方颔首。

这时，其他司机响号，叫他们把车驶开，不得阻塞公路上……

那青山，跳进甄相的房车，连年年在内，迅速驶走。

甄相“喂喂”大叫。

她无奈，趁交通警察来到，坐进跑车，追着陆青山而去。

一边年年轻轻说：“青山你还是老样子。”

“老得皮都挂下。”

他伸手去握年年的手，年年把双手抱胸前。

倒后镜里，看到甄相追踪而来。

“前面有间茶座，不如喝杯茶。”

他驶近大门，停好车子。

甄相也接着停车，她不忘说一句：“跑车好性能。”

青山笑嘻嘻：“一起吃茶。”

甄相说：“陆青山，你骑劫他人车辆兼胁持人质，该当何罪？”

他举双臂。

“你想怎样？”

青山走近年年，凝视她小脸，呵，虽然仍然秀致，但同从前的色如春晓，那是不能比了。

他忽然呜咽。

反要年年安抚："青山你是铁汉，这回怎么了？"

他用双手捧起前女友面孔："年年，我辜负你。"

甄相拍开他的手："你有完没完，陆青山，男子汉大丈夫，还不放下。"

"说你原谅我。"

年年笑："你原谅我。"

"不，我原谅你。"

"不，我原谅你。"

甄律师说："好了好了。"

茶座雇员出来说："先生女士，我们的停车场在后边。"

甄相拉着年年的手上车。

青山拉住车窗不放。

甄相忽然厉声说："青山，当时你自愿把年年换出，今日不必惺惺作态。"

青山震惊，退后两步。

甄相驶走车子。

甄相犹自不忿："这种男子，离得快，好世界。"

反而年年轻轻说："他们都如此。"

"这陆青山特别可恶。"

“陆家待我不薄，可以赔偿的，都已赔出，互不拖欠。”

“你越是看得开，越叫人心酸。”

年年这样说：“不是每个女子皆无血性，报载某女迷晕负心人，像庖丁解牛一般，把该人大卸八块。”

甄相不好说那周岁也挨过一刀。

“年年，你神色自若，可见看得开。”

年年侧着头：“可是，午夜梦回，看到自己听电话，对方仍然是陆青山。”

甄相把车停到避车处，额头靠方向盘。

“你也有过类似经验吧。”

Une femme est une femme.[1]

“我与青山，曾经有过极舒畅日子，彼时，每朝如有彩虹照在窗外，整个世界蔷薇色，心底也知道，这样的日子不可能延续一世。”

甄相抬起头，泪盈于睫。

“我已放下过去向前走，努力忘记人家缺点，只记住——像那年夏季与青山赖在欧陆不回来，走遍意法德

[1] 此句意为：“女人就是女人。”

英，还想到北欧，被陆先生十二金牌召回，我们晒得金棕，根本不像亚裔，牛仔裤都磨破，自清晨笑到晚上，一生人曾经如此快乐，也不枉活这一场。”

甄相揉揉脸，重新开车，把年年送回家。

她陪着年年上楼。

小乙开门，她说：“做些好吃点心给我。”

小乙咕哝：“去了这么久，叫我担心。”

忙到厨房张罗。

不久做出杂菇炒鸡丝及银丝面。

两人真的肚饿，吃了不少。

甄相伏在露台栏杆看海景，隔一会儿说：“景观甚佳，本市数一数二好住宅。”

“可是累了。”

“甄律师不如在客房眠一眠。”

“也好。”

她有点蹒跚，走进客房，掩上门。

毕竟近中年的女子，力气精神大不如前。

年年双目全是陆青山音容。

他那紧张时挑挑眉毛角的小动作全在，要完全忘记一个人，不是那么容易的事，即使恩怨不记得了，眉眼还在心上。

她在莲蓬头下冲一会儿，用浴衣裹身，倒在床上，心想，以后的日子就这么过了，吃完睡，睡醒吃。

醒转，甄相已经离去。

“甄律师回办公室。”

“小乙，周先生可有找我？”

“没有。”

她忍不住找他，但是号码没人应。

也许，他累极憩睡，再也不能起来。

事实上，周岁这几天根本没有睡着，他忙着收拾杂物，这时才发觉，他拥有的全是废物：几箱过时衣物鞋袜，旧科学杂志，早已不听及不喜的音乐，以及，他连自己也不相信，一只吉信李保电吉他[1]，他清晰记得是十年前在一间当铺买回，当时它已有五十年历史，但声响非常非常好。

他轻轻说：“我的吉他仍然轻轻饮泣。”

---

[1] 吉信李保电吉他：指吉普森（Gibson）品牌旗下的莱斯·保罗（Les Paul）型电吉他。

这时甄律师探访。

“来赶我走。”

“别多心，有何需要？”

“这把吉他送你。”

“当年迷倒不少女孩吧。”

周岁苦笑。

这时的他失眠，憔悴、欠梳洗，身上有气味，但英俊的他，即使失意，也有他的气质。

“告诉年年没有？”

“缺乏勇气。”

“上山打老虎也难不倒你。”

“年年好否？”

“与陆先生下了一盘棋，大吃四方，杀得陆老片甲不留。”

“他们父子都喜欢她。”

“父与子，因子最接近不过，爱恶也自然一样。”

“年年比世上许多女子真诚坦率可爱。”

“她已无所求，才不耐烦虚伪做作摆弄圈套。”

“病发之前呢？”

“那我不知道，想必也惹人怜爱。”

“我后天出发。”

“你总得亲自说再会。”

“我从未想过用一则短讯结束关系。”

“那么，你听我说。”

“如何？”

甄律师压低声音：“如此如此，这般这般。”

周岁取过酒瓶喝一口：“行吗？”

“总比传一则短讯好。”

周岁无言。

甄律师说：“换回白衬衫卡其裤，还有，胡髭刮净。”

“明白。”

甄律师双手搓揉他的脸：“每次皆忍不住摸一下，大胡髭实在太有趣。”

周岁不出声。

“好好到北美为国争光，继太平洋铁路华工之后，艰难工程就数你们了。”

甄律师真会说话。

周岁轻轻说：“两宗事不相干，我们坐飞机来回，好吃好住薪优。”

“记住，明天下午见。”

“我——”

“不也等于亲口讲吗？已经是最好方法。”

周岁无奈轻叹。

他把酒瓶大力摔向墙壁，瓶子破碎，琥珀色液体如眼泪般滴下。

甄相瞪他一眼：“酒店会叫你赔偿。”

他像大银背猩猩般用双拳捶胸，发出痛苦吼叫的声音。

甄相离开该处。

律师事务所也有淡季，各人忙着过年终几个大节，且把诉讼事宜搁到一边，准备分手夫妇也先陪子女及长辈过节。

年年问律师：“你打算如何庆祝？”

律师答：“咄，我天天都庆祝身体健康以及衣食住行一样不缺。”

“甄师说得真好。”

“年年，我们去一个地方。”

“今日下午我要往易医生处体检。”

“你给我一个小时即可。”

仍然由她驾驶小小日本房车出发。

律师问：“功课怎样？”

“家长必定先问功课，考试成绩下周发放。”

“可有信心？”

“十足。”

“哗，那多好。”

“可有奖品？”

“嘿，学子成绩好是分内之事，奖什么，你睡得着吃得落，也要奖品？”

“真刻薄。”

“这一代年轻人就是被奖品、奖金纵坏宠烂。”

“咦，这不是灵亮堂？”

“正是，戒酒会每周改在此地举行。”

“许久没来。”

“你应与会员分享成功戒酒经验，作为鼓励。”

年年说：“一切靠自己罢了。”

律师今日有火：“不是每个人似你有整个团队相帮。”

“我自身也挣扎良久。”

律师拉着她的手走进会堂。

她们坐在角落一大叠折凳旁边。

一个年轻女子正在缓缓陈述她的经验，声音有点嘶哑：“医生说，年轻患者，最好的药是乐观，我的腋下淋巴结已割清，做妥电疗、荷尔蒙——化疗及标靶治疗——”

年年愕然，这女子与她同病相怜。

她说下去：“最近癌症恶化，癌细胞扩散至骨头与脑部，我喝酒解愁。”

年年垂头。

“七岁小女儿恳求我振作，她说，癌症妈妈可以接送她上放学，但酗酒妈妈，却不可能。”

诸会员说：“我们支持你。”

她说完情绪似乎好过一些，静静坐下。

这时有一个男子说：“我成功戒酒三年，最近又捧起酒瓶。”

众人啊一声，惋惜不已。

年年听到那人声音，震惊，难以置信，变色，双手颤抖。

不错，他是周岁。

她看到他的后侧脸，没错，正是她的周师傅，几日不见，他明显憔悴，声音苦涩，他来告诫，用认罪的语气说话。

“不少酒徒戒后复发，重复循环，仿佛永远摆脱不了恶习，但我决心再次戒酒。”

众人鼓掌。

“我明天出发往北美新工作岗位，需要高度集中精神，不允许任何差池，希望两年后回来再见你们之际，又可以再担任辅导员。”

“周师傅，舍不得你。”“别忘记我们。”“保持联络。”“不要气馁……”

年年四肢僵硬，不能动弹。

甄律师把她紧紧搂在怀内。

年年不知何处来的力度，把甄律师推开，独自走到室外小花园，坐在石凳上。

甄律师陪在她身边。

过不知多久，年年轻轻说：“我是个明白人，有更好的出路，为什么不清心直说，何必拐这许多弯路，做这场戏。”

“对不起。”

“关你什么事，你不过是个听差办事的人。”

年年自口袋摸出一枚古董银币，摊开甄律师的手，放在其中：“还给周岁，不久之前他交给我，说是幸运星，今日，他比我更需要一点运气，请还给他，祝他前途似锦。”

甄相点头。

“今日，是我做他的辅导。”

这时，年年鼻端闻到药水肥皂气息。

她转头，不见周岁。

也许他出来过，站在她身后片刻，但始终未能提起勇气说话，瞬即离去。

年年垂头。

这时，天上彤云密布，空气寒冷，像是下大雪样子，当然这是亚热带地区，最多下场大雨。

话还没说完，忽然下雹，指甲大小，打到皮肤，颇为疼痛，转瞬间又化作大雨，面条似落下。

甄相拉着年年奔进室内。

年年脚一滑，摔倒草地，一时爬不起，甄相脱下外衣罩在年年身上，忽然想起车子更近，扶她进车厢。

年年疲倦地说：“我得往易医生处。”

看护看到两只落汤鸡大惊，连忙取出病人袍子叫她们换上，致电年宅叫小乙送干爽衣服过来。

年年冻得皮肤发紫，看护大力搓揉她四肢。

小乙赶到，带着热汤，又替主人家换上厚衣裤。

看护与小乙异口同声说："年小姐你凡事要当心，莫叫我们担心。"

年年点头，她闭上眼睛。

那边，易医生责怪甄相："你太冒失，不顾她感受，这件事叫她情绪倒退一大步。"

"你有更好办法？"

"束手无策，你这个监护人不好做。"

"我想破脑袋也得放周岁走，他是她戒酒辅导员，功成身退，不能叫他放弃事业依赖一个病女做伸手牌，渐渐变成废物。"

"病人又一次伤尽心怀。"

甄相无言。

易医生也用双手托头。

看护告诉易医生有病人在候诊室等。

甄相随口问："什么疑难杂症？"

看护说："真稀罕，病人伤口发炎，累用抗生素无效，以为是超级菌，加强药剂，仍然失效，以为是癌症，易医生急忙联络各国医生，决定叫病人茹素，嘿，三个星期后炎症渐退。"

"有这种事？"

"原来病人喜欢吃鸡，今日鸡只体内不知含多少抗生素，传人类身上，渐渐练成抗药——"

甄相霍一声站立："停吃鸡，体内没有抗生素，我得与小乙讲几句。"

她出去吩咐保姆。

年年并没有睡着，她这样说："我不介意吃素，但千万别做素鸡素鹅素热狗，老老实实的腐皮卷豆腐汤就很好。"

小乙说："我得学做。"

检查完毕，年年终于回家。

小乙小心翼翼问："为什么不见周先生？"

年年平静回答："男儿志在四方，我没留得住他，他到加国工作去了，以后再不会来。"

小乙一听，脸色灰败，不知说什么才好。

这时门铃响，小乙一看，"唉呀"一声："两位陆小姐来了。”

年年抬头，只见彤云抱着一个小男孩，那孩子骨碌落地，咚咚咚走近年年，大人一般仔细端详她。

年年不由得微笑：“你是哪一位？”

他回答：“少侠咪咪咪。”

“你好，我是年年。”

“你家可有巧克力、蛋糕、汽水？”

紫杉扯开他：“别烦着阿姨。”

少侠面圆眼圆嘴巴也圆，忽然用双手捧起年年面孔，噗一声响亮吻一下，惹得众人哈哈大笑，保姆牵他手到露台玩耍。

两姐妹一起出现，一定有事。

“年年，我们来道谢。”

“谢什么？”

“我们父亲大人终于发放一笔款项救我俩燃眉之急。”

“我不敢领功，你俩应该知道，我并没做什么，也许，你们放弃诉讼，反而有益。”

“甄律师天天苦口婆心力劝阻我俩。”

“她也真不容易。”

“年，她按时收费。”

小乙说：“我磨了豆浆，做豆腐脑，大家尝尝。”

大家都赞美味。

少侠摇头摆脑：“好吃好吃。”

年年忍不住：“你过来。”

他又走近凝视年年：“漂亮的阿姨，你为何伤心？”

“你怎知我伤心？”

他摇头摆脑：“一看就知。”

小人说大人话，效果惊人。

噫，有人教他对白。

他说下去：“公公说，漂亮阿姨最好再陪他下棋，他就高兴。”

这是最年轻的说客，亏他记得全套对白。

年年蹲下问他：“咪咪咪，你还有什么话要说？”

“巧克力、蛋糕、汽水。”

小乙捧着托盘：“来了来了。”

紫杉说：“别让他吃太多。”

如此小小人儿，便要开始约束，可见姐妹两人小时也依足规矩做人，但到了今日，不过蹲家里靠父母荫庇。

这时司机送果子蛋糕鲜花进来。

“我们一家子将往北欧观冰川，年年，你也一起如何？”她俩又开始花钱。

“我走不开。”

“易医生也同行怎样？”

“劳师而远征，不为也。”

“年年一直有主见。”

她们告辞，这时却找不到顽童。

原来他躲到书桌底午睡。

保姆把他拖出抱起。

在门口，碰到陆青山。

紫杉变色：“你来干什么？”

“你们来得，我不能来？”

年年住宅快变成陆氏俱乐部。

姐妹团队离去，陆青山进门坐下。

桌上有外甥吃剩冰激凌，他添上咖啡，就那样喝。

这一天，他剪短头发，突出额中央一角桃花尖，穿背心短裤，人字拖鞋。

“你有话说？”

“鸡蛋，我们结婚吧。”

年年微笑，那是很久之前的事了，他已经提过问，她也已经答应过。又来一次，实在吃不消。

“家父那样喜欢你，你成为儿媳，可时时陪下棋陪吃饭。”

喝完咖啡又吃蛋糕，把桌子点心扫个一干二净。

小乙给他一杯普洱茶消滞，他也照喝。

年年记得他最不喜欢普洱，说有蟑螂味。

大家都变了。

“没有一天不想你。”

年年不出声。

“在酒吧喝了两杯，到街外透气，只觉每个走过身边华裔女都是你，一直叫名字，同伴出来找我，见我叫住陌生女纠缠既担心又吃惊，逼我看心理科。”

事不关己，己不劳心，年年默然。

“从未想过会那样牵记一个人，”陆青山也似在讲别人的事，“男人嘛，爱管爱，超过一年是神经病，他们说你已向前进，我却还愣在原地。”

年年说：“你留在此地，伦敦公司由谁打理？”

“大把管理科精英尽心尽意服务。”

“世界房地产业走向如何？”

“人总要有地方住，而且希望越住越好。”

意见精确。

“你有投资意欲？我帮你。”

年年伸个懒腰：“我没有将来，不必挂虑。”

陆青山一怔，低下头。

“青山，过去已经过去，那时我们都年轻，共度快乐日子，我不觉有憾。”

青山蹲到她面前，伏在她膝盖上。

“青山，复合没意思，以前存在的矛盾，今日并无消失，你仍然得听命父母，我身体一时好不过来，你我并无经济能力，而且，我不再爱你，即使在一起，不久便发觉情况更糟，再次分手，成为笑话。”

“你怕人笑。”

“我怕自己笑自己。”

她握住他一双艺术家型十指细长的手。

“你可恨我？”

“那也是十分强烈的情绪，青山，回去你的社交圈，美女中的美女正在等你。”

他抄起花瓶，摔向墙壁，碎成千百片。

小乙闻声出来，瞪着他。

“你请回吧，青山，这已是我的住所。”

“本来这是你我新居。”

小乙斥责：“是你丢下年小姐一声不响离去。”

年年轻轻说：“Could have，should have，would have...”[1]

青山仍然不愿起身，年年抚摸他浓发：“青山，外边美好世界在等你。”

她站立，拉他起身，送他到门口。

“这里，不欢迎你，别拖拉，别守在门口不走，千万不要打无声电话，更别四处散播怨言，男人要有男人的样子。”

“这些箴言，你自何处学来？”

“阿波罗在特尔非的神坛[2]告诉我。”她拉开大门，“我

---

[1] 本句意为：“可以有，应该有，将会有……”

[2] 特尔非：又译为特尔斐（Delphi），希腊著名古迹，阿波罗神庙坐落于该处。

已治愈青山症，现在只需与癌症搏斗。”

青山一声不响垂头离去。

小乙松口气。

年年摊摊手。

那边陆青山精神不集中，驶出跑车，与左侧一辆车子擦到，嘭一声，车头灯落下。

他用手捧住头，根本不想交涉。

对车女司机却下车看个究竟。

那女郎也不怕冷穿着短得不能再短的小裤子，罩件大毛衣，晶亮大眼睛，她倒是镇定，轻轻对陆青山说：“你的错。”

他呜咽：“当然全是我的错，你尽管驶走。”

那年轻女子却把脸凑近：“失恋？”

一言中的。

“走开。”

“喂，客气点，别忘记全是你的错。”

“我负责赔偿。”

她那辆大吉普车的前挡凹了一块。

她记下他的车牌，要了电话号码。

陆青山抬头看那女子，一张脸像苹果，似不愿放他走的样子。

“放心，我一定赔偿。”

“不是这意思，我朋友在前边沙滩有一个烧烤聚会，你可要一起，保证吃龙虾。”

陆青山心情欠佳，刚想推辞，身后有声音说：“还考虑什么，我替你知会修理行把车子拖走。”

一看，是甄律师，他怕她还有训斥，立刻跳上短裤女郎的吉普车。

甄相放下半颗心。

幸运星，

拾·

『你呢，年年，你真正要的是什么？』

年年肯定地回答：

『活下去。』

到楼上，小乙开门：“年小姐在读笔记。”

甄相全颗心落地，这一对总算告一段落。

小乙以半个家长姿态向她报告适才事宜。

年年出来松弛四肢：“咦，甄师，你来了。”

“无处可去，到你家稍坐。”

年年笑：“甄师，结婚吧。”

甄相瞪她一眼。

她看到她手里提着物件：“咦，这是什么？一把李保电吉他。”

“我打算出让。”

“一定是前任男友留下，用不着，又不舍得扔掉。”

“你要，送你。”

“对，我可以学，立刻找一名英俊潇洒的音乐老师，我到大学堂去贴聘人广告。”

甄相被她逗笑：“晚上可有精神同陆老吃顿饭？”

“晚上我昏昏欲睡撑不住，中午吧。”

甄相叹口气。

“每到春来，惆怅还似旧。”

甄相没好气：“我明午接你，穿好看些。”

年年笑：“一次，某导演对某艳星说：‘招待会穿漂亮些，不然，不用来。’他意思是凉快些，你也那样想？”

甄相已经离去。

年年并不是太累，她驾车到大学，在音乐系布告板上贴告示：“李保吉他女主人（见图）愿学弹奏怨曲如《我的吉他仍然轻轻饮泣》[1]，有意者请致电——”

才贴上，已有一只手伸过撕下黄榜。

年年转身，一个高大漂亮混血青年笑嘻嘻说：“我可以胜任，每星期三下午六至八时，每小时收费八百，两小时起计，保证三个月内可似模似样登台。”

---

[1] 《我的吉他仍然轻轻饮泣》：此为披头士乐队的一首歌曲，又译为《当我的吉他轻柔地哭泣》（*While My Guitar Gently Weeps*）。

这么爽快，年年看过他的证件，他叫安琪洛。

“现在可有空，一起喝杯咖啡如何？”

年年看着他的棕色大眼：“星期三见。”

她站到练习所门口，看到一组学生在练西班牙吉他。

人类确喜聚集，志趣相投聚集一起，欢欣加倍，痛楚减半，乐声悠扬，宽舒人心。

看一会儿，她静静离去。

第二天，她换上一袭小翻领大花裙，虽不暴露，却十分明艳，年年束起头发，抹一点口红，甄相看到，连声赞美。

这一次，陆老并没有迎出。

甄相仿佛知道因由，带年年走近书房，坐下静候。

有人进来：“甄律师。”

甄相轻轻说：“欧阳医生，你有话直说。”

医生看到一个陌生美少女，稍有犹疑，但终于清心直说：“已经蔓延到全身每个角落，现有医药失效，只得尽量免其痛苦，让病人有尊严地活至最后一天。”

年年听见，退后一步，我，是说我……心中却无太大恐惧，啊，终于要迈向未知之数，她心头发凉。

甄相正唏嘘，忽然看见年年变色，连忙握住她手：“不，不是你。”

那么，会是谁……

医生说：“我告辞了，请帮他高高兴兴过日子。”

电光石火间，年年明白欧阳医生口中说的他是什么人。

陆先生。

啊，竟会是他，一点也看不出来，绝口不提，好人一般处理公务家事。

年年缓缓走近椅子坐下。

甄相送医生出去又回转。

年年懊恼说：“我竟不察觉。”她还一直以为他对儿子前女友有非分之想。

甄相答：“已经拖了一段日子，去年有好转迹象。随即又恶化，他已无心恋战。”

“为什么易医生不接手？”

“欧阳是易医生的师傅。”

“青山彤云紫杉他们可知此事？”

甄相语气讽嘲：“他说不必麻烦他们了。”

“那么，陆太太呢，他的女伴呢？”

“那些人，像荒野秃鹰，闻到死之气息，便赶至在空中盘旋，至为恐怖。”

年年开始明白为什么一些心灰意冷的富豪要把财产捐慈善机构。

“他都安排好了。”

“我不会再要他的资助。”

“他文件中没有提到你。”

年年掩住胸口，深呼吸，又重重吐气。

甄相说：“这种事我看多了，但陆老这一家又特别可惜。”

“他女伴那两个年幼子女？”

“你就别为别人担心了。”

用人走近轻轻说：“开饭了。”

“陆先生呢？”

“在花园里。”

“我们去找他。”

两女走到小草坡，看到他背影。

他在看园工种花。

穿着家常一套半旧灯芯绒西服，风大，翻起领子，头发被风吹乱，露出底下白发，几天不见，已经瘦了不少。

怎么会看不出他已病入膏肓？

是年年她粗心大意。

听到脚步声，他转过头，憔悴的他少了从前富态自在，添了一分清癯。

他喉咙有点哑：“吃饭了。”

三人静静走回室内，用人递上热毛巾，他缓缓擦手，走到饭桌前，看看几个菜式，似都不喜欢，他问：“可有腐乳白粥？”

年年也吃不下：“我也要。”

陆先生说：“你要注意营养。”

两人竟话起家常。

年年坐得略近些，夹些火腿丝给陆老。

“饭后又是下棋？”

“你有什么好主意？”

“不知多久没游泳。”

甄相失笑：“我们三人做游泳比赛如何？”

陆老微笑：“我在学校一直是泳将。”

“那么，请露两手。”

“别太努力。”

管家立时三刻找来泳衣，三件衣装，保守那件被甄相一手抢去，年年没好气，她在两截小小泳衣外罩一件 T 恤。

陆先生换上四角泳裤，是，他身段的确略为松弛，但旧时模式仍在，不算难看。

年年戴一顶缀满塑料花的泳帽，扑通落水，一点姿势也无，像只鸭子。

这时泳池闸门打开，已有若干孩童前来嬉水，救生员把他们领到浅水处，与甄律师混在一起。

所有孩子都是顽童，立刻欺侮甄相，企图把她压到水底，甄相逃到深处。

年年哈哈大笑，原来幸灾乐祸是如此开心的事，以前还不知道。

三人缓缓游了两个塘，年年三式全施，只觉四肢舒畅无比。“以后，天天来游。”她说。

甄相微笑：“那你还学吉他不？”

“都一起学，直到——”她没说下去。

陆老已经听见，只是不出声。

甄相第一个上岸："吃不消了。"

三人都取过大毛巾裹住。

用人捧来大盘热狗热饮，孩子们闻香而来。

陆老说："幼儿们笑声特别响亮，真是悦耳。"

这时年年肚饿，抓住热狗就吃。

救生员呼叫："排队，排队。"

年年乖乖排到后边，要一杯热可可。

陆老看到笑得合不拢嘴，他对律师说："年年真有趣。"他喜欢她，她举手投足都惹他高兴。

他自己喝拔兰地暖身。

这一天过得很有意思。

傍晚，她俩告辞。

在车上年年这样说："许多人活到一百零三岁，有些结婚七十周年。"

"六十余岁，也不算夭折。"

"他一定还有许多事可以做。"

"——更多交易，更加成功，公司越发庞大，财产更巨，子女更加烦嚣，女伴更众……"

"不知怎的，听着都有点累。"

“因为没有一件事可以不劳而获，通常付出比得到更多。”

“甄师你的口气似无为派。”

“我是最积极的消极派，明午三时陆先生宣读遗嘱，你是我助手，请在场协助。”

年年忽然流泪满面：“他还活着。”

“你看你，动辄淌眼抹泪，此刻你要清心养性，杜绝七情六欲，才有助康复。”

“他有信仰否？”

“他会独自一人静坐教堂沉思——年年有人在楼下等你。”

年年一看：“啊，那是我琴师安琪洛。”

“年年，危险。”

年年大笑：“甄师，放心。”

那漂亮男生探身进来：“我在教室门外等了半小时不见人，才找上门，第一课就迟到，半点诚意也无，该怎么罚你？”

“请到舍下喝咖啡。”

甄相不放心，跟着上楼。

安带着扩音器，插通电吉他，一试音，声震屋瓦，小乙喊：“不得了，邻居会投诉！”掩住双耳。

年年咧开嘴笑，是要有噪音，震得头昏脑涨耳膜嗡嗡响，无暇去想其他，怪不得那许多人喜欢校大扩音器。

那音乐系学生脱下皮夹克，尽露圆润强壮双肩及臂肌，年轻就是年轻，全身展露男性原始魅力，他低头专心校音，然后把吉他低垂，架在大腿上弹奏。

听真了，原来是《我们年轻时那五月天的美丽早晨》的变奏，声音如泣如诉，无限依恋，震音动人，长远不散，短短一曲奏完，忽然传来邻居在露台大力鼓掌之声：“Bravo，bravo，more，more！”[1]

小乙只得把玻璃窗拉拢。

甄相感动到极点，假使她还年轻，她也会找一名漂亮乐师教她弹琴。

她告辞，在梯间听见阿安指导年年做基本和弦。

邻居太太启门探视：“谁，那是谁？”

甄相没有回答，那么多寂寞的人渴望欢愉。

---

[1] 此句意为：“太棒了，太棒了，再来一首，再来一首！”

第二天下午，她接年年，往律师办公室。

“不在你处？”年年意外。

“我不做这方面工作，是一位司徒律师。”

会议室座位已经排出，椅上各有名牌，不许争夺。

年年帮甄相把文件摆出。

司徒律师走进，与甄相说几句。

陆氏一族陆续来到，数一数，十多二十。

年年还是第一次见到那女伴与她两个较小的子女，说小也不太小，近十岁，装扮斯文，相当懂事，一左一右坐母亲身边。

紫杉与彤云护住陆太太坐前排，小家伙也有座位。

陆青山把他的椅子搬到角落，他就是要违例才高兴。

最后进来的，是陆氏两个大女儿，老气兼不忿，也静静坐下。

没有人说话，互相也不问候招呼，似陌生人一般。

半晌，陆太太提问：“陆先生呢？”

司徒律师答：“他无须出席。”

真的，照规矩，这当儿他已不在人世，如何出席。

甄相示意年年一起离开会议室。

众人诧异。

司徒律师说："年小姐不在遗嘱内。"

紫杉第一个出声："怎么会？"

彤云跟着说："我还以为整张遗嘱都是她的。"

年年低头，急急走出会议室。

甄相说："你到会客室休息一下。"

年年走进，看到陆永亨本人，真够黑色，她微笑："陆先生你也在这里。"

她坐近他，他忽然握住她手吻一下。

接着，还有一个人咚咚咚进来，他也坐得不耐烦，由保姆带出。

"公公，漂亮阿姨。"

他爬上沙发，趋近年年，拨开她头发，捧起她脸颊，大声噗噗亲吻。"有糖果吗？"他问。

保姆给他一支棒棒糖。

他一边咂一边说："漂亮阿姨，我们几时结婚？"

保姆只得把他领出去。

陆先生笑不可抑。

甄相进来："已经宣读，各人暂时没有异议。"

陆氏忍不住叹气："这露水之世。"

"都怀疑你不知留着什么给年小姐。"

"散会了。"这么重要的一天，陆氏也并没有特别穿戴，仍是那套半旧西服。他站到大门口，像是众人吃完喜酒，主人站那里送客。

陆太太走近："我竟不知你有病。"

紫杉说："为什么不告诉我们？"

"大家都不知晓，还算公平。"

"年小姐是知道的吧。"

陆氏并不回答，只是缓缓点头。

"到史丹福[1]医院检查，他们神通广大。"

第一任太太的两个大女儿一声不响离去，并不问候。

陆青山像是不愿离去的样子，他一手抱起外甥，另一手牵着小弟，一家只得他们三个男子，其余都是吱喳女眷。

"我们先走一步。"

不知是否提早去吃解秽酒，他们并不悲恸，也懒得装

[1] 史丹福：又译为斯坦福（Stanford）。

个样子，大抵以为陆氏的病还可以医治。

陆太太最后说一句：“好好养病。”

他们鱼贯而出。

甄相说：“事情进行得相当顺利。”

司徒律师答：“皆因遗嘱有一项条文：抗辩者实时失去资格。”

“这一条很厉害。”

“也是自前人学来。”

这时司机出现接陆先生回家。

司徒说：“陆老精神不错。”

甄相答：“一日注射五次镇痛药。”

年年忽然问：“别的痛楚，可否用药物医治？”

甄相轻轻推她一下。

她们回到办公室。

年年读功课直到倦怠，伏在案上休息，她对自己说，做一个游园惊梦呢，还是黄粱之梦，红楼梦则实在太长了。

司机送上小乙做的一锅鸭汁云吞，众同事老实不客气二人分一小碗，甄师忍不住说：“给年年留一些。”同事这样答：“她有两团。”

“年年是病人，你们真好意思。”

“把她当病人，她会真的像病人，若无其事，她反而会痊愈。”这歪理竟十分有理。

“年年并不把自己当病人，否则，还读什么功课。”

年年并没有做灿烂的中国文学梦，她的梦境简单而真实，她看到绿茵草地上一个小小穿白裙女孩的背影，她正在愉快奔跑，手里抓着大束七彩气球，胖胖手胖胖脚叫她微笑，但年年知道，她永远不会有孩子。

她被脚步声叫醒。

睁开眼，看到甄师：“累了回家睡。”

“我有约会。”

“那些男生，都不怀好意。”

年年微笑：“甄师你可知有一个 App 叫 Tinder[1]。”

“太可怕，那是道德沦亡的社会毒疮。”

年年哈哈哈大笑。

甄相没好气：“你能说不是？”

“有人在那里找朋友。”

---

[1] Tinder：直译为易燃物，此处指国外的一款手机交友软件。

“一张照片，一句‘每天晚上十至十二时我都有空，不收任何费用，没有任何包袱’，这叫找朋友？”

年年又笑：“荒凉的都会，寂寞的人。”

“你的约会从该处而来？连上酒吧浏览的时间与费用都省下了。”

“说不定有一日我除出一具温暖身躯也不再有任何要求。”

“那也太可怜了，那是一种病。”

“那么，甄师，你为何存活？”

“为着训斥你们这班年轻人。”

年年躺在沙发上眠一会儿又起来做功课。

她继续学弹吉他，似模似样，姿势特别漂亮，频频走音，但不能打，也值得看。

她换上紧身皮衣皮裤，披散头发，黑眼圈红嘴唇，扮摇滚歌手，在陆宅表演，兴奋时跃起三呎，找小家伙伴唱，少侠咪咪咪皱着眉头跟年年依依啊啊唱卜迪伦[1]名曲，“那时我年纪老大，今日我年轻得多”，取起口琴，呜呜吹奏。

---

[1] 卜迪伦：又译为鲍勃·迪伦（Bob Dylan），美国摇滚、民谣艺术家。

陆宅上下诸人笑得直不起腰。

他们还一起游泳。

少侠很快学齐三式，游蝶泳似海宝宝，煞是可爱，被年年追上会不忿去拉扯年年泳衣……

当然，谁都知道这样好时光不能持久。

陆太太出现。

她仍然一丝不苟化妆，淡紫色套装，珍珠项链，前来送行。

她这样对年年说："他要回苏州，也属应该，他本是苏杭人士。"

"此刻，都是国际人。"

"年小姐你可是跟着他？"

年年摇头："我是外人，他没叫我，他说他想见我，不过是听听笑声。"

陆太太点头："开头，我们都以为你要报仇，拿陆先生做筹码。"

"你们都善待我，我怎会恩将仇报？"

"你年纪轻轻会这样想认真难得。"

"陆太太可是一起往苏州？"

“他有邀请我。”

年年不便追问。

她唏嘘：“看样子也只得走一趟。”

甄相冷冷看着她，像在说：阁下也是按时收费的吧。

陆氏包一架小型飞机，带着医生看护与前夫人一起告别。

陆氏轻轻问年年：“有男友无？”

“门可罗雀。”

陆氏又大笑。

他俩的确投缘，无须商榷。

“年年你会康复。”

“愿陆先生的话直接传至天庭。”

“再见。”他依依不舍。

年年紧紧拥抱他。

青山在一旁看，最后，他也走近与父亲抱肩。

小小银色飞机咆哮升空而去。

一部黄色复刻版莲花欧罗巴跑车驶近。

那辆车只齐腰那么高，一个女子由车厢钻出，青山走近，两人亲吻。

甄相好气又好笑。

“我介绍，这是欣欣。”

甄相劝说：“这种古董车前后没车档，连倒后镜都没有，亦无气袋，多不安全。”

青山与欣欣只是嘻嘻笑。

年年摆摆手：“再见。”

那女郎却说：“年年，很高兴终于见到你，青山时时赞你是最勇敢的女子。”

年年只是微笑。

那辆车似一只飞碟般驶走。

春天一到，办离婚手续的人忽然多起来，律师事务所忙得不可开交，光是准备文件，便叫年年双臂酸软。

例行检查，易医生发觉她额角一片深色皮肤，用酒精抹拭，解剖刀割出。

年年大声呼痛。

啊，可以觉得痛入心扉，那即是表示她康复了。

正是如此，最近一次详细检验，发觉病患者体内已无坏细胞。

易医生说：“得意事来，处之以淡，不要扰攘，不可庆祝，以免邪恶能量变本加厉作祟。”

年年点头。

一旁小乙已经泪盈于睫。

五年，她与年小姐总共挨过差不多两千个日子。

有时她眼看花般女子病得奄奄一息，难过躲在厨房偷偷饮泣。

有时以为年小姐活不下去。

易医生示意小乙走近：“你应得勋章。”

小乙咧开嘴笑。

“仍然小心饮食，定期检查。”

“明白明白。”

易医生说：“年小姐，祝你芳龄永继。”

这几年把看医生当一件事来做，忽然中止，居然恍然若失。

事务所那边，甄相已收到好消息，她见到年年，并不表态，提高声音说：“莫夫对莫妻一案，数据搜查进度如何？”

“怀疑莫先生最近把三层高价住宅转名他八十岁母亲名下。”

“作为呈堂证据。”

“知道。”

以后怕没有人会像过往那样小心翼翼疼惜她了。

这时助手轻轻走近，放下一份报纸。

一张黄色荧光标签，示意某页有她会关注的新闻。

年年翻到那一页，呆住。

那是一张颇占篇幅的三乘四吋照片，标题：《北太平洋育空至大连油管动土仪式，天然气燃料利华北空气质素》。

照片中数十名工程人员，华裔与洋人各半，左侧站着的人，年年最熟悉不过。

他长着大胡髭，身穿制服，卡其裤破旧不堪，打满补丁，怎么看都像一个流浪汉，但是那双大眼，炯炯闪亮，他胸前挂着一枚圆章，一只手特地拎起，像是向人展示。

年年双眼模糊，他像是知道有一个人会看到这帧新闻照片，谁？

那个人是她吧。

圆章正是那枚阿历山大像古董，他叫幸运星的银币。

他把它镶成链坠佩戴。

年年颤抖着手把那段新闻连照片剪下，正找相架，助手已经拿来一只漂亮银框，刚刚好，镶好照片，放书架上。

甄相进来拍手："Chop！ Chop！[1]快点工作。"

年年连忙低头查资料。

豆大眼泪噗一声掉在文件上。

——抽屉里还收着一块黄色药皂，每次找文房用具，都会闻到清香。

傍晚，下班，年年也跟同事去喝一杯，他们喝啤酒，她喝矿泉水。

总有邻桌年轻男子探身过来搭讪。

年年有意无意问："喜看何种电影？""浪漫小品。""《铁甲人》一二三集。""每星期重看一次王家卫的《旺角卡门》……"

"谁不在金融界做事？"无人举手。

年年颓然。

一次，她上台客串表演吉他手艺，技惊四座，酒吧邀

[1] 此句意为："赶快！赶快！"

请她每周演出，被她婉拒。

约一季之后，初夏，女同事忙着穿短袖子，连甄师都脱下外套，消息终于传至。

甄相亲自告诉年年："陆先生今晨辞世。"

年年张嘴，又合上，实在不知说什么才好。

意料之中的事，但终于发生，还是忍不住悲怆。

"没有痛苦，陆太太在他身边，他最后一句话是'今年茶花早开早落'。"

年年不出声，双手不断把工作赶出。

"伦敦来电，祝贺你考试及格，可领取资格，年年，欢迎你在本公司实习。"

年年答："是，是。"手像不随意肌[1]还是没停下。

下班时分同事都离去，她一个人坐在办公桌前，也不想什么，只是发呆。

甄师走近："陆家半夜起程往苏州，你可要同行？"

年年根本无须考虑，立刻答："我是外人，不便出现。"

"你的意思是，人已经不在，再也不用演戏。"

---

[1] 不随意肌：指不随意志而运动，不受意志控制的肌肉。

年年轻轻点头。

甄师说:“那我也不用去,我们已经送过最后一程,要对一个人好,或是有什么话说,趁他活着,应该尽量做妥,莫待人辞世十年八载之后,搞一些纪念活动大写祭文。”

年年微笑。

“我已立下字据:不设仪式、不宣布消息。”

“那还早着呢。”

“我像你这年纪也那么想。”

年年没留在甄氏事务所,她得到极佳推荐书,到司徒律师处工作。

新同事只见一个秀丽、短发年轻女子穿着深色套装上班,她的丰胸细腰立刻吸引注意,别致姓名讨人欢喜。

年年真正变为一个新人。

趁着生日,她请同事到家吃自助餐。

菜式并不特别,不过是烤龙虾、罗宋汤蒜茸面包及蔬菜之类。

众同事移师露台,像其他客人一样都伏在露台观景,赞不绝口。

“年年，这是亿万景观。”“你一个人住，可是父母送的嫁妆？”“你是我们的富贵之友，以后多多帮忙……”评语也差不多。

小乙川流不息价添茶添水，招呼周到。

有人贪心：“年，可有香槟？”

小乙实时变了脸色：“年宅不供应酒精。”

一言提醒，年年翌日往灵亮堂戒酒会。

她轻轻对会众说：“我叫年年，我戒酒已经四年，未曾失败。”

会众热烈鼓掌。

“我希望十周年我还可以演说。”

“一定一定，请每年都来。”

“我们需要成功例子。”

年年鞠躬离去。

不能说她一事无成，她用她自己处变不惊不徐不疾，庄敬自强，战胜病魔。

她也明白到，这一场仗，需一直打下去。

年年用手揉面孔，真累。

很快，她摸熟新事务所。

她那摄影技术般的记忆又帮上大忙，凡是同事顺手一放要找时忘记在何处的文件，一问她便可立时立刻取出，同事纷纷送水果致谢，她桌上放满大红苹果。

司徒一日有点尴尬走近：“年年，这可能不关你事，一年前有份口供，是某教会与业主纠纷，找了多日竟找不到。”

年年抬起头：“可是灵亮堂？”

“你见过？”

年年走到档案柜，拉开大抽屉，立刻抽出，交到大老板手上。

“你怎么知道！”

“我整理其他文件时瞥见。”

司徒欢天喜地而去，第二个月，加百分之五薪水。

年年看着支票，充分明白，到她家的人客，为何都站在露台哗哗连声。

一日下午，接待员说：“年小姐有客人找。”

出去一看，是陆青山。

“又是你。”

他微笑答：“没有人叫我羞惭如你。”

年年没好气："你有水牛皮，怎么脸红。"

"我找你说话。"

"这是律师事务所，照规矩，见任何人都需要预约，而且，按时收费。"

"年年，你练得老三老四。"

"青山，大家都快成老弱残兵，只你，小飞侠。"

"家父辞世，我也憔悴。"

说到陆先生，年年黯然。

"找个地方喝杯茶。"

"还是在办公室说吧，让我提醒你，有录像。"

陆青山垂头。

年年不忍："我们到天台说话。"

天台在四十五楼，畏高者真会脚软。

年年却觉得心旷神怡："有时，幸运的话，可以看到一角蓝天，白云则永久欠奉。"

"年年，祝你康复。"

"多谢关心。"

"年年，我快要结婚。"

年年不意外："恭喜你，再接再厉。"

青山双手插在袋里，看着海港景色。

“不必给我喜帖，我不会出席。”

“年年，要是你今日答应我，我立即退婚，这是我最后一次恳求。”

年年光火：“为什么再大的事，即使影响多人半生幸福，你都不经意玩笑地任意妄为？”

青山伏在栏杆，声音有点沙哑：“我一早已知我不该来。”

“知道就好，此刻走还来得及。”

她走向天台门，身边电话响：“是，我马上到。”

青山在她身后说：“我不是以前的陆青山。”

“你变本加厉，比陆青山还像陆青山。”

青山不回答。

“我们下去吧。”

青山仍然伏栏杆。

年年怕他有奇怪举动。

“青山。”她走近他。

他转过身子抱住她，饮泣如孩童。

“青山，你实在还不适合结婚成家。”

“只有你了解我。”

“我也关心你。”

“当时家母叫我应允与你分开，她说父亲开出条件，愿意与她结婚，她一生只渴望一件事，便是正式结婚。”

“过去的事不提，是我自己一个成年人答应分手。”

年年揉抚他的头发。

电话又响。

“真没想到你终于拥有一份正经工作。”

“青山，我们下楼。”

“年年，我抱着你自这里跃下。”

他把她拉近栏杆。

年年平静地说：“你是亿万富豪，承继父业，又需照顾家中妇孺，怎可有此念头，我是个病女，我不能孕育后代，你今日冲动许是一时想起亡父觉得孤苦所致，回家想清楚了又会送糖果鲜花致歉——”

这时天台门撞开，护卫员与同事扑近，一人一手扯开年年与陆青山，一直拉到梯间，才紧张问：“年小姐没有事吧，可要召警？”

“不不，我与这位先生议事。”

“电话示警器表示年小姐身在天台，我们不放心——”

“没事。”

“年小姐，这人是谁？”

警卫已经拍下陆青山照片：“以后进入该幢大厦请预约。”

年年拍拍青山背脊：“再见。”

护卫员押着陆青山离去。

男同事这样说：“年年，为安全见，还是通知警方备案。”

“没有的事，大家回去工作，请勿议论。”

她心中始终忐忑，嘱安琪洛在大门等她下班。

安笑嘻嘻：“终于想起我。”

年年用手掌蒙住他脸往后推。

以后，陆青山再也没有在她跟前出现，也没有送什么道歉赔罪。

但愿他终于开始长大。

而年年，一直像常人那样生活，工作进度良好，健康情况更似奇迹。

她拥有许多男性友人，也有颇多女性知己，大家都喜欢结交善良和气的她。

“年年从不与人争夺什么，即使动气，说话仍然含蓄，工作能力又高。”这是上司与同事的评语。

想起往事，有时异常清晰，有时，像做梦一般有一些没一些。

她与甄相，仍然维持亲近关系。

一起聊天，年年说：“陆家上下所有的人，用尽机心，仿佛什么也没有得到。”

“错。”

“怎么说法？”

“他们除出真正想要的，其余一切，也全都得到了。”

“啊，甄师你眼光何等精妙。”

“你呢，年年，你真正要的是什么？”

年年肯定地回答：“活下去。”

图书在版编目(CIP)数据

幸运星 /(加)亦舒著 .—长沙:湖南文艺出版社,2017.7
ISBN 978-7-5404-8121-6

Ⅰ. ①幸… Ⅱ. ①亦… Ⅲ. ①长篇小说 - 加拿大 - 现代 Ⅳ. ① I711.45

中国版本图书馆 CIP 数据核字(2017)第 119041 号

上架建议:畅销 · 小说

XINGYUN XING
幸运星

作　　者:[加]亦舒
出 版 人:曾赛丰
责任编辑:薛　健　刘诗哲
监　　制:毛闽峰　赵　萌　李　娜
特约监制:刘　霁　郑中莉
策划编辑:李　颖　沈可成　谢晓梅
文案编辑:吕　晴
营销编辑:贾竹婷　雷清清
封面设计:张丽娜
版式设计:李　洁
出版发行:湖南文艺出版社
（长沙市雨花区东二环一段 508 号　邮编:410014）
网　　址:www.hnwy.net
印　　刷:北京鹏润伟业印刷有限公司
经　　销:新华书店
开　　本:775mm × 1120mm　1/32
字　　数:132 千字
印　　张:8
版　　次:2017 年 7 月第 1 版
印　　次:2017 年 7 月第 1 次印刷
书　　号:ISBN 978-7-5404-8121-6
定　　价:38.00 元

质量监督电话:010-59096394
团购电话:010-59320018

亦舒作品

亦舒

- 作品 -

06

衷心笑

CNS

湖南文艺出版社

HUNAN LITERATURE AND ART PUBLISHING HOUSE

博集天卷

CS-BOOKY

衷心笑

目录

衷心笑

壹·

少女原先都有一个想法，
误会尽心尽意爱一个人，
那人会真心回报，
事实，当然不。

二〇五四年。

春季，微雨。

峨嵋匆匆赶到衷心笑事务所，预备带兴一出院。

秘书迎上，“王小姐，请到一号室稍候。”

峨嵋推开一号室门，两排熟悉长凳，一张上已经坐着一个客户。

峨嵋坐到另一张长凳上。

她尽量垂着头，不去看另外那个轮候者。

但眼角已经瞅见，那位人客[1]，欠缺一条左腿，卡其裤在膝上对折。

---

[1] 人客：客人，宾客。

峨嵋不出声。

在一号室候诊者，身份多数与兴一相似，她不想打扰他。

不一会儿，相熟的负责人尔泰走出招呼："峨嵋，这边说话。"她走到角落。

"兴一没事吧？"

尔泰叹口气，双手插到白袍口袋里，"情况不乐观，新三年，旧三年，缝缝补补又三年，兴一已经十二岁，兴十三都快要面世，我劝你订购安三号，那才配你身份。"

峨嵋说："我没有身份，快把兴一还给我。"

"你也太长情了。"

"尔泰，兴一在何处？"

"你下午再来，我把她还你。"

"她想补一个零件——"

"没有位置，本来她只是一个保姆，负责简单工作，照顾一个十岁孩子上学放学，清洁补习吃饭更衣，这十年来添加不少附件，她已能独自持家，进出银行、修理电器……到底年纪大了，你不让她退休，有点残忍。"

峨嵋不出声。

“讲到底，其实，兴一对你并无感情。”

“胡说。”

“她顺从、勤工、尽量配合你的需要，但并不涉及感情，你我老同学，峨嵋，不打讹语，若要谈感情，我们正在研制砒一号。”

“砒？”

“因为，爱情慢慢杀死你，哈哈哈。”

峨嵋没好气，“我下午再来。”

“三时整，把兴一还你，我替她换了油，膝盖手肘几个齿轮也更新，一年内不成问题。”

“一年后呢？”

“那……你就别问那么多了，谁不是过一日算一日。”

身为纳米工程师的尔泰到了春季，也特别多感慨，她走到窗前，轻轻说：“谁道闲情抛却久，每到春前，惆怅还似旧。”

她进实验室去了。

峨嵋轻轻吁出一口气，走出角落，把窗户打开一条线，清鲜濡湿空气钻进，环境专家数十年努力总算有点成绩。

一抬头，见那人还在等。

她轻轻走近，只见他双眼低垂，而带含蓄微笑，分明开关已经闩上。

她坐到他身边。

只见这个型号做得特别精致英俊，长长眉毛、高挺鼻子、深深人中。

他比兴一新款，也许是兴三或兴四。

“不要怕，”峨嵋轻轻说，“他们会治好你。”她伸手拍拍他手背。噫，皮肤做得那样柔软细滑。

峨嵋粗心，她没留意到，那具人型手臂上汗毛忽然竖起。

峨嵋对他说：“再见。”

下午再到办事处，他已经不在。

尔泰把兴一交还给她，“劝你家王小姐找个男朋友，别老缠住你相依为命。”

兴一外形娟秀，身段娇小，十分讨好，她微笑答：

“我同她说过千万次。”

“再见，保重。”

峨嵋挽起兴一手臂，“拜托，以后别搬抬重物。”

兴一不忿，“真没想到会同人类一样，老了就也不中用。”

“谁叫你如此拼搏。”

“搬家工人，都不知我是机械人。”

“你羡慕人类？”

“并不，人类构造实在太过复杂，十万处都会出毛病。”

她们说说笑笑上车。

“为什么一间机械制造公司叫衷心笑事务所？”

“三十多年前，初初营业，是要减轻家务负担，令主妇衷心笑出来，研发到今日，什么型号都有。”

“听说出品包括配合需要的男女伴侣，不顾别的，专门陪你吃喝玩乐，卿卿我我。”

“那多好。”

“生意滔滔，不过同专陪恋爱的真人一样，代价昂贵。”

“是呀，千秋万载，人类去到七大行星，可是，没有金钱，还是什么也不用谈。”

“王小姐，你感慨太多，还是找一个男朋友吧。”

“社会越是进步，男女越是平等，对象越是难找。”

司机问：“王小姐，可是回家？”

王小姐回答：“还有什么好去处。”

“王小姐心情欠佳，无论我说什么都一句顶过来。”

峨嵋没好气，“这车子全自动，你信不信我开除你。”

司机委屈，“动辄说这种话。”

所谓司机，不过是两条机械臂，把住驾驶台盘，一具长方形观察器，两只大镜头。

司机发牢骚，“这辆车可当古董车展览。”

兴一说：“王小姐念旧。”

峨嵋答：“你们益发牙尖嘴利。”

到达半山小小洋房，机械犬多利奔出，扑上兴一怀抱。机械人怕寂寞，都有机械犬做伴。

这真是纳罕事件。

室内光线、供氧、水温，全部自动调校，人类可以说不必劳动手足，但是，也没时间多出来，仍然忙得不可开交。

兴一进厨房做点心给峨嵋。

她开启计算机，一把男声温柔地问：“王小姐，你回来了，今日工作可忙碌？没有什么特别的事吧？”

“请接到交友网站。”

“太老式了，不如，由我做主，请你看看最新人形交友站。”

“他们不是真人。”

“我也不是真人。”

“你不同，昆仑。”

“那是因为你我交往已有十年历史，我俩有感情，人类的感情是件奇妙的事，可以栽培，也可以发展。”

“你别光说。”

荧屏显示男生样板，“你好，王小姐。”短暂自我介绍，各种族裔、身段、年纪都有，“王小姐，我们可以照你意思装配一个完全适合你心意的伴侣。”

峨嵋一边看一边说：“每个都一样面孔：大眼高鼻小嘴，为何没有体毛？”

“王小姐喜欢毛茸茸——”

“不，不，”峨嵋惨呼，“来不及了。”

“阿拉伯裔多毛年轻男子，精通英法文，礼貌、英俊，各方面均多才多艺。”

“昆仑，拜托，别越来越粗俗。”

“还有，你可以即席参观下身情况，这是憩息状态，这是——”

“昆仑，当心我开除你。”

“是，王小姐，我介绍真人给你。”

峨嵋看了一会儿，“全无新货色，这人獐头鼠目，不行，男生女相，呵，才三十岁，皮肤打褶，什么时候了，这人为什么牙齿还不整好，唷，这又是哪一家的媚眼。”

“王小姐，也许，人家有内在美。”

“这个轻佻浮躁，这名眼神闪烁……”

“王小姐，我们还是谈天吧。”

兴一出来，把一碗红豆汤放她面前，“王小姐，别老与机械说话，找个真人，昆仑，你做事呀。”

“香雪海酒吧，三十分钟后，找一个叫卢山的人，已经替你约好。”

“我不去。”

昆仑与兴一异口同声：“出去走走也好。”

叫什么？卢山。

香雪海是熟地方，男侍与女侍都以内衣裤装束示人，但因不是真人，与人客相安无事。

夜未央，人客不是很多，有几个专门做生意的男女被保镖请出，一个艳女这样说：“大家都是机械人，何必苦苦相逼。”

言辞十分有文化。

峨嵋曾与思想颇为开放的母亲来过这类地方，她的慈母这样说：“这同我们年轻时的酒吧并无不同，人杂，不大安全。”

“年轻人总得有碰头地方。”

“也难怪，少年怕寂寞。”

“你呢，母亲？”

“我有金先生。”

“妈妈，金先生不是真人。”

“金先生英俊、健康、忠诚，不会羞辱或向中年妇女勒索金钱，而且，随传随到，不用吃饭睡觉，是世上最佳伴侣。”

是，越来越多男女选择机械伴侣。

“金先生还会与我谈文艺复兴时代的罗兰索·麦迪西[1]对后世欧洲影响，且他没有任何不良嗜好与疾病，他也不会冶游。”

金先生是造价超过百万的超级机械人。

峨嵋推门进酒吧。

女侍迎上，“王小姐，卢先生在那边等你。”

卢山已经站起招呼。

他一眼看到峨嵋便喜欢，她淡妆，并没有穿时下会转色的闪亮服饰，嘴唇是原来天然淡红，不会变幻——像鲜红表示可以离开现场往别处耍乐之类。

他脸方方，此刻凡是天然方脸、圆脸、长脸的面孔都弥足珍贵，还有别具韵味狭长丹凤眼，都证明主人有信心，拥单独思考能力，才能力抗强权，拒绝往矫形医生处

[1] 即Lorenzo de' Medici，洛伦佐·德·美第奇，意大利政治家、外交家、艺术家，同时也是文艺复兴时期佛罗伦萨的实际统治者。

整得千人一面。

“你好。”峨嵋坐下。

“我看过王小姐的履历，王小姐在政府民政署任职，那多独特。”

峨嵋微笑，这个开场白她听过百次。

“文职而已，政府部门所有文件都用密码，每一小时更改，经手人像读古埃及文字。”

这卢山呢，五官有点呆板，双耳招风，峨嵋忘记问昆仑他是何种身份。

卢山告诉她：“我是全职父亲，家里两个女孩，分别三岁与一岁，她俩不甚友爱，故此我需廿四小时照顾，今晚难得告假，由保姆替工。”

“太太呢？”

“呵，她于两年前患病辞世。”

“对不起。”

“请别介怀，我也已经逐步走出阴霾，很高兴认识你，峨嵋。”

他出示电话上载的两婴片段。

只见她俩穿一式漂亮裙子，正在一个商场与圣诞老人拍照留念，大女头上戴着驯鹿角帽，手里拿糖果吃，小女落单，问姐姐要，姐姐不理她，她放声大哭，才三声，做父亲的已手忙脚乱，急急去取帽子，她哇哇叫，指向糖果，卢先生忙拆开糖纸给她，她立刻止哭，戴上帽子。

这一连串动作，叫卢山忙得一额汗，他蹲地上，手挽三件外套，背一只大袋，活脱一头孺子牛。

峨嵋微笑。

“可有点可怕。”

“岁多孩子已有如此智慧能力，人类构造之精致可见一斑。”

“怎么说法？”

“你看：首先，她要知道姐姐有她也得有，这是基本人权。第二，她个子小，非得靠工具不可，有什么工具比父亲更有效？她不会说话，但大哭警示，况且，她深明父亲疼爱，不会令她失望。这一连串反应，一项接一项，科学家不知经过多少研发，才叫机械人得到同样反应。”

卢山失笑，“我还以为只是一个孩子发脾气。”

“她们是一对漂亮的女儿。”

“我正担心到了少年期，如何应付上门来的小男生。”

峨嵋看看他，很少有人在酒吧里谈到子女，她与他开玩笑：“杀死一个，他们会有所惧。”

不料卢山大笑，露出尖尖犬齿。

她建议：“去吃碗牛肉面。”

她把大喜过望的他带到弄堂小店，在门口已闻到肉香。

卢山讶异，“真牛肉。”

“是呀，已经没厨子做这个了。一则扬言不卫生，二则屠宰牲畜有欠文明，同以前吃狗肉一样，猪牛羊肉都成半违禁品。”

“你怎么看？”

“吃多了人造肉，舌头发麻。”

“人造肉类内也有许多有害化学品……”

“将来什么都不用吃。”

他们钻进店铺，只见人山人海，许多客人站着吃，伙计脸露油光，一副喜色，“两位不介意站一会儿吧，两碗牛肉面可是？”

“没有别的？”

“你可以光吃牛肉，也可以光吃面。”

峨嵋笑，“两碗牛肉面，即上，站着吃。”

“好，”伙计竖起大拇指，“先生，你这女友够爽朗。”

站好一会儿，若不是为了这性格略为奇怪、短发圆脸的姑娘，卢山断不会轮着付钱等吃。

卢妈不吃牛肉，因为牛耕田辛苦，当然，如今耕田由机器负全责，许多孩子没见过牛，不过……

面来了，汤上浮着碧绿葱花，他连忙喝一口汤，烫了嘴，可是忍不住嗯嗯连声。

真美味，他今晚认识了一个真女孩，又吃了真牛肉面，他都想哭了。

吃到一半，别的客人已经挤进来，他们只得退出店外，从未吃得如此狼狈又如此开心。

卢山忍不住说：“王小姐，我希望与你多多约会。”

峨嵋看着他，她也有同感，但，卢不是她喜欢类型，她瞳孔没有发亮，手心尚未冒汗，心没有比平日更加翼动。

她抹抹嘴，轻轻说：“朋友多多益善。”

卢山的心咯一声跌到脚底，“是，是。”

他心酸，他想头太大，她怎么会喜欢一个老实户头个性呆板如他。

这时有人不小心碰了她一下，连忙道歉：“无心之失，对不起，请原谅。”

那是一个高大英俊肤色金黄的年轻人，漂亮得不像话，身穿紧身皮夹克，内无衬衣，拉链内卖弄裸胸及一抹汗毛。

峨嵋忽然笑了。

她有点脸红，呵，对，科学家始终无法叫机械人脸红，这可爱腼腆细致的情绪反应叫他们穷三十年力气尚未达标，他们说算了，反正会脸红的真人也不多见。

这一切卢山都看在眼内，不禁气馁。

峨嵋说：“我要回家了。”

“多谢你赴会。”

回到家中，兴一纳罕，“一身膻味，可是吃过羊肉。”

峨嵋没有回答。

这管家越来越像她母亲。

“请电约家母，明日下午三时我去看她。”

“王小姐，那是太太午睡时分。”

“她什么时候醒着？”

“早上九至十一时是她工作时间，十二时午膳，下午两至三时午睡……”像一具钟，“下午四时最适合。”

“可要带糕点？”

“你与太太不应陌生，她已多年不吃甜品。”

干什么，节食？她又无男朋友，即使她五百多磅，金先生也不会嫌弃，怪不得中年女性越来越喜欢人造伴侣。

真是，有什么是真人会做，而机械人不能做得更好的呢？哈哈哈。

“替你约四时三十分可好？”

峨嵋转到房内。

她一边更衣，一边与昆仑说话。

昆仑说：“让我提醒你王小姐，我有眼睛。”

“算了吧你。”她坐到镜头前。

昆仑仿佛有点呆。

“嗯，说话呀。”

“你倒是心甘情愿平胸。”

峨嵋气结，“我的胸并不平，是他人的胸做得太汹涌。”

“对，对，约会如何？”

“昆仑，我说过多次，我要恋爱感觉。”

“怎样的人才叫你有恋爱感觉？”

“看到才会知道，但无论如何不是卢氏这一号人物。”

“你喜欢把你拐到希腊然后一言不合将你掐死，把你头切下扔入爱琴海那种男人。”

“希腊的爱琴海，嚯，浪漫。”

“那是一宗真实新闻，王小姐，遇害人的头颅迄今尚未寻回。”

“多谢你的资料。”

“这样吧，我推介你到衷心笑实验所定做一个合适男友。”

“你知道衷心笑？可否打七折？”

“我只可以拿到九折。”

峨嵋垂头，“我还年轻，为什么我要与衷心笑打交道？”

“各人需要不一样。”

“你是指我疙瘩。”

“王小姐，到了今日，你还坚持用纯棉床单，每天换，叫兴一用手熨得平滑，这还不算怪癖？”

“我一向吃自己的，你管我。”

“好，我不说。”

“我是古人。”

“对，你用机械芯手表，每天要上发条。”

峨嵋更加气馁。

“对不起，我的职责是叫你开心。”

“不，你负责讲真话。”

“谁会要听真话，我迟早会被淘汰。”

“请替我联络衷心笑。”

“那你先笑一笑。”

峨嵋咧开嘴假笑。

“不要这样勉强。”

第二天，她到母亲家探访，捧着一大盆艳红牡丹花以及苏式小糕点。

来开门的却是金先生。

“峨嵋你好。”

“金先生好，家母不在家吗？”

“她同女佣出去买菜招待你。”

“这么客气干什么。”

峨嵋有点尴尬，只得她与母亲的男友，说什么好呢。

只见金先生永恒是四十出头英伟模样，雪白极薄衬衫，隐隐看到胸肌，鬓角略为斑白，更显得有经验有智慧，他眼神深邃，鼻子笔挺，有一双大手，身体语言也好，从没威胁感。

峨嵋忽然又一次脸红。

她自己做一壶龙井茶，金先生还有一个好处：他不吃不喝，当然，也不睡。

啨，十全十美。

峨嵋仍然不知说什么才好。

金先生却说：“初见你，才十岁左右，真是个哭娃，脾气极坏，幸亏兴一知道你心意。”

峨嵋答：“你一点也没变。”

“力气差许多，从前，双臂可以抬起钢琴。”

峨嵋唯唯诺诺。

她不宜多话，不是怕金多心，而是她母亲。

幸亏这时老妈回来，见到伴侣，先亲吻脸颊，然后才说：“峨嵋今日吃鸭汁云吞。”

金先生说：“我到后园替玫瑰苗转盆，大学农科研究成功把玫瑰还原，返转云贵高原茶树可爱模样及香气，我要了三盆，以后不必嫌英人变种玫瑰俗艳了。”

听听这话，像一个机械人所说的否。

母亲把双腿搁在沙发上，“你看兴十的功夫，全屋一尘不染，此刻又去忙厨房的了，工作态度无懈可击，最叫人欣赏是家中千种杂物在何处全知道。”

峨嵋想说话，又合拢嘴。

“女儿，今日约我何事？”

“我牵挂你。”

“你们这些飞出小鸟还记得老巢。”

峨嵋微笑，“记得。”

“可有带回家男友？”

“没有，昨日，介绍所推荐一个两女之父。”

“峨嵋，试不得，这种人背上不知多少包袱找人共背，听着都累。”

峨嵋点点头。

“时代越进步，越是深信不听老人言，吃苦在眼前，长辈的不良经验今日都不顾自尊摊开来讲，著书立论，前车可鉴。”

“是，母亲。”

“老挑漂亮男朋友是肤浅的。”

峨嵋忽然微笑。

“好端端笑什么？”

“金先生英俊潇洒。”

“人到中年，我才放肆一下，除却阿金，我已无选择，难道中年的我还去结交老年的他不成，你不知老男人多么丑陋自私可怕专横，体内睾丸酮减少，渐渐比女人还婆妈、固执，没有一件事看得顺眼，牢骚特多，无事不扰攘一番……眼角却还瞄着美貌少女，猥琐卑鄙之处，说也说不尽。”

“历年我也见不少。”

“对不起。”

“你是在形容我爸吧。”

她哼一声。

“妈，你看上去还是那么漂亮，去年爸说：‘你妈像不会老。’”

“哼。”

峨嵋赶紧拍马屁：“只不过下巴略松些，更添成熟风韵，对了，染发剂用何种牌子？什么颜色？光亮自然极了，又不会太黑太暗。”

老妈不出声。

峨嵋怕越说越错，噤声。

金先生回转，看到女友黑脸，伸手指一指她鼻尖，“笑一笑，我们出去找朋友吃饭。”

“不去。”老妈像少女。

金先生一手抱起她，朝峨嵋睐睐眼。

“放下我，放下我，女儿在此。”

他们一路上楼去。

这时兴十出来说："王小姐留下吃饭。"

"啊，"峨嵋说，"我还有事。"

"王小姐，你难得来。"

"下次吧。"

她披上外套离去。

每次到娘家，都希望把母亲抱紧紧说心事，但次次都碍着金先生，这还是个假人，有些朋友，他们的继父都换了好几届，见面不知多尴尬。

科学再进步，却无法叫人的思想更加开放。

峨嵋闷闷不乐坐上车。

司机老三老四说："又怎么了，像王小姐这样，也算天之骄子，为什么时时郁闷不乐？"

"司机，去车行，我们去挑新车。"

"王小姐，其实这辆车还可以用一段时间。"

"叫你去就去。"

"其实我并不想驾驶新车——"

"你去不去？"

到了车行，职员出来招呼，分明是一名受过详细完整严格训练的机械人，他露出最诚恳和善特别调校最受顾客喜欢的微笑，声音动听：“王小姐，终于等到你了。”

他看看司机，又检查旧车，对峨嵋说：“恐怕两件都要更新，请过这边参观。”

最新款电动车分二人、四人座位，连司机，包用三年，售价公道。

“这边的华丽古董型款仍然受欢迎。”

那是上世纪恶形恶状的平扁极速跑车队。

峨嵋摇摇头。

“这边是婴儿家庭车，六枚轮子，平稳可靠。”

峨嵋看半晌，才决定要一辆最不起眼小小灰色两座位车，“请把司机搬过去安装。”

“但王小姐，我们有许多新一代司机。”

“这个旧司机知道我太多秘密。”

“明白，王小姐，我们即刻把它中枢机关转置，只需十分钟，我替你斟杯咖啡。”

峨嵋走到一个角落，一家人正在试家庭车，那年轻太太嘻嘻笑，“越发似装甲车”，高大漂亮丈夫唯唯诺诺，一个三四岁小男孩顽皮地伸手摸这个摸那个，终于来到峨嵋身边，神气活现说："我到了十八岁也会飞车。"

他母亲过来，"对不起，这孩子多嘴。"把他拉走。

这时职员出来，"王小姐，都做妥了，你可以付款把车开走。"

归途中司机话可多了："这对新手我用不惯""尚未习惯新双目焦点""兴一会不认得我""王小姐，我后悔叫你换车"……

新车静寂，只得司机声音。

人与机器，关系渐渐不可分割。

终有一日，兴一也会被换。

她回办公室处理文件，忽然收到一个电话，她说："马上来。"

立刻取过外套赶往衷心笑办事处修理部。

尔泰迎出，"这边。"

峨嵋看到兴一躺在担架上，一边身子用白布遮着，少许破损零件露在布边外，兴一看到主人，"王小姐——"

"嘘，嘘，我知道。"

尔泰说："王小姐，请代兴一签署，授权我们替它换一具躯壳。"

兴一颓然，她若会落泪一定哭泣。

"兴一，"峨嵋问，"发生什么事？"

兴一竭力说："我往鱼栏挑海鲜，一辆货车斜路溜后，即将撞墙，眼看要夹住蹲在路边拾荒的老妇，我冲上替她挡了一下，整个左身被夹烂，幸亏头部无损，叫救护人员把我送到衷心笑找尔泰。"

峨嵋欲掀开白布，尔泰苦笑阻止，"你不想看到。"

"是，是。"

尔泰把峨嵋请到外边候诊室。

"换一具兴十三吧。"

"我仍叫她兴一。"

"其实最好连中枢思想控制器也更换，新一代性格活泼先进，你会喜欢。"

"她是我老保姆。"

"峨嵋，兴一并无感情。"

"但她会救人。"

“那是她体内危机意识启动，保姆全有这个装置，保护少主。”

峨嵋嘘出一口气，双手颤抖，在文件签署，她选择要老兴一，心甘情愿，任她噜苏。

“十分钟，请稍候。”

真没想到，会在今日替兴一换头，世事仍不能预测。

她在候诊室独自垂头。

一具小小电视机正播放新闻，记者的声音充满激情：“智能机械保姆勇救老妇——”说的，正是兴一。

“世上有千万具兴一，但这一名却在千钧一发间救了七十八岁的阿婆一命。”

峨嵋看着荧幕，当事人老妇低头不出声，白发萧萧，已至耄耋之年，为何流落街头，想必是年轻之际没有打算。

峨嵋别转面孔，不忍再看下去。

忽然发觉对面长凳上坐着一个人。

啊，是他，她见过他，是那少了左腿的智能人，通常，他们以安字为号，安一、安二，同兴一、兴二按年代编号。

叫峨嵋吃惊的是，今日看见他两条腿都不见了，裤管空荡。

他仍然垂头不语。

照说，丧失两条腿的安字号应当像兴一般更换整个身躯，也许，他的主人同样不舍得他。

峨嵋坐近，忍不住轻轻说："我们又见面了，我叫王峨嵋。"

他动也不动。

"啊，你没有开启，"她又拍拍他手，"加油，努力，不要气馁。"轻轻摇他手臂。

身后一个声音，"王小姐你同谁说话，不要骚扰其他客人。"

尔泰带着兴一出来。

峨嵋看到新型号发呆。

鹅蛋脸，好笑容，头发束脑后，流线型，身段苗条，穿紧身运动衣衫，活泼敏捷，比起从前的文静秀丽是另一种型号。

正在踌躇，兴一开口："放心，王小姐，我仍是从前的兴一。”

峨嵋点头，忽然想起，“从前的躯壳呢？”

尔泰没好气，“那你就别理了。”

峨嵋问：“可是当生化废物处理——”

“那具躯壳不是生化物，只是机器，你俩还不走？”

新兴一力大无穷挽着峨嵋离去。

百忙中没人留意坐着的客人眼睑稍微动了一下。

坐上车，司机一惊，“这是谁？”

“兴一。”

兴一也吓一跳，“你又是谁？”

峨嵋苦笑，这叫什么，这叫纵使相逢应不识，新型号，新装束。

许多友人，一段日子不见，面相身段全变，老友也认不出，整块脸只剩一个尖下巴，将来不流行尖面孔，削下部分不知是否可以拼回去。

司机嚷：“真看不惯。”

兴一还嘴，“我也看不顺眼。”

“幸亏王小姐是老样子。”

峨嵋苦笑，“我还会一天比一天老，终有一日鸡皮鹤发，背脊佝偻。”

两个助手总算噤声。

终于到家。

兴一这样对主人说：“尔泰女士给我挑几个型号，我只想要基本功能，女士问：可要女性特征，我说不用，我等不能孕育胚胎，还是安分点好，于是选了这一具，我喜欢她的笑容。”

峨嵋点点头。

是，生育还得靠真人。

她想到在车行邂逅的小男孩，泡泡脸，机灵大眼睛，不知多少想头，笑嘻嘻，胖手指放嘴边，可爱到极点……要这样一个宝贝，还得靠古人方式孕育成胎，辛苦十个月，忍痛把他生下来。

儿童玩偶，动作较为生硬，始终未能仿真，幼儿情绪千变万化，不能尽录。

厨房发出打碎盘碗声响，兴一说：“对不起，我冒失。”

峨嵋连忙安慰。

全靠她们服务社会，老中青三代市民得益匪浅。她们忠诚无比，再无二心，安全可靠，几乎分担全部最腌臜劳苦工作。

有些兴号还会梳头化妆按摩，甚至兼任一些简单秘书工作，个个擅长礼貌说白，不会得罪主人客人。

“咖啡，一半奶，不加糖。”

“谢谢兴一。”

“我到街市买菜买花。”

“兴一，远离鱼市场。”

她去了，开门关门总是轻轻。

峨嵋电召昆仑聊天。

小狗多利走近，抬头，峨嵋把它关掉。

“你不喜欢狗？”

峨嵋答昆仑：“不，我无暇照顾与它玩耍。”

“你才最像早期机械人。”

“我也有欲望。”

昆仑笑，“说来听听。”

“男欢女爱。”

昆仑不语。

“你知道：‘终有一日，我的王子会得出现。’”

“如果他是人的话，少不免缺点多于优点。”

“你替我定造一名。”

“把你的条件说出来，我代你长话短说，精简节约，然后才知会衷心笑设计部，不过，你要准备高昂费用。”

“女性经济独立之后，开销庞大。”

“古时，女性付出宝贵感情与青春，所获几何，你心中有数。”

“啊，吃亏的总是女子。”

“你可要转变性别，那也容易办。”

峨嵋咳嗽一声，一本正经说：“先说外形。”

“我会详细记录。”

“高大，六呎[1]左右，英伟，体重一百七十磅，宽肩，漂亮肌肉，圆润肩膀，金黄色柔肤，肩膀要有淡淡雀斑——”

“？！”

“形状像天鹅 X-1 星座，即一个十字——”

[1] 呎：英尺。六英尺约等于 182 厘米。

“嚯，你的挑剔去到不可思议地步。”

“听下去：他要临危不乱，处变不惊，智慧聪明，具幽默感，能叫我笑，擅烹饪，精湛各种运动，尤其是游泳，乐善好施，喜欢动物与小孩、老人……”

“慢些慢些，来不及记。”

“还有——”

“当然还有，你大概可以说到明早。”

“他的手——手指纤长，弹一手好梵哑铃[1]。”

“他的脚，要会跳舞，可是这样？”

“当然，否则，要男朋友做甚。”

这时，门一响，兴一回转。

她走近荧屏，“昆仑你越来越没礼貌，语气调笑，你对王小姐要规矩点。”

昆仑一愕，“你是谁？”

兴一哼一声。

峨嵋说：“昆仑，我们稍后再谈。”

“这昆仑，越来越似登徒子。”

---

[1] 梵哑铃：小提琴（Violin）。

“不至于啦，我们谈话题材比较敏感而已。”

“我蒸新培育品种的黄花鱼给你吃。”

峨嵋只吃几口。

待兴一休息，她又找昆仑。

“那可是新兴一？”

峨嵋把兴一的意外说一遍。

“这些新型号以朋友身份出现，毫无规矩。”

机械也会相互倾轧，峨嵋笑出声。

她说下去：“要爱惜我，保护我，懂得我的意思。”

“某方面能力呢？”

峨嵋十分坦白：“无须刻意讨好、大胆、超能、需有初恋的感觉。”

“你初恋感觉是好是坏？”

“那是一个坏男人，坏人做坏事。”

“对不起。”

“少女原先都有一个想法，误会尽心尽意爱一个人，那人会真心回报，事实，当然不。”

“这个问题迄今尚未解决。”

“直至地老天荒海枯石烂，少女还是失望。”

“那是一个怎样的人？”

“已忘记他的外貌，相信是个极其普通的人。”

“这是你要求初稿。”

荧幕打出一个男子裸体，某处打格子，引得峨嵋微笑。

“那处有许多样子可选——”

“先说五官：剑一般浓眉，长睫大眼，鼻子笔挺，嘴唇柔软略厚。”

昆仑拼出一个动画人物超级马利奥。

也只有昆仑会引她笑。

她有电邮，一看，是那个叫卢山的人问候：“几时有空再出来？”她不加思索推说最近办公室忙得不可开交，连喝水的空闲也无，等等。

她怎么会离开有趣诙谐的可爱昆仑外出？

“对，”峨嵋说，“谈吐、语气，全像你就好。”

昆仑受宠若惊，愕一会儿，才答：“我只是一把机械声音，随计算机附送，娱乐王小姐。”

“你的设计极佳，我相当欣赏。”

这时昆仑声音稍微沙哑，“谢谢赞美。”

贰·

她有点浮躁，
天气渐渐潮热，
原本或可承受之苦楚像彻骨寂寞
此刻都不能忍耐。

那天晚上峨嵋做梦，看到许多英俊裸男并排站她面前，介绍他们身上各种部位，峨嵋吃惊又好笑，用手掩住嘴，醒来，不知是好梦还是噩梦，但肯定并非绮梦。

她上班。

主管说：“峨嵋，十一楼爆发诺沃克症，全体十五名职员上吐下泻，进医院诊治，工作不能耽搁，这一个星期他们的文件发到你处，请你分给同事，有难同当。”

“没问题。”

“我就知你能干，本来嘛，为着保密，各组只负责文件一部分，而且是隔行抽选，上下倒置……不过，紧急关头，也只得信任你们，幸亏那并不是太重要机密。”

“明白。”

“你做完传回给我。我自会上交。”

峨嵋没声价答应。

无端端多一倍工作。

她请同事过来开会，年轻人一听要加班，脸上表情像被人在嘴里塞了一把盐，可以皱的地方全皱起来，喃喃抱怨：“我们也染诺沃克症”“间歇失忆”“过度疲劳”……

文件送到，按人派发，有两名同事拒绝接受安排，“王小姐，你开除我好了。”

都什么时候了，年轻人仍然如此疲懒。

“人到了三十世纪仍需遵守原则。”

峨嵋叹气，“只得我来做。”

“你是主管，你入地狱。”

峨嵋生气，这种滴水不入、不接受半丝委屈的自我中心思想最最讨厌，她脸上变色。

同事们速速离去。

峨嵋取起文件看了一眼。

虽然密码具千百种变化，但负责人老是按那几种类型，在此间工作多年，敏明的王峨嵋几乎已经可以全部解读。

她把两组文件拼一起，读到一句：“——近三个月发生的意外暴力事情，令有关部门警惕，在市民未曾注意，产生恐慌之前，需要实行特别措施——”

这时先前那对同事敲门进来，“王小姐，对不起，我俩愿意分担——”

峨嵋扬扬手，“不用，”她和颜悦色，“你们请其他同事吃果子代替好了。”

她刚好读到“兴一”“安一”以及其他同年代号。

她抬起头，想一会儿，把办公室门锁上，仔细将该份约莫五分之二的文件读毕。

除出部分无法译码，以及不在她手上的文字，她读懂其中大意。

她觉得突兀、不安，以及伤感。

她把文件存入档案。

峨嵋拖着疲倦身子回家。

走到楼下，看到兴一焦急地询问管理处：“见过王家小狗多利否？”出示照片。

多利不见了。

对兴一来说，这是大事，她在家寂寞，唯一淘伴，便是这只小动物。

峨嵋走向前，“兴一，别急。”

兴一握着主人双手，“我一开门，它便蹿出。”

“等我一会儿，我回家取追踪器。”

“呵，忘记这个。”

峨嵋取出小小追踪器，一看，“多利在后山树林，离这处不远。”

峨嵋拉开抽屉，又取了另外一件东西放进口袋。

她俩飞快奔往树林。

管理员追上，“王小姐，该处罕见人迹，我先知会警方。”

兴一跑得快，很快隐没树中。

只听到她叫：“多利，多利，王小姐——”

声音骤断，像是看到什么不愿看到的可怕情景。

峨嵋奋不顾身奔近。

还未站停，已被几个年轻男女包围，他们衣衫褴褛，一共四名，神色狰狞，“又来一个。”他们冷笑。

只见多利躺地下已经不能动弹，其中一个男青年大力伸脚一踩，多利飞到半空，被另外一个人反踢，哈哈大笑，多利再次坠地，碎为两截。

兴一不顾自身安危，扑过去抱住多利残骸。

峨嵋又惊又怒，“你们是什么人？”

其中一个衣不蔽体的女子答：“我们是社会最底层，身无一物受尽排挤欺压的一群。”

她一步步逼近峨嵋。

峨嵋看到她断却一臂，心中明白，退后一步，“你是机械人。”

“你真聪明。”冷笑。

看清楚了！他们全是机械人，身上各有残缺，有人失去一只眼睛，有人半边身子不住抽搐。

峨嵋吃惊，“你们为什么不进修理部？你们属于哪一家哪一户，随意遗弃机械人属违法行为——”

“你是人类，所以那么多话，这一个同狗一样，是你的用人，一副机器，故此，为你清理粪便垃圾廿四小时操作的工具，直至破旧损烂，被你丢弃。”

“我们已不记得当初出厂时担任哪种工作。它，可能是砒号，加入色情行业，担任变态荒淫任务取悦人类；它，也许是重型工程厂员工，全身关节染满油污；这个，眼睛遭到破坏，主人说：‘算了，换具新的。’至于我，我因侍候顽童不得力，被推入泳池泡足一年无人理会变成废铁。”

不但峨嵋听得发呆，连兴一都不能动弹。

“这还不算，本应妥善人道毁灭我们，但不法之徒将诸等残骸偷出改装廉价贩卖到其他地区，逼使我们继续劳动——”

这时他们听到警员警犬的吆喝声自不远处传来。

其中一个流浪人形忽然发作，朝峨嵋扑来，峨嵋自口袋里取出自卫武器，瞄准对方，噗一声，迅速用量子电波破坏它的中枢，它瘫痪在地，她先前回家就是取这件武器。

警员赶到。

其余三个急急逃往树丛，警员的机车追踪。

峨嵋犹有余怖，靠在树干上。

兴一扶她坐下。

警员问她几个简单问题。

一边，工作人员急急收拾现场，待有人走近围观之际，那片草地已无异样。

警官静静对峨嵋说："王小姐，可否恳请你代为将此事守秘？"

"已不是第一宗了吧。"

"王小姐在民政署办公，瞒不过你法眼。"

峨嵋已阅读过部分文件。

"本市有超过三十万具正式持有执照的机械工作人员，其余黑工、非法修复拼凑而成的不计其数，警方现在正面临头痛问题。"

兴一站在一旁静静聆听。

"你可以说，街头已出现另一种非法帮会。"

警官是不愿多说。

峨嵋偕兴一回家。

兴一把多利放进一只盒子，"可否拿去尔泰女士处修理？"

峨嵋说："不必了，挑一只新的吧。"

兴一忽然悲哀，"我最怕听到'置新的'三字。"

"左拼右驳，线路混乱，迟早出毛病。"

"就这样放弃多利？它听见我的脚步声会得追出，我叫它，它会淘气佯装听不见，我不要新的玩具。"

怎样同机械人解释那不过是一只机械犬呢？

"兴一，交出多利，我俩去挑一只真的小狗。"

兴一轻轻说："真狗多可怕，你可看到那两只大多布[1]门警犬？"

峨嵋不知说什么才好。

原本应由兴一负责鼓励她叫她振作，现在刚相反。

"你休息吧。"她要关上兴一。

"不。"兴一退后一步。

"兴一。"

"你可用量子枪叫我瘫痪。"

"两件事不可相提并论，别胡思乱想。"

趁她不觉，峨嵋将她关上。

---

[1] 指拉布拉多犬。

兴一仍维持着那愁苦悲哀表情，睁大双眼像不能瞑目。

峨嵋心中难过。

她唯一可以说话的朋友，是这名老保姆，此外，就得一个声音，那是昆仑。

再勉强算，就是衷心笑事务所的尔泰了。

可怜寂寥的王峨嵋。

“昆仑，我有事与你商量。”

“发生什么事？你神色不比寻常。”

“昆仑，这件事请代为守秘。”

“王小姐，这个秘密传到你处，已不知是第几手，我保证本市三分之一人口已经知悉，你若怪我多嘴，最好不要告诉我。”

“你也会生气、发恼、不甘心，越发像真人，似幼儿长大成为青少年，渐有思想，开始多心。”

峨嵋把后山丛林中发生的事说一遍。

“噫？”昆仑吃惊。

他在荧屏打出若干段新闻给峨嵋参考。

峨嵋一读，比他更为意外。

——北区住宅火灾，一老一小轻伤，疑为纵火，屋内一具改装兴三号不知所终。

五谷大厦电梯失灵坠楼，三人受伤入院，监察录像机摄得事前有机械工程人员出入。

大美街闹市发生械斗，途人无故被陌生人击伤头部，一女子坠地昏迷，据目击者说："凶手疑是机械人。"

"不得了。"峨嵋喃喃说。

"这是大事情。"

"民政署已决定择日开会讨论可需全体回收兴十之前型号。"

"可有证据意外属人为事件。"

"昆仑，伊们由人类工厂制造，当然是人为事件。"

"你家的兴一——"

"我对兴一有信心。"

"所有机械工人出厂都配有一枚量子枪以便控制——"

"我知道。"

昆仑长长吁出一口气，"真没想到它们会得情绪失控。"

峨嵋轻轻说："今天的事，今天担当就算了。"

“你可是想继续设计理想男友？”

“听说有一个新成立的约会网站。”

“我替你找。”

网址迅速寻出，代表人物是一个高大健硕穿宽条纹西服的男子，油腻腻扭动身子跳舞，并且说：“约会我。”峨嵋吓得弹起，惨叫，用手遮住眼，“救命。”

昆仑笑得翻倒。

然而，看记录，已有五百余名人士要求约会，男女都有。

真没想到约会市场如此绝望。

峨嵋喘定气，“让我们继续……上次说到何处？”

“肩上雀斑。”

“啊，是，他要十分文静，懂得独处。”

“像你一样，王小姐，生活如禅修，禅，即静。”

峨嵋笑，“静坐常思人过。”

“那也不是坏事，借镜他人失误，可免自身也犯。”

“你总是包庇我。”

“应该的事。”

“他要敏感，脸上偶然带丝寂寥：生命就是这么多苦恼？歌乐声呢，歌乐在何处？”

“峨嵋，你不能要一个男版的你。”

“有时真寂寞得想哭。”

“请看这个脸形如何？”

荧幕显现一张略为长方瘦削俊秀的面孔，双眼闪烁有神。

啊，完美。

“有人会嫌他忧郁。”

“请让他笑一笑。”

没想到笑脸如此漂亮，像乌云去后一丝金光。

峨嵋问：“这样的人会喜欢我吗？”

“放心，设计部会安排线路。”

“有点不公平。”

“王小姐何用妄自菲薄，你是一个善解人意、内涵丰富、以诚待人、相貌娟秀、精神经济独立的好女子。”

峨嵋脸红。

昆仑仿佛在另一边凝视她。

“什么？”

“时间不早，大家休息。”

第二天早上，她出门上班，兴一把那只盒子递上。

峨嵋看看她。

“请求你，王小姐。”

峨嵋接过盒子点头。

下班后她找到尔泰。

“最近你来得较频。”

“打扰了。”

盒子打开，尔泰一看编号，“这只狗已经十年，寿命也差不多了。”

“可以修复否？”

“机械遭到蓄意破坏，峨嵋，小册子里有许多新类型，还有，你可以考虑到动物庇护处领养。”

峨嵋吁出一口气，“你说得对。”

“对不起，这次帮不到你。”

峨嵋署名把盒子交给工作人员，取回证明文件，刚要离去，看到一张轮椅推近，护理人员走到一边听电话，她发觉轮子没锁牢，过去帮忙拨动开关锁紧以防滑走。

椅上病人露出感激神色。

峨嵋认出他，“我们又见面了。”他是那个在休息间里碰见过的无腿病人。

这次，他的腿部已经处理妥当。

正想再说几句，护理人员已经转身，“谢谢你。”把轮椅推进电梯。

峨嵋叹口气，以后，真得少来这个多病多灾的地方。

她到动物庇护所参观，一走进，便闻到动物气息，小小笼子关着嘈吵小动物，负责人员走近，“可以帮你否？”峨嵋点头。

她耐心参观，巡视第一次并无所获。

这时有人抬着一只大纸箱进来，“丢在后门。”打开一看，有两只眼睛尚未睁开的无品种小狗。

“从头训练也不错。”

“不过要先验查身体、注射、除虫、植入芯片……”

责任颇重，叫峨嵋害怕。

她想到一个办法，她打电话给兴一，把小狗照片传给她观察，兴一说："我马上来。"

"兴一，别冲动——"

她已经挂上电话。

小狗在纸箱内蠕动，像两团毛线，峨嵋注视良久，人类也曾经过这个阶段——

兴一赶到，探头一看，立刻说："何处办手续？"

峨嵋把她拉到一角，严肃地说："你听好，屋里不准有异味，不可让它们到处走，便溺控制妥当，家具损坏，唯你是问，换句话说，是你的狗，不是我的狗。"

"明白。"

"每天由你照顾膳食，生病你带去看医生，别打扰我。"

"是，王小姐。"

"你去办手续吧。"

峨嵋回办公室。

一连数日，看不到狗的影踪，也闻不到不受欢迎的气味，她较为安心。

楼下同事的诺沃克症不知何故尚未痊愈，峨嵋一组仍得处理他们的文件。

——“初步回收计划包括补助市民旧换新，像节省能源步骤中替换冰箱等电器——”

峨嵋抬起头。

兴一不是冰箱。

会议记录又说：“但凡新款电器的中枢控制皆会发生故障：干衣机着火燃烧、计算机收放错误，但不排除是否人为破坏可能，已择期与保安组讨论。”

政府机关做事一重重，各归各，敲一枚钉子，先要几个部门开会，什么锤子、何种钉子？着总务部选购，工具齐了，拿锤子的工作人员不管钉子，墙上油灰落下，又得另外找装修工人，叠床架屋。

回到家中，峨嵋与昆仑谈到此事。

兴一又来打岔，“王小姐，不要老是与计算机说话，出去走走。”

“晚上吃什么？”

“我去替你做个面。”

“我闻到肉香。”

兴一怪不好意思，“那是给多宝做的白焓鸡胸肉。”

峨嵋一怔，“小狗叫多宝，可以吃固体食物？”

“绞碎慢慢喂。”

“你去服侍小狗吧。”

连昆仑都骇笑，“兴一当婴儿那样带，好大爱心。”

“宁为太平犬可是，我在《国家地理》杂志上看到非洲战乱国年轻人试图步行过沙漠到阿拉伯打工，半途暴毙旷野，尸身干涸，也不觉特别可怕。”

“你看你想多了。”

说到这时，脚底忽然毛茸茸，吓一跳，低头一看，见一团淡黄物体，又看到一对亮晶晶大眼，哟，是小狗，好奇抬头看着主人。

兴一急急走出，“多宝，不得打扰王小姐。”

那么小点点大，才养数天，已知道听话，半滚半走到兴一脚下。

兴一抱起走往工人休息处。

昆仑又多嘴：“可爱吧。”

峨嵋答：“兴一忙得不可开交。”

“但家中多了生气。”

这时，脚踝又毛毛发痒，低头又看到多宝，“咦，你怎又出来了？”

昆仑眼尖，“这只颜色不同，略深，这不是多宝。”

峨嵋忽然明白，她站起，小狗索性坐在她拖鞋面上。

兴一又慌忙走出。

峨嵋瞪着她，“不止一只，你竟把两只小狗都带回来了。”

“王小姐，你没说只准养一只。”

“嘿，造反了。”

昆仑笑得透不过气。

峨嵋说：“把它们全叫出听教训。”

“是，王小姐。”

她捧出睡袋，两只小狗乖乖走上，峨嵋凝视它们，它俩也不声不响看牢主人。

终于峨嵋叹气，“去，去，再别让我看到。”

话是这么说，可是接着日子里，小狗一左一右坐她两只脚背上，她双腿转变姿势，它们也不落下。

兴一疼惜它们打理得极好，很快胖得像小球。

这段日子，峨嵋的理想男友设计，也接近最后阶段。

峨嵋忽然想起："体毛，我忘记最重要一点。"

昆仑啼笑皆非，"这算重要？还没说到他职业呢。"

"他为什么需要职业？"

"王小姐，别侮辱人。"

峨嵋说："体毛要浓厚柔软，像猫肚皮那样——"

"如此特别，制造费用会巨额增加。"

"我不怕。"

"许多女性不喜男友汗毛。"

"我不同。"

"你的确很特别。"

小狗在她脚背打瞌睡，她走到哪里，它们也走到哪里。

峨嵋问："兴一，多宝与多财这两个名字谁教你的？"

"兽医。"

"他可有说小狗是何品种？"

"杂种狗，不知来历，有狮子、曲架及寻回犬血统。"

"最终会长得多大？"

"不知道，大约两呎长，不会是巨犬。"

峨嵋叹气，"你看我俩多大胆，无端端把陌生生命请到家中生活，包办食住，对它们底细背景性格脾气一无所知，真会冒险。”

兴一忽然嗫嚅说：“同你们结交男朋友一样呀，人类，有着非常冒险的性格，否则，不会去到火星水星。”

峨嵋一怔，“兴一，你长了智慧。”

“狗性可爱，一听到盘碗响，便会走近讨好，我的精神现有寄托，每早起来，挂住小狗，生活有个指望。”

峨嵋点点头。

“王小姐，你尽快找到对象，我就放心。”

“我如此挑剔，本身条件又非一流，比较艰难一些。”

“我觉得王小姐一百零一分。”

第二天下午，峨嵋接到母亲电话。

“女儿，有急事，速来我家。”

赶到娘家，母亲开门出来，峨嵋看到，吓一跳，脚放软，只见中年娘亲面颊肿如猪头，一只眼睛青黑发大，睁不开，嘴角有缝针痕迹。

峨嵋惊怖抱住母亲，“什么意外，撞车还是遇劫，知会警方没有？”

母亲怔怔地不出声。

“说呀！”

“已经看过医生，昨夜留院观察，这些可怕伤口可望全部痊愈。”

“为什么不立刻叫我？”

“你也帮不了忙，一切，是我咎由自取。”

“谁伤害你？”

“阿金。”

峨嵋嚯一声站起又坐下，瞠目结舌，她不能置信，金先生在她家已经超过十年，一向相安无事，他怎么会打女人，他控制中枢根本没有“打人”这两个字。

“我也不知为什么，他忽然变脸，同我说，需要更多自由，他要不论时间随意出入，我不允许，争吵起来，我说他几句，他便动手，只三两下手势，我便七孔流血。”

峨嵋浑身汗毛竖起。

“我认为生命遭到威胁，慌忙中找到量子枪，不顾一切瞄准发射，他才倒地不动，我自行到急症室求助。”

“妈妈你几乎丧命！”

“此刻想起，才知害怕，我浑身颤抖。”

“母亲。”峨嵋心如刀割。

“他疯起来，面孔狰狞，言语恶毒，同真男人一模一样。”

峨嵋心都凉了，血不上头，觉得眩晕。

“女儿，原来潜意识我知道这一天会得来临，那把可以制服它的量子枪一直在床头柜抽屉。”

这时候，一向被称为“他”的金先生变成“它”。

“十年零三个多月，也算是恒久。”

中年女子垂头，忽然流泪。

她脸上伤口可怖，像是随时会爆裂流血模样。

峨嵋双手不住颤抖。

她不知说什么才好。

“阿金已被送到废置金属厂，我亲眼看着它被压碎丢弃。”

峨嵋看到客厅部分家具毁坏。

想起平时温和斯文的金先生，峨嵋不寒而栗。

“女儿，我有个请求：可否到你家休息几日，这里需要重新装修。”

“一定，母亲，随你住到几时。”

峨嵋陪着母亲回自己家。

最吃惊的是兴一，但她知道规矩，一声不响，安排客房。

她做了甜汤给贵客。

峨嵋听到母亲轻轻说：“总算比真人好，它不会缠死不放勒索要钱。”

“他为什么要求自由？”

“还用说，当然是想结识别的女性。”

的确与真人一样。

“金好端端与你相安无事，母亲，其中一定有纰漏关键，你想一想。”

“嗯。”

“是什么因由？”

“它前些日子进厂添加过一个零件。”

“他去过衷心笑？”

“原厂不允它改装，说本来功效不是那样，添多功能会导致短路，我不甘心，把它送到外头私寨厂家，回来时好端端，可是很快出了毛病。”

“你要求添置的是何种功能？”

中年女子一时说不出口。

峨嵋真怕是猥琐肉酸恶形恶状的功能。

但是她听到母亲答：“我叫金负责洗熨煮打扫清洁工作。”

什么？

“现在当然后悔得不得了，它不但做不妥，且怨气冲天，整个人变了。”

“母亲，他是一个情人，不是家庭佣工。”

“我已经够沮丧，你还说。”

她真的咎由自取。

峨嵋站起，“你请休息吧，明日再做打算。”

她与昆仑整夜诉苦。

第二天一早，峨嵋发觉母亲已经起来，青肿略退，正吩咐兴一找装修师傅，指手画脚，大声指挥。

倘若母亲是女儿未来影子，那么，王峨嵋真是有的好担心。

“妈，这些我来做。”

“那么兴一，我双肩酸软，你来按摩。”

“兴一也不会这些。”

“那么笨，咄，我还想借她到我家做替工。”

“不，母亲，她在我家有事要做。”

“做什么，据我观察，有一只活狗叫多宝，专门陪她解闷，又另一只叫多财，陪多宝玩，你们家真够疯。”

峨嵋气结。

她替母亲找到装修员工，又在荐人馆找到帮佣，吩咐司机送她到豪华酒店，当然，预先付却所有费用。

峨嵋回到办公室，松口气。

文件如排山倒海，她对上司诉苦：“他们的诺沃克症再不痊愈，我组即刻生肺结核。”

同事欢呼：“听，听！”

“已全体上班，明天，你组放假一日。”

“明察秋毫，皇恩浩荡。”

办公室的恩怨烦恼，总还比较容易解决。

同事买回糕点果子庆祝。

峨嵋得悉民政署已拍板决定回收计划。

这时，她反而有安心感觉。

回到家，兴一告诉主人，太太回来过。

她说：“王小姐，其实我懂按摩。”

“胡说。”

回房看到橱门打开，几件看门的晚服已被取走。

“太太说借去穿。”

峨嵋只得说声明白。

其实她一点也不明白。

廿多岁的一代，往往觉得女性生活无论如何在五十应该结束，自此自求多福，穿灰黑白，古佛青灯静修，不理世事，骂不还口，打不还手。

可是老妈还借了她的晚服，不知做何用途。

她究竟还想怎么样？

她要到什么地方去？

昆仑说：“司机会知道，他有记录。”

一言提醒，她实时联络司机。

司机诉苦：“我在乐无穷酒吧侧小巷，这个地方真是九反之地，有人靠着我车身做买卖，还见到有四条手臂的改装人，吓得我。”

“太太在什么地方？”

“在酒吧里，我不敢离开。”

峨嵋捧头叹息，“她伤势未愈，怎样娱乐？”

“她戴上面具。”

峨嵋对昆仑说：“怎么办？”

“我可以出来陪你就好了。”

“什么？”

“事不宜迟，立刻赶去把令堂接走，带着你的量子枪与胡椒喷雾。”

峨嵋召街车。

司机听见地址，不禁劝说：“小姐，不要到那种地方玩。”

峨嵋无奈，“我去救人，不是去玩。”

“小姐，你孑然一人。”

峨嵋没好气，“你想拔刀相助？”

“我在酒吧门口等你，你有事立刻奔出。”

“好，够义气。”

峨嵋先找到自己的车子与司机。

多嘴司机喊：“好了好了，来了来了。”

“你俩等着。”

峨嵋鼓起勇气，推门进酒吧。

乌烟瘴气，她立刻呛咳，掩住胸口。

领班凶神恶煞般拉住她手，“到这时才来上班？快去换衣服！”这个人额角左右有两个尖锤，头出角！

“我来寻人。”

“别阻我做生意，给你一分钟。”

峨嵋金睛火眼似搜索，她认出自己的晚服，那是一件黑色蕾丝衣，低胸、低背，却不失品位。

但，穿着裙子的女人是谁？她面孔僵硬，似罩着一层薄膜，眉、眼、嘴角，都不能移动，像打了过度美容针，面具，是一只巧制面具，这是她母亲。

她走近。

面具人正与两个光上身的男人说话，其中一个遍体文身，是真的全身绣花，连面颊都文满满，另一个油头粉面，最突兀之处，乳头各吊着一枚金环。

峨嵋扬声，“王太太，好走了。”声音尖锐。

中年女子一怔，看到女儿，“你怎么来了？”

文身人大喜，“这是谁？大家一起玩。”

王太太还不愿走，但忽然看到女儿落泪，只得自人群走出。

这时一个戴两副胸罩四个乳房的女子走近，大抛媚眼，对那文身汉说：“我招呼你们可好？”

峨嵋握着母亲的手一直走到街外。

她说：“妖兽都市。”

王太太站住，看着女儿，“牛鬼蛇神通通挤在这都会里，各人造化不同，非一己能力可救，不幸者变兽，有幸者修成正果，我们是人，亦是妖，不到生死关头，看不出真相。”

司机扬声：“两位快快上车。”

峨嵋取出钞票，交给出租车司机，“谢谢你。”

“不客气。”他转身离去。

王太太先上车，不料暗地蹿出两个大汉，手持利器，

“交出钱包，快。”

峨嵋一肚子气，她受极大刺激，已不知害怕，浊气上涌，一见其中一个少了条左臂，认定是机械人捣乱，取出量子电枪，一边高声骂：“不是你死就是我亡。”

量子枪取出，大汉一怔，峨嵋扳动机关，糟，无效，他们是真人！她再取出胡椒喷剂，没头没脑朝他俩头脸激喷，这时，酒吧保镖闻声赶至，朝两男扑去，一边咒骂：“又是你俩找死，破坏我生意。”重重把他们摔倒，拳打脚踢，然后揪住胸口抛在地上。

峨嵋上车，心突突跳，两手抖个不停。

保镖追上：“小姐，小姐，对不起，下次来，打八折，这是赠券。”

司机一声不响把车子嗖一声驶走。

峨嵋见老妈也在发抖，她轻轻揭开她脸上面具，摘下她长假发，“亲爱的母亲，你到底在想什么？”

王太太号啕大哭，伏在女儿膝上。

司机说：“母女平安就好。”

峨嵋长叹一声。

母亲拭干泪水，“我喝了一点酒。”

“嘘，嘘，快到家了。”

多嘴司机忍不住，“那两个眼睛血红的保镖，可是真人，又那两个贼，倒在雪雪呼痛，好像是真人。”

峨嵋不出声。

“我只知那好心的出租车司机，他是我同类。”

这倒是出乎峨嵋意料，真人似假，假人像真，这时王太太喃喃说：“妖兽都会，不知我们母女真相是何物。”

司机吓一跳，“你俩肯定是活人不是吗。”

王太太坚持回酒店。

“别再乱走，静心养伤。”

回到家，静寂一片，峨嵋踢掉鞋子。

昆仑问：“还好吧？”

“托赖，脱险。”

“那家酒吧十分受另类客人欢迎。”

“妖兽。”

“他们均是成年人，双方你情我愿，打扮行为并不违法，王小姐，不可论断人。”

“社会一点道德标准也无。”

“是因为王太太令你气急吧。”

“她早已忘记她是王太太。”

“你要替她着想。”

“昆仑，你不是人，你不知我们苦衷。”

昆仑一下子沉默。

峨嵋有歉意，斟一大杯咖啡，坐下撮哄昆仑说话：“假如我是一只妖怪，你猜我是什么？”

昆仑没好气，“鸡蛋。”

“喂，给些许尊严。”

这时，不知为什么，两只小狗噗噗走出，拉扯峨嵋的脚，呜呜作声。

峨嵋低头，“你俩干什么，做噩梦？”她只知道幼象会得做梦，重复母象被猎杀惨情，惊怖哭泣。

昆仑点醒，“去看看兴一。”

兴一倒在厨房地上，呜呜声。

峨嵋扶起，“你怎么了？”

“王小姐，有消息传出，要把我们废除消灭。”

“谣言，别相信，没了你们，太太、主妇、小姐怎样生活？”

“有代替品，听说，不再依照人类样子做家务助理，以免产生情感，通通会照司机那样，光一个中枢部位，及两手两脚，或三手三脚，像一只蜘蛛。”

峨嵋暗暗吃惊，“你自何处得到这种消息？”

“兴一——兴十三都知道这件事，太多旧款模型经过不适当改装，意外险象环生——”

“别相信那些传言。”

兴一渐渐安静。

“兴一，有我，必有你。”

“王小姐。”

“你看我长大，你照顾我饮食、功课、情绪，我所有烦恼心事，只你一个人知道。”

“王小姐，我还记得你第一个小男朋友叫佳佳。”

“佳他的头，为一罐汽水出卖我。”

“真是，沉香换烂柴。”

峨嵋还是第一次听到如此譬喻，不禁失笑。

“好了好了，别多想，休息吧。”

稍后昆仑说：“我也听到说要贴补市民换新型家务助理。”

“多不公平，娱乐场所那些仿真艳女，仍可生存？”

“我得到数据，兴一他们，一律会变成这样。”

图样打出，真像一只蜘蛛，细长四肢，支撑一只小小盒子。

峨嵋惊骇，“家里多一具这样的怪物，幼儿不会害怕？”

“他们会习惯。”

“我不会，我要留住兴一，民主社会，自由选择。”

“那你法律上要为她负责，你得买重保险。”

“到时再说吧。”

“喂，你有个小男友叫佳佳？”

“你又偷听。”

“还有联络否？”

“没有。”

“可要看看他此刻模样？”

还没得到答案，照片已在荧幕出现，陆佳，二十八岁，男，雄壮，任营业经理职，寻找美丽健康独立优秀女友，近照里的佳佳面孔像胖头鱼。

峨嵋看后哈哈大笑。

时间是最佳证据，这叫作水落石出。

“王小姐，”昆仑大惑不解，“为什么你俩同龄，他此刻看上去像阿叔，你仍活泼年轻？”

“哪有你说得那么好。”

“一定是相由心生，心中无欲无利，等于禅修，故常葆青春。”

“昆仑，真不知哪一组工程师把你设计出来，太会说好话了。”

“我希望我谙情话绵绵：‘远处窗口透出什么光芒，呵，是朱丽叶，是太阳。’”

“我记得初中读莎翁这一节，兴一陪我温习扮罗密欧，我饰朱丽叶，不，我不会交出兴一。”

“晚了，休息吧。”

峨嵋忽然说：“我爱你昆仑。”

昆仑一怔，立刻答：“我也是，峨嵋。”

两只小狗缠住她双腿，噫，它们重许多，渐渐顽皮，“去，去。”她说。

它们嗒然离开。

母亲的金先生已经永久消失。

真想不到王太太心狠手辣，既不着他改过，也不把他拿去改良，一次犯错，立刻歼灭。

这并不是金先生的错，金不能自主，他并无灵魂。

那晚，峨嵋做梦。

说是噩梦又不像，她并不觉害怕，她梦见父母与其他亲友在一大片草地野餐，食物丰富，气氛愉快，有人把婴儿放毯子上晒太阳，峨嵋走近看到婴儿，正想逗玩，蓦然发觉他肩膀上有两个头，正微微笑，她退后到另一角，不敢露出意外神色，那里也有一个婴儿，一看，又是两个头。

怎么一回事，这一代幼儿，都是两颗头颅，是否那样，才能应付功课及其他？

这都会变成双头城市。

一个头已不配在此居住。

峨嵋惊醒。

她有点浮躁，天气渐渐潮热，原本或可承受之苦楚像彻骨寂寞此刻都不能忍耐。

她洗了温水浴，站露台上看风景。

路灯下有少年在等伴侣，忽然，她出现了，他上前紧紧拥抱接吻，宇宙再辽阔也不管用，天地间只剩下他们二人。

他俩的缠绵叫峨嵋艳羡，她自问无甚出息，不奢望名利，也不喜打扮，但她渴望有亲密知心男友。

与她同期毕业的友人都已在政府或私人机关升到副署长职位，她却不够刻苦，望尘莫及。她的座右铭是“是非成败转头空，几度夕阳红”，唯一看不开的是男欢女爱，为此也吃了苦。

叁 · 世上没有永久的事。

第二天是假期，兴一带狗外出散步。

她借了峨嵋运动衣裤穿上，以免看上去像机械家务助理。

峨嵋觉得这就是风声鹤唳。

昆仑说：“不能把兴一关家里。”

这是事实。

一边王宅已经收拾妥当，母亲大人可以搬回，但王太太觉得酒店舒适，要迟些才走。

峨嵋去寓所看过，来开门的正是新型蜘蛛机械人，她不禁退后一步。

“王小姐欢迎回家，我是新来的工作人员长白，请多多指教。”

峨嵋定定神，“不用客气，你是太太挑选的型号吗？”

“是，我不负责外出，粮食与杂物，由店铺定期送上。”

峨嵋四周看了一遍，觉得满意，装修师傅这时与她通话：“怎样，王小姐，收货否？一切照令堂意思。”

峨嵋想说，太多粉红色，但既然是母亲意愿，也只好随她，中年女子不喜顶灯光照，又觉粉红墙壁会映照得面颊红粉绯绯。

峨嵋叫人送两盆仙人掌放露台。

长白笑，“太太喜欢牡丹。”

“那么，添多两盆红牡丹放客厅。”

回到家，她沮丧地对昆仑说：“再过二十年，我就是我妈。”

“你倒想。”

“为什么不？”

“她有资产，不必工作，性格比你爽朗乐观、懂得享受生活，又有一大帮志同道合的朋友，打牌、旅行、饮食、聊天，节目多多，此刻正是她欢乐黄金时代，你将来怎同她比。”

峨嵋更加颓丧，“你说得对，三十年后我将闷成一具干尸。”

“我们继续吧。”

“继续什么？”

“讨论阁下理想男伴。”

峨嵋低头，“我看到金先生例子，已不感兴趣。”

“也不能因噎废食。”

“有一日，如果我对它不满意了，是否可以送去销毁？”

“那等于人类的离婚，亦无甚大不了。”

“可是离婚后，那人还活着。”

“是，还可以继续交恶，四处讲对方坏话，描黑别人，抬高自身，没完没了，纠缠不已。”

“你不喜欢人类。”

“不能一概而论，怎样，他可需要职业？”

“男人总要有份工作才能表露才华，这样，他是个作家好了，在家工作，大把时间陪伴女友，又有独特书卷气质，多好。”

昆仑静一会儿，这样说："你可认识真的文人？"

峨嵋坦白："不。"

"你不会要一个作家做男友。"

"这又是你的偏见。"

"文人性格偏激，十分自我，不擅理财，收入没规则，工作时间不限，故此自由散漫，才华在成名之前不知真伪，很难下注，不，你不会喜欢文人、画家，或音乐家。"

"把我打入俗物类。"

"不如找科学家吧。"

"听上去是清高，但他们整日在实验室研究活命新药、量子相撞、最新武器，白袍一袭，不见天日，不，不。"

"那么，模特儿、演员、歌星。"

"我也不喜。"

"我的天，你到底要什么？"

"没想到任我设计都如此困难。"

"你不切实际，所以孑然一人。"

"多谢提点。"

"那个叫你伤心的坏男人，他做什么职业？"

“骗子。”

“你被骗去什么？”

“宝贵时间及过度天真的感情。”

“他在何处上班？”

“他是我的教授。”

“那就太不应该，年纪比你大，经验丰富，地位又高，分明欺侮少女。”

峨嵋不出声。

“十分英俊吧？”

“不记得。”

“我不相信。”

“我不是要你相信。”

“三十年后，警员破门而入，发觉你寓所有十只猫，而你辞世已起码二十日。”

“谢谢你。”

“你这是什么态度？”

“这样吧，给他做高级警员，配枪，武器对他来说，好比另一只手，卸弹夹，上子弹，瞄准，轰枪，一气呵成，英明神武。”

“你看警匪电影太多。”

峨嵋伸个懒腰，“呵，昆仑，与你闲聊真正开心，像多年老友，无所禁忌，又如姊妹淘，亲密无比。”

这次轮到昆仑说：“谢谢你。”

“替他取个名字。”

“叫朱峰。”

“嚯，寄望甚大，天底下的山，没有高过珠峰的了。”

“最快，你下个月可以与他见面。”

“他编入什么类？”

“砒类。”

“不，不，益智类，或是教学类。”

“一看他外形，就知是什么型。”

母亲大人终于搬回家中，对新居诸多不满，拉着兴一陪她四处搜购衣饰杂物，像新娘子办嫁妆，连厨房用具都置全新，不过她有一个好处，她自费付账。

兴一是好帮手，不用吃喝，永不言倦，跟在太太身边走足六七小时。

兴一是件宝贝。

她名下两只小狗体积渐大，坐不牢脚背，索性挂抱在峨嵋小腿像搭顺风车般走来走去。

晚上，正想休息，昆仑“嘘”她。

“什么事如此鬼祟？”

“朱峰某重要部位需你挑选。”

峨嵋尴尬，“可否保留神秘？”

“凡事不可留给意外，须知有意外惊喜，亦有意外失望。”

荧幕打出形形色色图示。

“我的天。”

但峨嵋忍不住逐个图片细细研究。

昆仑见她如此专注，双眼睁大，天真但贪婪，不禁好笑，“色不迷人人自迷。”

峨嵋说：“你替我选一枚。”

“咄。”没有再荒谬的请求。

“他要爱我，否则，一切无用。”

“王小姐，他不是一个人，他没有感情，他一切姿态，事先都已照你意思编排。”

峨嵋气馁。

“我替你选 A 十五。”

“劳驾。”

“我择日会将全幅图样送到衷心笑设计部，征询他们意见，做初步立体人型。”

“昆仑，没有你，怎么办？”

“也会有别的声友。”

“声友，说得真好，不，不，昆仑，你最好。”

第二天上班，只见办公桌上全是隔夜文件，峨嵋忙找助手。

“让我来，王小姐。”安第斯抢入动手。

“这不是你的工作，洛基在何处？”

“她在休息室。”

“不舒服就看医生回家。”

“她失恋。”

峨嵋吃惊，“都定好日子下月结婚，发生何事？”

安第斯叹息，“靠不住啊，叫我们看了都不敢交友了。”

“不能和解？”

安第斯双手可没停，不住收发文件，“是不可冰释的歧见。”

峨嵋找到休息室。

只看到洛基背着门，对牢窗户，寂寥看街景，她倒是没有流泪。

“洛基，是我。”

“王小姐，对不起，我马上来。”

“什么事不能包涵就忍耐。”

“我不想委屈，天长地久，长痛不如短痛。”

“那也好，振作一些。”

洛基缓缓说：“一年前我到他家去，发觉车房有一只大柜，门一拉开，里头藏着十来具砒型美人。”

峨嵋不禁好笑，男子本色。

“他答应我全部丢弃或出让，可是一个多月后，发觉仍然留着一具，他坦白告诉我，这一个自少年时代就陪着他，他无论如何不舍得，求我包涵。”

“让我看看。”

影像打出，只见是老式美女漫画样子：大眼、小嘴、尖脸、身段不合理夸张。“这么丑，”峨嵋诧异，“完全过时，送都没人要。”

“请听它的声音。”

每句话均以“嗯、哎、呵、呀”开头或结束，嗲得人毛孔站班。

峨嵋不置信，“这是几时的产品？”

“他十五岁时自某网址购得，据说，这位阿姨陪他度过苦恼少年期与迷茫的青年期，直至今日，他说他靠它的柔情才挨过去。”

“混账。”

他不愿长大，他留恋无知少年期。

洛基说：“如此幼稚荒淫无聊的陋习，如何容忍。”

峨嵋好奇，“它陪他做些什么？”

“还用说，难道会是研究《易经》吗？”

“男人，就是这样。”

“已经摊牌，分手。”

“这么说，他是想与它结婚？”

“我不知道，我不会祝他们幸福。”

峨嵋叹口气，“学艺不精，从头来过。”

洛基嗤一声笑，“我这就立刻开工。”

还是得继续生活。

她在网址查索那具叫男人难舍难弃的人型历史。

她得到答案。

——“安琪”，上世纪末试验伴侣机械人，因太过娇媚，故从未正式生产，只得十来具样板流传在外，多数因机械故障回收，后期同类产品包括……

金先生只比它稍迟面世。

恋物癖是奇异行为。

那么，峨嵋问自己：你呢？你那么爱护兴一。

但，她是纯友情发展，她替自己辩白。

那么，依赖昆仑呢？它不过是计算机附送的一个配件，起初，不过是替她联络水喉匠、教她换灯泡，以及订飞机票之类。

现在，昆仑已代替她的知心朋友。

她忽然想起尔泰，怎么冷落了她。

下班，她去探望老友。

尔泰正在见客，知峨嵋来访，匆匆笑着招呼："你不知什么叫预约？"

峨嵋答："心血来潮，想见就见，预约的日子未到，说不定有何阻滞，又见不成。"

"讲得这样忧郁，什么事？"

"最近忙还是闲？"

"闲，几乎九成家庭都赞成旧换新，已不再送机器来修理。"

"喜新嫌旧。"

"新机械更加磊落，听差办事，七只手八只脚，超人一般。"

"真没想到民政署会有此壮举。"

"酝酿许多年了。"

"尔泰，我就是要同你商量这件事：我不愿放弃兴一。"

"王小姐，当局不会强逼市民交出旧货，但以后你得不到修理零件，兴一迟早淘汰。"

峨嵋嗒然。

“世上没有永久的事。”

“我或许会偕兴一逃亡。”

“你这孩子气始终不改，中学老师评你：聪敏、情绪化、多话、有艺术天分，真没错。”

尔泰细细端详峨嵋，她最大优点是皮肤细洁嫩白，不需要特别护理，一杯三十元雪花膏可以用上大半年，此外，是特别浓黑乌亮的头发与眉睫，她有文雅气质，懂得欣赏的人一眼就被她吸引。

但峨嵋一次失恋，落寞至今。

“喂，看什么？”

尔泰嘻嘻笑。

“既然有时间，我俩结伴旅行。”

“我接了一个额外任务，每天加班至深夜。”

“那么勤工，干什么？”

“酬劳甚丰。”

“你我都不是爱花钱的人。”

“快中年了，宜节储防身。”

“尔泰，看到你很高兴，我还有事，迟些联络。”

尔泰看着好友离去。

她转身回私人办公室。

她对等候的客人说："对不起。"

"不相干。"

"那是王峨嵋。"

"什么？"人客几乎没跳起。

"她已经走了。"

"为什么不叫我？"

"你准备好见她否？"

那人跌坐，"你说得对，我不宜冲动。"

尔泰叹口气，"峨嵋是我知己，你也是我好友，我始终觉得我偏帮你欺骗她。"

"我终身感激。"

"你知道，我其实不信一见钟情。"

"我对峨嵋，有充分了解。"

"拜托，你只见过她一次，而且，以一个假冒身份，是谁，叫卢山，还自称两女之父，这不是欺骗吗，将来看你如何解释。"

“她不是那么喜欢幼儿。”

“你又没有孩子，那是你的侄女。”

这时，技术人员送进两具义肢，尔泰亲手替他安装左腿，看护帮他装置另一只。

他缓缓站起，小心翼翼踏前一步。

尔泰问：“怎样？”

“高许多，看世界起码清楚五十巴仙[1]。”

连看护都笑出声，“朱先生如此乐观是好事。”

“峨嵋以貌取人，喜欢高大英俊。”

看护说：“谁不是啊。”

他走一个圈来回，这样说：“设计员鬼斧神工，神乎其技。”

尔泰答：“本来这一组人专为伤兵服务。”

伤兵，上一次任务失败，他连人带战斗飞机坠地，未能及时弹出，救护人员赶至，只见一具黑炭，以为就是这样，可是多得他身上防火衣物，送到医院，三个月后，终于苏醒，失去两条腿与一张脸。

---

[1] 即 percent，百分之，五十巴仙即百分之五十。

面孔结痂如怪兽，没有耳朵头发眉毛，只得逐步耐心修复。

“放心，”矫形科医生说，“把你做成世界小姐都行。”

能够恢复本相就很好。

慢着，这人是谁？他是卢山，但，他也是王峨嵋在候诊室见过三次的无腿病人。

第一次，峨嵋以为他只失去一条腿，第二次，发觉他双腿皆失，不禁同情，第三次，见他坐轮椅进升降机，她一直以为他是机械人。

他们不止一面之缘，两人已经见过多次。

但是他的外貌千变万化，抑或，王峨嵋根本没有聚精会神在意这么一个人。

尔泰说：“本来我不赞成你那样沉醉讨好一个人，但是这件事鼓舞你，使你生存及痊愈意识大增，倒是好事。”

他微笑。

尔泰这时忽然丢下一句惊人的话：“你打算几时揭晓卢山与昆仑都是阁下你朱先生？”

他愣住，嗫嚅作不了声。

谁会相信，口齿伶俐，讨尽峨嵋欢喜的昆仑会是这个人。

尔泰说："我真替你担惊，峨嵋不是一个任人搓圆捏扁的人，你冒犯她，她不会原谅你，A 十五。"

"尔泰，你是我朋友！"

"为着你，我眼看要失去另一个好友。"

"我打算——"

"三年前你冒认昆仑成为峨嵋声友，我已替你担心：这是侵入他人计算机侵犯私隐的违法行为。"

"我知我知。"

"当时你脸容全毁，自信全失，我才忍着不出声，任你躺病床上胡作妄为。"

"你的忠告是——"

"立刻退出，让原先的昆仑归位，还来得及。"

"她会知道分别。"

"知又如何，那只是一个声音。"

"不，不，我们有深切感情。"

"我还以为你要我的忠告。"

那朱先生叹口气，冒汗。抬起头，深邃大眼炯炯有神，充满伤感，“我真怕失去她。”

“那卢山倒也罢了，这上下王峨嵋怕早已忘记那个人，但昆仑却还天天与她聊天闲谈交心。”

“尔泰，你说得对，我会叫昆仑消失。”

“一个月后，你以崭新形象出现，你恢复本名，你是朱峰。”

“明白。”

“尔泰，我不会叫你后悔。”

“看着你心灵与身躯逐步康复，作为朋友，牺牲一点也值得。”

朱峰苦笑。

“当天，你是如何侵入王峨嵋的计算机的？”

“她征友。”

“你乘人之危。”

“尔泰，世上没有不能侵入的密码，包括美国国防部在内。”

“对，你是窃密天才。”

那晚，峨嵋迟下班，累得不得了，幸亏有兴一立刻盛出香浓罗宋汤。

多宝与多财闻到肉香，匆匆赶出，兴一说：“坐，不准动。”

小狗仰起头看桌上美食，它们有灵性，眉眼耳朵都会做表情，此刻它俩睁大晶亮双目，抬起一条眉毛，单耳竖起，做聆询状，但身体四肢却动也不动。

不知要过多久，机械才能做到这个精密地步。

趁兴一不觉，峨嵋用碟子盛两块牛肉给它们尝，它们也懂事，飞快扑至，一个一口，神不知鬼不觉，已饱口福。

兴一走出，“王小姐，周末可有约会？”

峨嵋惆怅，“何来人约。”

兴一不服气，“民政署千多名员工，一个你也看不上；街上、店铺、亲友，全是人，不是女子就是男子，你也没留神。”

“是人家没看上我。”

“你迟早会找一个金先生。”

“我有你已足够。”

“啐！”

小狗跟着兴一进厨房。

她召昆仑：“昆仑昆仑，快出来娱乐我。”

昆仑的声音出现，“王小姐你好。”

“说一则故事我听。”

“你脖子上挂着什么？”

“一件老妈给的玉器，相当有趣可是，是白玉雕成两个可爱笑嘻嘻婴儿模样，寓意吉祥。”

“磨喝乐[1]。”

“什么？”

“玉器上婴儿叫磨喝乐，本是佛祖的儿子，人头蛇身，颇为可怕，传到中华，变成一个胖胖笑婴，祝人早生贵子，做成玉坠、瓷枕，贴近身边。”

“我竟不知这个掌故。”

“令堂想你早日成家立室，养儿育女。”

“压力甚大，恕难从命。”

---

[1] 即摩和乐。

“那我说一个故事你听，开始了，”昆仑声音不徐不疾，不温不火，“从前有一个飞行员，他是专职实验飞机的驾驶员，廿五岁之前，已试飞过十一类战斗飞机。”

“哦，是国防部飞行员。”

“正是。”

“十分神勇，据说，这一类人，通常是肾上腺活跃分子，冒生命危险对他们来说具极大快感，不觉害怕。”

“说得好，每次，他都安全着陆，并且一一指出飞机可改良之处。”

“他是要员。”

“他拥有少校头衔。”

“你打算把他介绍给我认识？”

“王小姐，你最讨厌之处是聪明外露。”

“他长相如何？”

“他已没有长相。”

“什么？”

“一次，他试飞最近翼龙号战斗飞机，在沙漠上空，飞机左翼突然瓦解，本可弹出，但因图观察结构何以粉碎，多留一秒钟，以致连人带机器坠毁。”

峨嵋沉默。

她听过这宗消息，她那时刚进民政署，记得同事说：“呵，这么英俊的一名飞行员，出师未捷身先死。”

“但他被救回，脸容尽毁。”

峨嵋忽然说：“男子汉大丈夫，又不靠脸皮做人，无须气馁。”

昆仑说：“但是，疤痂纠结——”

“如真介怀，做矫形好了。”

“他还失去双腿，从此失去飞行资格。”

“咄，安装义腿，可任民航驾驶员。”

“峨嵋，什么都难不倒你。”

“对不起，我讲得太轻率。”

“王小姐，你愿意结识那样一个人否？”

“为什么不？”

“我以为你只喜欢英俊男伴。”

“不是男伴，是朋友。”

“男伴非得十全十美似朱峰可是？”

“真的爱他，不计容貌，但品德必须上乘。”

“什么才是美好德行？”

“也很简单，不偷不骗，善待老人妇孺，经济独立，不倚赖他人。”

“这样说，好似没甚要求。”

“啊，昆仑，你不知道人类世界，男性可以堕落到何种地步。”

“对不起，我忘记你有不愉快记忆，愿意谈谈吗？”

“我不记得了。”

“峨嵋，你会得到幸福。”

峨嵋不想讲，有时那种蚀骨的寂寞叫她害怕。

她说：“告诉我，飞行员可有妻室子女，他如何外出，此刻是否有勇气以真面目示人。”

“他目前在国防部任文职，同事们有百分之四十五是伤兵，说来或者你不信，他的伤势还不算最严重。”

“残酷的战争。”

“各人都配戴义肢，一位同事，少了半边头骨，长年累月戴着透明头盔，以便观察伤势，一次，他听见两名机械助手说：‘这群人真可怕。’‘已经习惯，当初吓得魂不附体。’”

峨嵋哈哈大笑，“对不起对不起，太过黑色幽默。”

“据记载，最可怕是上世纪二次大战毒气战争，生还士兵形容静寂的艳阳天，忽然看到天际有一片庞大绿色的云雾缓缓无声无息降落，转瞬间人人窒息、吐血、盲眼、死亡……”

“为什么把这种恐怖事告诉我？”

“吓唬你。”

“飞行员有家眷否？”

“他未婚，说到这里，不得不提：女性比男性伟大，百分之七十八的伤男的伴侣仍留在他们身边，但八十巴仙男性离开他们配偶。”

峨嵋叹气，“我早就猜到。”

“平时他外出，戴栩栩如生的特制面具。”

峨嵋遗憾，“一定看得出真伪，机器越是精细，越是觉得不如天工。”

昆仑沉默。

“你与此君有特殊感情？”

昆仑干笑数声，“别忘记机械没有感情，喜恶全属刻意编排。”

肆·

她知道得他一清二楚，
因为她是他创造者之一，
不必试探、猜疑、捉摸、试练……

第二天一早，兴一牵小狗匆匆出门。

峨嵋问：“去何处？”

“替邻居遛狗，反正我们也需要运动，我收取少量酬劳。”

“你要钱干什么？”

“我有时会买些鲜美食物给多宝它们。”

“我给你费用。”

“王小姐，我也想学习经济独立，像你这般多好，自立自主。”

“啊，兴一，有志者事竟成，你照顾多少只狗？”

兴一数一数，“十一只。”

幸亏她力大无穷。

是大概三天之后吧，峨嵋发觉昆仑不妥。

他的声音无异，但语气平板冷淡。

峨嵋说："昆仑，你像变了一个人。"

他回答："我不是人，王小姐，我是你声友。"

"喂，别开玩笑可好，忽然冷冰冰，叫人吃不消，可是我无知冒昧，开罪了你而不自知？"

"……"

"昆仑？"

"王小姐，我不明白你说什么，今天有什么事待办，像订送花束、飞机票或是致电令堂？"

峨嵋发呆。

四日，五日，六日，都是这样，官样文章，拒绝对谈、聊天。

机器坏了。

峨嵋立刻向计算机公司报告。

"王小姐，实时着手修理。"

一个上午过去，答复来了："王小姐，计算机程序包括声友一切无恙，功能如常，你可想更换较新较进步款式。”

“不，不，这一具叫昆仑，甚合我意。”

“我不明白王小姐有何疑问。”

“昆仑忽然不再聊天。”

“王小姐，昆仑从来没有聊天功能。”

“什么？”

“昆仑是最基本附件，他不会高谈阔论。”

“胡说，找你的上司来。”

“王小姐，我没有上司，我就是总工程师。”

“你可是人类？”

“不，王小姐，整间公司并无人类，全由机械操控，请将意见输入，我们会尽量改良。”

峨嵋倒抽一口冷气。

“王小姐，我们有若干具聊天款式配件，天文地理，无所不知，你可参考选择。”

峨嵋轻轻说：“不用了，麻烦你，不好意思。”

“王小姐，我们希望顾客开心。”

“我很高兴，再见。”

完了。

昆仑功能有所损坏而不能修复，她有机会永远失去昆仑。

他自大气来，往大气去，无影无踪。

峨嵋忍无可忍，忽然痛哭。

她掩住脸，直至小狗舔她面孔。

兴一他们回来了。

“什么事，王小姐？从来不见你哭，多财，下来，别烦着王小姐。”

峨嵋紧紧抱着小狗不放。

“与男朋友拗撬[1]？别傻了，王小姐，随他们去，你条件好，不怕没人。”

这才知道，昆仑在她生活里有多重要。

峨嵋知道这是畸形发展。

但不知何时何日，与声友产生浓厚感情，兴一有小狗，她有昆仑。

兴一比她幸福，多宝与多财是实质，有眼神接触。

---

[1] 即争执。

峨嵋一直以为，狗生命有涯，兴一终有一日会得失去它们，但声友永远存在，是吗，永远存在？

峨嵋还是太乐观了，她又一次遭到伤害。

此刻，每天昆仑说的只是“王小姐有何吩咐，据我记录，下周你与尔泰医生有约，露台的月季花应该剪枝，园工会向兴一报到，还有，初夏已至，天气甚难将息，多带一件薄外套”之类。

“昆仑，念首韦庄的词来听听。”

他搜索一会儿，“我字汇中没有这人，我替你接特备诗词网址。”

“昆仑，当然你记得‘春日游，杏花吹满头。陌上谁家少年，足风流’。”

“王小姐，我听不懂，春季已经过去，要待来年。”

“昆仑，你吃错什么药？”

“王小姐，我不必进食。”

峨嵋绝望。

她一手把计算机摔到地上。

昆仑的声音平板地说：“故障……故障……”

在那边，衷心笑理事开会，报知员工民政署已正式开始旧换新加补贴计划。

尔泰正替朱峰做脸部矫形最后步骤。

他一脸颓丧不振。

“朱先生，你的愿望就快达成，为何郁郁不乐？”

“我想念峨嵋，我整个脑袋充满她的音影。”

“你以为你是但丁，见过比亚翠斯[1]一眼，终身不忘？”

“只有古人才可享有这种奢侈折磨。”

“昆仑壮士断臂式与峨嵋绝交，值得嘉奖。”

“每次想及此处，腰间如刀割般刺痛。”

“朱先生你不必如此夸张，请照镜子，反影会是王小姐心目中的最佳伴侣。”

他站到长镜面前，啊，奇妙，此刻他看到的自己英俊潇洒，高大轩伟，笑容可掬，炯炯有神的长形大眼有丝涩意，左颊有一浅浅凹窝，他冲口而出：“太英俊了。”

---

[1] 即贝雅特丽齐，《神曲》中的重要人物之一，也是在但丁一生中具有重要意义的人。

“尚未完工，还得全身植上毛发，王小姐指定要旺盛漂亮，像小小地毯一般，呵呵呵。”

“救命。”

“这样吧，我会重点处理。”

“谢谢你尔泰。”

“不过 A 十五她已确认，不容商榷。”

“医生！”

他着实痛苦，尔泰不忍再加揶揄。

“你猜，峨嵋会否对我满意？”

“是她指定的原形。”

“我患得患失，没有一晚睡得好，我怕她改变心意，忽然觉得小白脸才配做她男友，早知不该贪心，我还是做回昆仑的好。”

尔泰了解他的心情，她为他做镇静注射。

他还有力气说这一句：“因爱故生怖。”

对，不是懦弱。

尔泰约见峨嵋。

短短日子不见，她瘦许多，脸色灰败。

“你像失恋少女。”

峨嵋摸自己面孔，少却一个说心事的人，情绪大变。

尔泰说：“这一副配件坏了，添置另一具便是。各种类型都有，会香艳调笑的、教授拉丁文会话的，还有擅长天文地理考古历史者，通通能言善辩，讨你欢心，为你消磨时间。”

“昆仑独一无二。”

“你感情泛滥，任何人与你接近，均产生浓情，我呢，我尔泰医生又是否无可替代？”

“当然。”峨嵋握住尔泰的手不放。

尔泰挣脱，“你这喜聚不喜散的脾气早晚得改改。”

“每晚我百般无聊，在家踱步，研究小狗生活姿态，或看电视节目到深夜，那些节目之烂，令人发指。我不能集中精神，书上每个字都似会跳舞，看不下去，我寝食难安，想来想去，都觉不可能，昆仑不过是计算机上一个声音。”

尔泰想，不错，峨嵋是失恋了。

尔医生少女时有一个远房亲戚表哥，一星期三次替她补习。

这表哥貌不出众，人却十分聪明，督促鞭挞少女尔泰不遗余力，致使她功课名列前茅。

但是她痛恨他，直至他往英国升学，她遭遇到空前绝后的失落，走路都几乎摔跤。

为着证实她不是失恋，她跑到伦敦见他，太迟了，其貌不扬的他已经找到品貌更加平凡的女伴，而且水乳交融，情投意合。

尔泰失望而归，到今日，仍然不相信那是一次失恋，怎么可能，那是讨厌的表兄呀。

防不胜防，已身受重伤。

“你说，”峨嵋发牢骚，“我等活着为什么？”

“你是公务员，我是工程部主管，我们都是社会有用的一分子。”

“我俩全然没有感情生活。”

“现代都会人的确比一百年前乡村居民寂寞，彼时，邻居可以晚间坐一起歇息；轻罗小扇扑流萤，坐看牵牛织女星，但我们感情可以延伸——”

“社会学家，你在训话。”

尔泰实在忍不住，“我将介绍一个男友给你。”

“拜托，省省。”

“这次你不会失望。”

“语气如此肯定，更加无稽。”

“这是你的一帖药。”

峨嵋忽然难为情，“别纵容我，尔泰，我会克服这情绪低潮。”

“我给你约时间，有消息立刻通知你。”

“记得上次那位仁兄，叫愚公，不，愚山，唉。”

峨嵋回办公室。

助手安第斯说：“一年一度最新科技展今日开幕，同事们打算去逛逛，五花八门，我们会集中精神在机械伴侣档摊。”

峨嵋牵牵嘴角。

“去，王小姐，一起去买笑。”

啊，买笑，这说法可怕。

但下班，还是跟随大众出发。

科技馆设备完善，场地大至十多万平方呎，不去指定区域，三日三夜逛不完。

安第斯说：“我们先参观美容科技。”

峨嵋一下子被“好梦站”吸引。

销售员用最古老方式宣传，他打响一面小小铜锣，“好梦好梦，谁都想做好梦。”

峨嵋走近，“怎样实现？”

“把这副简单仪器贴在头颅，它的特殊设备会叫你做个好梦。”

有这样的事？

“好梦好梦，今夜就做个好梦。”

安第斯把她拉走，“这是专卖假药的郎中，梦有何用，醒来什么都没有。”

峨嵋微笑，轻轻吟：“‘寻好梦，梦难成，有谁知我此时情。’”

“什么？”

安第斯走到“女性理想伴侣”站，双眼亮起。

只见众女生围着五六名男模特儿，那些男子全裸上身，露出健美金黄色肌肤，只戴领花及穿长裤，露着可亲笑容。

主持人说：“何必为找男朋友而荒废学业与事业，何必朝晚等待电话电讯被他残酷肆意虐待，快快走近细看，保证真假难分，高矮肥瘦各种族裔俱备。”

女生们纷纷上前抚摩，“这一名是真的，体温恰恰温暖。”主持人把他手臂拆开，众人看到内里机件，大家惊叹，“巧夺天工。”那机械人朝女生们睐睐眼，众女尖叫。

安第斯笑说：“神经病。”

她也挤过去，伸手检查。

峨嵋坐到一旁，微笑着看热闹。

不到一会儿，有人轻轻说：“你好。”

峨嵋抬起头，看到一个光上身英俊男子。

她客气回答：“你也好。”

男子仔细看她，“你是真人。”

峨嵋忍不住笑，“猜中。”

“我也是真人。”

峨嵋不信。

“我在科技学院读低温物理，研究冷核子融合，在这里赚些外快，贴补学费。”

峨嵋意外，“冷融合不是早已研究成功？”

“极初步的初步。”

“我以为我们已弃用核武。”

“防人之心不可无。”

这时安第斯走近，“你，你过来。”

那年轻人走到安第斯身边，安不客气，“你是哪个型号，你叫什么名字？”

峨嵋刚要点醒她，却被年轻人淘气眼神阻止。

峨嵋静静走开，十分庆幸安第斯有所收获。

她在老好冰淇淋档摊买一客巧克力，吃将起来。

有一个男孩走近，身体左摇右摆，看着冰淇淋。

他容貌可爱，穿着套超人英雄服饰，红披风，峨嵋问：“买一个给你如何？”他答：“我不用吃食物。”

啊，峨嵋明白，“你叫什么名字？”

“我叫慰寂寥号。”

峨嵋忽觉心酸，“可有人领养你？”

“我的新爸妈在那边付账。”

“快去与他们会合，可别走失。”

这时，一对老夫妇伸手招他，他神气活现咚咚咚奔过去，披风飞扬。

峨嵋看看手里冰淇淋，丢到垃圾桶。

她接到兴一电话，“王小姐快回来，王太太在这里。”

唉，又怎么样？

她丢下安第斯回家。

一进门，便听到小狗呜呜声惊恐哀鸣，峨嵋抢入浴室，发觉母亲大人手持利剪挥舞，按住小狗剪毛，兴一站在一边，哭不是叫不是，表情炙痛，像是有人虐待她亲儿。

峨嵋掩近，大力一手抢过利剪，差些伤到手指，只见小狗一身毛已被铲得似癞痢，皮肤出血，低声哭泣。

峨嵋把母亲推到一旁，用大毛巾裹住小狗抱怀里，“老妈，你这是干什么？！”

“毛里有虱子。”

兴一高声，“没有，王小姐，绝对没有。”

“老母，你给我坐下。”

“你帮工人，帮两只狗，我是你生母！”

“明白，明白。”

兴一伸手接过小狗，峨嵋说：“你还不收拾，整个浴室都是狗毛。”

峨嵋做一杯宁神甘菊茶给母亲大人，“妈，你太闲得慌，我帮你出主意，我刚自科技展回来，他们有最新型号伴侣，这是目录，我给你挑选，女儿我送给你。”

王太太静下来，走到露台，看风景。

过一会儿她才说：“我不要另一个金先生。”

“给你挑学识型的。”

“不要男朋友，一把年纪，惹人耻笑。”

“咄，日子是我们自身逐天挨过，别理别人说些什么。”

“我已受够。”

峨嵋沉默，到底与金先生相处那么久，她心中仍有不舍。

“这样吧。”

“如何？”

“你给我找三个麻将搭子。”

峨嵋一怔，随即笑逐颜开，亏老妈想得到！

“是，是，要什么年纪性别？”

“三十、四十、五十各一名。两男一女，性格和善可亲健谈，一边搓牌，一边与我谈新闻时事，人情世故。”

“对，牌品要好。”

“必然要叫我少输多赢，他们输了亦要夸奖我章法高超，心服口服。”

“明白。”

“每天工作八至十六小时，无须熬通宵。”

“相貌呢？”

“一般，看上去舒服，诚实可靠。”

“我立刻替你办。”

“有间公司，比衷心笑更新进，你可与他们联络，公司名‘不寂寞’。”

峨嵋一怔，“好，好，我先让司机送你回家。”

如此这般，把老妈撮哄出门。

峨嵋松口气，整张脸挂下来。

老妈已返老还童。

兴一把小狗放地上，它们皮肤破损之处已贴上胶布，毛长短不齐，像动画里落难小狗，它俩受到惊吓，浑身颤抖。

峨嵋想一想，找出两件紧身 T 恤，剪下中间一截，添几个洞，替多财多宝穿上。

它们觉得有安全感，恢复安静，伏着不响，隔一会儿，开始吃饼干。

兴一松口气。

小狗就是这点叫人欢喜，随遇而安，得过且过，吃饱又是一条好汉，人类应多多向它们学习。

同时，兴一对它们的忠诚原始爱护，叫她感动。

她着手替老妈找牌搭子。

原来各类运动都有机械人代劳：高尔夫、网球、田径、溜冰……关键是一定会赢，牌搭子更是一组组出售，有些还是艳妆美女，因坐着不动只顾搓牌，索性不设腿部，设计简单了当。

峨嵋立刻订一副叫人送去。

不必讪笑老妈，过几年王小姐也就是那样。

计算机上声友已经换过，仍是男声，不过略带重鼻音，喜欢笑，当然不能与昆仑相比，他叫邱罗。

“邱罗，请将今日需办事件记下：查查各种电费水费可有依期缴交，核对银行账目、本市未来三十日天气预测，还有，昆仑去了何处。”

“王小姐，谁，昆仑是什么人？”

“没什么，忘记他。”

“是，王小姐，我片刻复你。”

尔泰来约：“听清楚，矜氏咖啡馆，下午三时，准时赴约。”

“我不想出街，我也不喜欢矜氏那种地方。”

“我早就发觉这世界不讨你欢心。”

峨嵋苦笑。

“你欠我许多人情，当送一件礼物给我：请准时出现。”

“是否介绍一个人给我认识？”

“王小姐，尽可能打扮一下。”

峨嵋叹口气，尔泰说得那么委屈，这样好友何处觅，为她劳力、劳心，还说成叫她包涵。

峨嵋挑了一袭裙子换上。

真正心情欠佳穿什么都不好看。

索性白衬衫卡其裤，抹点口红。

她叫司机，邱罗告诉她："司机载兴一及小狗看兽医。"

"小狗什么毛病？"

"多宝吃东西呕吐，兴一非常担心。"

"为何不与我讲？"

"兴一不想麻烦你。"

"医生怎么说？"

邱罗查一下，"还在轮候。"

时间已到，峨嵋出门，叫了车子驶到大街，忽然下雨。

这是亚热带夏季第一场雨，非同小可。

雨点大如铜板，落在车顶，嗒嗒作响。

峨嵋吃一惊：出师不利。

不如打回头。

这时尔泰电召："出门没有？"

"在车里，滂沱大雨。"

“贵人出门招风雨，我撑开伞在咖啡室门口等。”

这时连司机都问：“小姐，你可有带伞？”

车子停下，峨嵋见有伞的人都慌忙找檐篷躲避，风大雨大，峨嵋衣着一下子湿得贴身上。

如此狼狈，如何见异性？

她叹口气，什么都有时候，今天偏偏不是时候。

衣衫尽湿，整脸雨水，她心灰意冷，想打回头。

她转头找刚才那辆出租车。

尔泰电话追至：“我看到你了，你敢不过来，我从此不听你电话。”

峨嵋抬头苦笑。

“是，”尔泰说下去，“这不是一个艳阳天，又怎么样，焉能天天天晴。”

峨嵋低头，她关上电话，拉开出租车门。

就这时，有人叫她：“王小姐，且慢。”

啊，这是谁，声音熟悉动听。

接着，一把大黑伞遮到头顶。

那人掏出钞票请司机驶离，把他的外套盖到峨嵋肩上。

一连串动作自然流畅，叫人舒服，峨嵋抬头一看，呆住。

她忽然睁大双眼，充满喜乐，这人是谁，脸容这样完美好看，态度诚恳，声音相熟，一切与她理想一模一样，她的内心悸动，不，是翼动。

“不认得我了，峨嵋？我是朱峰。”

峨嵋张大嘴。

豆大雨点仍然不停落下，打身上还真的有点痛，但峨嵋已不介意。

她呆视面前英轩男子。

他长得高，以为她有话说，微微鞠身聆听。

但是峨嵋说不出话。

身边有尔泰声音：“总算现身，真怕你到了现场又打回头。”

峨嵋转头看着尔泰，一脸问号。

尔泰微笑，“是，一直没告诉你，朱峰是我的优良设计，我与昆仑合作，给你一个惊喜。”

“那么，昆仑呢？”

“他功成身退，并把声音让给朱峰。”

峨嵋凝视朱峰，他微微笑，一直替她遮雨。

峨嵋问尔泰："为什么瞒着我？"

转头一看，尔泰已经离去。

朱峰代为回答："她怕你反对。"

峨嵋摊摊手，"现在怎么样，你跟我回家？"

"不，不，别害怕，我自己有寓所，我看你的需要，才会出现，若是无理取闹，我会拒绝。"

峨嵋忍不住笑，他们是越来越先进了。

他梳整齐西式头，发丝如丝一般，她不禁伸手抚摩，他让开一点，"喂喂喂，王小姐。"

峨嵋脸红，甫见面，就摸手摸脚，对孩子也不会这样，她没把他当一个人。

"我的车子在那边。"

峨嵋故意说："我不搭陌生人车子。"

他只是笑，雪白整齐牙齿，犬齿略尖，最讨她欢喜。

峨嵋越看越呆，他同她所想所求完全一样，她心花怒放，有机会一定要看清楚他肩上是否有她定做的雀斑。

站在雨下，已经全湿，路人瞥下纳罕眼光，这对年轻男女，敢情神经病，大雨下对着傻笑，回去要生肺炎，恐怕正在恋爱。

终于朱峰说：“我送你回家更衣。”

再抗拒下去没有意思，他们终于上车，他把车驶回她住宅，他完全知道她住在哪儿。

世上竟有这样好事，她与他不必经历青涩时期：“你喜欢何种消遣”“家里有什么人”“何处国籍”“读哪种专业”……

她知道得他一清二楚，因为她是他创造者之一，不必试探、猜疑、捉摸、试练，况且，昆仑把所知全部传了给他。

到家门，他礼貌地说：“你且更衣休息，我傍晚再来。”

“你——”她怕他一去不回，情急拉他衬衫。

“对，”他微笑，“这是我通信号码，我随传随到。”

峨嵋脸红，她从未如此腼腆。

看着他转身离去，峨嵋有好梦成真的感觉。

哀心笑

伍・

由此可知，
有生命之物皆惧怕失却。

走到浴室，一照镜子，她惨叫，只见自己像落汤鸡，头发全湿贴脸上，肤色苍白，唷，难看死了，但，但一双眼睛却恢复神采，不，比从前更加喜悦光亮。

朱峰不会嫌她有无艳光，是否娇媚，因为他不是真男人，他不会嫌弃女友。

想到这里，她的欢欣略减，啊，人心不足。

梳洗完毕，走出浴室，发觉兴一已经回转。

“兴一，小狗如何，医生怎么说？”

兴一呆呆坐椅上，膝上只有一只多财。

“多宝何处去？”

“王小姐，多宝留医。”

“它患何症？”

“王小姐，我想也没想过，医生说多宝怀孕，因体型特小，怕会难产，故留医观察，看是弃小保大，抑或弃大保小。”

“什么？！”

兴一掩脸，“恐怕未能两全呢。”

峨嵋不能置信，“那么小也怀孕，这么说来，多财是雄性，我们竟未能及早注意，难辞其咎。”

“王小姐，我也这么想。”

“都是你，兴一，我说好只养一只。”

“王小姐，确是我错。”

“这可怎么办？”

“医生说，或许可以剖腹生产。”

真没想到小动物生产也如此吃苦。

“王小姐，此刻只好听医生吩咐。”

峨嵋嗒然，“一定要救。”

“王小姐，我已无心思煮食，你今晚吃面包吧。”

峨嵋啼笑皆非。

非常时期，只得允许兴一闹情绪。

接着，她见到一个奇怪现象，她看到毛球似多财四处滚动，自一间房到另一间，从一个角落到另一个，巡了又巡，找了又找。

它在干什么？

峨嵋给它饼干，它不理，仍然到处寻觅。

电光石火间，她明白了，多财在找多宝，一生相伴，忽然不见，多财不知它去了何处，以为它躲藏起来，它们世界只得这间公寓那么大，找来找去不甘心不服气。

呵，悲哀。

峨嵋泪盈于睫，小动物之间也有如此深邃感情，由此可知，有生命之物皆惧怕失却。

“过来，过来。”

多财伏在她脚边呜呜哭。

“我带你去见多宝。”

兴一走出，“我也去。”

一开门，却见到朱峰站在门外。

峨嵋忙中替兴一介绍说是“朱先生”。

朱峰说："我买了鲜虾水饺，你先吃一点。"

他进厨房用碗盛了出来，仿佛知道峨嵋心意，先喂给多财吃两颗。

"我们要往兽医处。"

"我做司机。"

一行人就这样出门，说也奇怪，雨势已小，兴一紧紧把小狗拥怀内，峨嵋用毯子遮着它，朱峰以微笑鼓励，"不怕，医生知道怎么做。"

到了医务所，医生出示超声波照片，"看，怀着两只小狗。"

峨嵋吃惊，二加二，四只！

"决定剖腹的话，我可保大小生命，费用是——"

峨嵋不加思索，"没问题，只要大小平安。"

兴一感激，"王小姐，我一定设法把费用还给你。"

"这种时候，说这些干什么。"

"且让狗妈先在此地休养一两个星期，时机成熟，才做手术。"

"但它的伴侣到处苦苦找它。"

“我们可以连它一起照顾，费用——”

兴一说：“我也记挂它俩。”

“你可以随时探访。”

工作人员对答如流，峨嵋不禁微笑。

她去缴款，回转时看到女职员围住朱峰搭讪，问这问那：“是你的一对小狗。”“好不可爱。”“放心，我们一定好好照顾。”

峨嵋一声不响走到朱峰身边，微微笑，伸手进他臂弯，众女一怔，垂头丧气散开。

“可以走了。”

“兴一呢？”

“我会让司机接她。”

朱峰这样说：“医生说，让多宝暂住医务所，密切注意，可保不失。”

“预产期什么时候？”

“看情形，可以猜测幼崽只得巴掌大，需放氧气箱。”

峨嵋说：“大熊猫一早已那样养。”看到兴一宽慰，就感值得。

“我陪你吃饭。”

峨嵋看着他，“你吃饭？”

“当然。”

峨嵋错愕，“你有消化排泄系统？”

“喂喂喂。”

“你怎么同我们一样？”

朱峰尴尬得不知如何回答。

“对不起，你的隐私。”

“王小姐，你知道就好。”

他们到一间小小欧洲馆子坐下，餐厅叫乌菲兹[1]，与意大利翡冷翠著名博物馆同名，乌菲兹，即office办公室，原本是罗兰索·麦迪西办公之处。

峨嵋说：“大学时讲师让学生们把志愿写在纸上，一二三反转。”

“你写什么？”

“凯芙琳·麦迪西[2]。”

[1] 即乌菲奇。

[2] 即凯瑟琳·美第奇（1519—1589）。法国王后。

朱峰笑，“四个帝皇之母。”

他们只挑两客肉丸意粉。

峨嵋不由得留意他吃相，从前，她不喜欢男伴吃食太慢太快或太豪爽，今日，她觉得朱峰恰到好处。

他被她看得腼腆，“王小姐，请欣赏食物。”

“你不是靠锂电池补充能量吗？”

“真猜不到你如此煞风景。”

峨嵋歉疚，“第一次约会，不大自然，许久没单独与男伴出来了。”

“这算第一次？要好好记住。”

“你很会讽刺人啊。”

“不平则鸣。”

峨嵋笑得合不拢嘴。

他把她送回家，在停车场道别。

“不进去喝杯咖啡吗？”

“第一次约会还是规矩点好。”

峨嵋：“我有一要求。”

“不可以。”

“你还不知道是什么。”

“我曾获警告，你可以首本淘气。”

“不过是想看看——”

“是不是，是不是？”

“想看看你肩膀上是否有天鹅形排列雀斑。”

朱峰想一想，解开两颗衬衫纽扣，翻下领子，给峨嵋观看背脊。

她看到金棕色皮肤上排列像展翅鸟似的淡淡雀斑，喜心翻倒，不知说什么才好，他圆润肩膀肌肉鼓鼓，漂亮得叫她伸出手，又强自缩回。

她帮他翻好领子，满意地说再见。

她下车进门，转身挥挥手。

看到朱峰在笑，这人笑的时候，恁地好看。

回到家，一片寂静。

本来有兴一工作声响，还有小狗嗒嗒步伐，此刻都听不到。

邱罗报告：“尔医生找过两次，兴一说会留到医务所关门才返。”

“谢谢你，邱罗。”

“不客气，王小姐，还有什么事？”

“邱罗，我是人类，吾生也有涯。”

“王小姐，那是一定的事。”

“谢谢你，你休息吧。”

峨嵋坐到露台。

多没意思，她会一年一年老却，十年廿年一过，头发斑白，身形佝偻，脸颊胸口不住长出黑斑与皱褶，再小心饮食，新陈代谢不如以前快速，生出小肚子，雌激素渐减，周期消失，心情苦闷，情绪低落。

换句话说，她会成为老女人。

但朱峰，他不同，他是机械，再像真人，也不是人，他不老，他只会看着她老去，死亡，尘归于尘，土归于土。

届时，他会为此忧伤否，照说，设计那样敏感的神经中枢，已比许多真人更具思想，如果他对她有感情，必然伤怀。

想到这样，峨嵋叹息，原来还是要为男伴伤脑筋。

这样吧，老了，难看了，躲起来。

第二天早上，上班之前，她问邱罗：“假如我变得老了丑了，你会不会嫌弃？”

真没想到邱罗会对答如流：“王小姐，我是你忠诚声友，在我眼中，你永远如此年轻活泼可爱漂亮。”

峨嵋笑出声，设计员一早猜到计算机女主人最常提的是这种荒谬问题，故此一早预备好标准答案。

她出门，在办公室忙整天。

尔泰电问：“如何？”

“好得似不像真的。”

“最妥善之处是他有自己的家，我至不喜同居。”

峨嵋说：“但，始终，可惜，有一日——”

“王小姐，你若今日觉得快乐，便过了今日才说，别想太多。”

“明白。”

下班，傍晚，她到娘家。

进门便听到嘻嘻哈哈一片热闹，还有啪辣辣搓牌声，有人说：“你连吃鸡和，王太太，你瞧瞧我这清一色被你截了去。”

老妈的声音："快付筹码。"

"累了，不玩了。"

"我还未倦，你们会累？"

"已经廿多个小时了。"

"呵，王小姐来啦。"

峨嵋走近，啊，真正诡异，之前她没见过机器牌友，今日第一次近距离接触，只见三人两男一女笑容可掬，手都搁桌上摸牌，塑料牌在他们手中像有黏胶似的，任意转动不会落下，迅速便排成数列，伸手一摸，便知牌面，吆喝："二条。"情况宛如赌场，气氛上佳。

蔚为奇观，峨嵋睁大眼，看清牌友们通通固定在椅上，没有下半身，即没有双脚，如此突兀，王太太却毫不介意，只是努力搓牌，她面前筹码已经满满。

峨嵋看着看着，又悲从中来，这与上世纪有何分别，彼时也有妇女整日坐牌桌，四圈又四圈，浑忘世事，逃避现实，凄凉到不能形容，究竟，社会风气，妇女地位，有何进步？

王太太终于放下牌，问女儿："怎么了？"

“我带来一锅海鲜粥。”

牌友们连忙说好话：“哟！王小姐多孝顺”“羡杀旁人”“人又标致”“美妈生美女”……

峨嵋觉得他们同真人一模一样，除出没有脚，一般肉麻，一般功利。

她告辞，到兽医处找兴一。

原来兴一在医务所长凳上过了一宵。

“回去吧，莫阻人家办公。”

“是，王小姐，我放心许多。”

“你要知道，狗的寿命不过十来载。”

兴一答：“但是，会有小小狗出世。”

“两只小崽，即使存活，你准备领养？”

兴一吃惊，“不然，难道送给别人？”

“四只狗，兴一，你应付得了？”

“我一定可以。”

“兴一，我们家决计不能再添增人口，我决定替狗做绝育手术。”

兴一掩口，“王小姐你太残忍。”

“此事没有商権余地。”

“那么，我会带它们离家出走！”

峨嵋跳起来，“你忤逆，在我家这么多年，你重狗轻人，你好大胆。”

“王小姐，我没有平权。”

“你是一具机械家务助理，你有什么权利？”

“王小姐，”兴一吃惊，“你终于露出真面目，平时再和颜悦色，一到利害关头，立刻变脸。”

峨嵋气急，公众场所，又不好太大声。

“你糊涂了，兴一，你离家出走，走往何处？你没有经济能力，无家可归，会饿死小狗，你想过没有？”

兴一发出哭声。

工作人员走近，“什么事什么事？小狗无恙。”

峨嵋面色铁青，“不与你说。”

她站起离开诊所。

兴一垂头跟身后。

“还有，你再叫我吃面包，我不放过你。”

“王小姐，我自幼把你看大，陪你做功课，偕你学琴，替你做饭，侍候你沐浴，给你剪头发指甲。王小姐，十多年主仆关系，你幼时如小小安琪儿，爱笑，喜说话，我俩在一起，度过欢乐时光。自从那次意外，你变了，你不是那个惹人喜欢的小峨嵋，你变得静默、刚强、偏激。”

峨嵋站住，“什么意外？”

兴一退后一步。

“那时我是小孩，现在我已成年，已不会与你胡闹，现在我有主张，你不能接受这一点，你像一个封建的家长。”

这时有人握住她肩膀，啊，是尔泰，“干吗在街头吵架，惹来途人围观呢？”

“尔泰，你怎么出现了？”

尔泰朝兴一使个眼色，“司机说你们在诊所，既然小狗无恙，还吵什么？”

“兴一得寸进尺，要把我家变狗场。”

“回家再说。”

兴一倔强，“我不回家，你用量子枪好了。”

“多谢你提点。”

尔泰取出电枪把她电晕，抬上车子。

司机大吃一惊，“发生什么事？”

“闭嘴，不然把你扔到垃圾场。”

司机吓得噤声。

峨嵋懊恼，“真没想到会发生这种事。”

“你过去太过纵容兴一。”

“现在怎么办？”

“你是主人，你说。”

“要不，容纳四只或更多小狗，不，不，我应付不了。”

“兴一这个型号，本来就有纰漏，所以市府叫你们旧换新，它们太像人类，渐渐学会争取，熟悉我们世界，要求这个要求那个，甚难应付，是淘汰它们的时候了。”

“但是，十多年相处，为着小狗……”

“你的生活，由你决定，你已有朱峰。”

“将来朱峰也难为我，又如何？”

“他不同，他不会噜苏，他会自动离开。”

峨嵋垂头。

“把兴一交给我吧。”

“小狗呢？”

“送给别的家庭。”

听上去最简单不过，这世界由最强人类主宰，控制一切，没有解决不了的事情。

“尔泰。”

“今日是小狗，明日说不定打烂厨房，再过些日子，要我们的命，须知它们力大无穷，小洞不补，大洞叫苦。”

峨嵋想起金先生，它殴打女主人。

“把兴一交给我。”

“尔泰，你口吻似秘密警察。”

车子先驶到衷心笑事务所，工作人员已在等待，一见尔泰打开车门，便取出长黑胶袋，把兴一装进去，抬走。

“过几天你来签署文件。”

“就这样？”峨嵋按住尔泰的手。

尔泰看着她，“你可是打算替它举行隆重葬礼？”

“呵，尔泰你铁手无情。”

“我有我的职责。”

“她脑海有许多回忆——”

“峨嵋，”尔泰不耐烦，“你有完没完，回家好好休息。”

她与工作人员离去。

只剩下峨嵋一个人怔怔落泪。

司机开口：“王小姐，我想说几句话。”

“闭嘴。”

“王小姐，你就别难过了，兴一是越轨，她倚老卖老，再下去，她会控制你的生活。”

峨嵋颓然，“回去吧。”

朱峰在停车场迎上，“咦，哭丧着脸。”

峨嵋伏到他身上，默默流泪。

“别难过，千里搭长棚，没有不散之筵席。”

他圆壮手臂搂着峨嵋，她略觉好过。

“另外物色一个厨子兼打扫。”

“它们现在都是蜘蛛形，可怕。”

“我先做一个冰淇淋奶昔给你。”

“朱峰，带我到你家，让我暂住你家。”

他凝视她，“大人可有教你，女生不可独自到男子家玩耍？”他说得相当认真。

“你有事隐瞒。”

“我给你看照片。”

朱峰的家，比她寓所更简单，明亮的大通间，家具摆设全部乳白色，墙上全无字画。

“等我们相熟些的时候，我带你上去。”

“那是几时？”

他笑笑，“听其自然。”

与朱峰在一起，就是这个舒服。

回到家，坐下，喝着奶昔，这才发觉，屋里一大阵狗的气息。

朱峰开启窗户通风。

他陪她说一会儿话，告辞。

“欢迎你睡沙发。”

“我不想成为一个专睡沙发的男人。”

峨嵋笑，“你想睡什么地方？”

“终于笑了。”

“你尚未回答问题。”

“男或女，都不可以到处睡。”

峨嵋依偎在他胸前，他的体温，似比常人略高一点点，抑或，只是峨嵋的想象。

真可惜，他俩永远不可以结婚，也没有组织倡议人与机械可以结合。

过几日，峨嵋垂头丧气找来清洁公司，把兴一旧物搬走，又在屋内喷空气清新剂。

工人说：“王小姐你曾经养狗可是？这气味最难消除。”

不知恁地，之前主人居然苦苦容忍。

厨房内已经大堆脏碗杯，工人一一洗净，峨嵋给了丰厚小费。

员工在门外絮絮说闲话：“本来有工人，最近开除了”“越来越多独居女子”“也不怕寂寞，忌责任多，不愿结婚”“唉，为人妻也真不容易”“那么还有人母呢，九死一生，永不讨好”“嘘，当心她听见”“她神不守舍，怕是失恋”……

至少机械工人不会说主人是非。

大热天，办公室内温度低，却要添外套，走到街上，峨嵋直打喷嚏。

朱峰每天接她下班，很快同事都知道王峨嵋有个英轩到不能形容的男朋友，“无懈可击”“十分亲善”“身体语音、表情、声音没有一丝骄矜”“愿意等待的人终于得着”“不知在什么地方结识”“有句掉了牙的老话叫命中有时什么有，眼看已是大龄女，还是被她遇到”“他比她漂亮，但在一起看上去舒服”。

连王太太都听到风声，“有人的话就带回家看看。”

众牌友起哄，“王小姐，大家看看。”

“没有的事。”

“王小姐怕难为情。”

峨嵋只得赔笑。

她走了，牌友们才说：“王小姐对我们真客气，明知我们是机器光会坐着搓麻将也不介意有说有笑。”

陆·

婚姻真正意义，
那不只是恩爱缠绵，柔情蜜意，
而是生关死劫，有个可靠可商量可信任的人。

峨嵋自诩老江湖。

一日，峨嵋躺在朱峰大腿上看电视，新闻发布最新型号机械助理："马萨诸塞理工学院的老人实验室成功研发出人人可以负担的家务助理，专为老人家设想，负责穿衣做餐以及攀高蹲低等任务，人口老化，地球上超过一半人口年纪届五十五岁，而平均寿命高达八十九岁……"

峨嵋说："我八十岁时你服侍我，切勿把我送入老人院。"

朱峰握住她手，转移话题，"我袜子破了，你替我换一双。"

"我只有白袜子。"

朱峰把一只腿除下换袜子。

谁知这时王太太用锁匙开门进来，看到朱峰，也看到他的单脚，她怔住，站门口，动弹不得。

连峨嵋如此机灵，也作不得声。

这比老妈看到朱峰裸体更加糟糕。

半晌，王太太才低声道歉："对不起，我以为兴一会来开门，我应先通知你，我到外边等。"

峨嵋立刻追上。

半晌，王妈问："那就是你新男友？"

"他对我很好。"

"他有残疾。"

"他对我好。"

"先天还是后天？先天的话会遗传给下一代。"

"妈妈，我老实对你说了吧，他不是真人。"

王太太震惊，"胡说什么？"

"他是另一个金先生。"

"峨嵋，老妈比你吃多许多米饭，一眼看出，他不是金先生，他是真人。"

峨嵋只得苦笑。

这时背后有人说："我叫朱峰，王阿姨请进来喝一杯水果茶。"

王太太用激光枪般眼神上上下下打量这个人，心中百分百肯定他是个人，心中叫苦，为什么生个蠢猪女儿。

已经登堂入室，坦荡荡脱下假脚，可见已经十分熟稔，做母亲的心酸，没男伴怕女儿孤苦，有男伴又怕这个人欺侮她。

王太太说："两个人在一起至紧要坦诚，有事别瞒着我这个傻大姐。"

朱峰唯唯诺诺。

王太太起疑，"兴一呢，多宝与多财呢？"

轮到峨嵋结结巴巴。

王太太无味，站起告辞，"我竟成外人了。"

父母们到了某一阶段，一定会发此类牢骚。

峨嵋再无法与朱峰温存，只得说现实问题："两只小狗还在医务所。"

"连小小狗共四只，正待人领养。"

“万幸都救活了。”

“我不敢去看它们。”

“它们会找到好家庭，最近又流行养真狗。”

“生命，也有流行不流行。”

“怎么没有，百年前人们流行早婚，一家五六个孩子稀松平常，后来，行一孩政策，接着，都会男女努力事业，一个也嫌多。”

“指桑骂槐。”

朱峰紧紧搂着她，“能在一起就好。”

峨嵋微笑，“听上去像在恋爱。”

朱峰轻轻吻她丰唇，啊，比酒还甜美。

他们结伴做些最普通不过的事：郊外散步骑脚踏车，沙滩上放风筝，到新开餐厅试菜，写了评语寄报馆，周末朱峰帮她收拾家居，竟不必请用人，两人愉快无比，峨嵋最喜欢用手指轻轻捺朱峰浓眉，爱不释手。

他们甜蜜，王太太气苦，牢骚一箩箩，牌友不住安慰，这也是他们职责一部分：“放心，年轻人聚时快，散得也快”“有伴就不寂寞”“儿孙自有儿孙福，别过虑”“人生不过百，凡事看开些”“喂，有人在做清一色可是，一桌都是索子”。

那边，朱峰到衷心笑诊所找尔医生。

尔泰比从前空闲，走出见他。

医生自傲，“朱峰你是我第二个最佳设计。”

朱峰诧异，“还有第一个，那又是谁？”

医生问：“你俩如何？我是关怀，并非刺探。”

“我眼中，世上以王峨嵋最可爱。”

“那多好，A 十五派到用场没有？”

“医生要有医生的样子。”

“朱峰你可是永不打算向她透露秘密？”

“事情太复杂。”

“朱峰，那些秘密，会像一只蓝色大象，一世坐在你身边。”

“那也只好与象共眠，我不能令她不快。”

“告诉她，你一半是机械，可另一半是人。”

朱峰叹气。

“看来，你也不是十全十美。”

“说到底，医生你才是捣乱的始作俑者。”

“果然，怨起中间人来，不做中不做保不做媒人三代好。”

医生替他检查，满意他天衣无缝的面具及四肢。

“她一直没有疑心？”

“她像那种刚出生的小猪一般。”

“王峨嵋是一个非常明敏的人。”

“连王阿姨都存疑，她却没有。”

“‘因为爱是盲目，所以画中的丹邱比得[1]都蒙着眼。’”

朱峰垂头。

尔医生检查完毕，“你体格良好，精神健康。”

这时，电话响起，她取起话筒听一会儿，忽然生气，“你们管的是哪一门！”

朱峰知道有事，连忙告辞，医生只朝他摆摆手。

那一夜，峨嵋早睡，做梦看到所有同事都已经升职，只有她一人坐在原位不动，赔笑与新人打交道，座位灯光

[1] 即 Cupido，丘比特，罗马神话中的小爱神。

昏暗，连挂外套的地方也无，相当苦恼，但是面子上还一点不能做出来。

另一个久久不升的同事比她勇敢与上司争论，自办公室出来，气闷地诉苦："上头说我只得一副心肝，当然迟升。"

啊，别人都有特别装备，峨嵋听了万念俱灰。

同事愤愤不平，"明日我约好衷心笑实验室商议装假头假心。"

她呢，她可要考虑？

正在此时，峨嵋惊醒。

她自床上坐起，听到大门响声，一凛，独居女子，最怕夜半怪声。

她算得镇定，自床垫底下取出一支铁钩，轻轻走到门后。

她清晰听见大门关拢声音。

峨嵋心都凉了，有人闯进公寓。

她抓起电话要报警，忽然听见狗吠。

什么？

“王小姐，是我。”

兴一！

她拉开门，不但真是兴一，地上还有四只小狗滚成一堆。

兴一声音沙哑，“王小姐，我走投无路。”

峨嵋放下铁钩，泪流满面，“兴一，你逃了出来。”

“是，我是逃犯，我又跑到兽医诊所把狗救出。”她伸手掩脸。

一段日子不见，兴一浑身污秽，像叫花子，也像烂铜烂铁。

“你怎么走得出？”

“有同伴帮我。”

“兴一，我对不起你。”

“王小姐，不是你的错，我们命运如此。”

主仆抱成一堆。

“我得找吃的给小狗。”

峨嵋蹲下，看到众狗惊惶地缩成一堆，都是她不好，她内疚，找出毯子让它们栖身，看着兴一拿来肉食喂它们。

到这个时刻，峨嵋再也不相信兴一没有感情。

兴一蹲着说：“有两家人，明早分别会领养它们。”

小小狗只得手掌大，兴一捧起它们，它们忽然抬头，眼睛不合比例地大，晶亮看着峨嵋，峨嵋不禁退后一步。

她半晌说：“兴一，你先梳洗更衣。”

“我给你做杯咖啡。”

兴一不忘她的职责。

峨嵋呆呆看着毯子上那群不速之客。

她思考半晌，决定知会朱峰，这件事，她无法独自应付。

她忽然明白婚姻真正意义，那不只是恩爱缠绵，柔情蜜意，而是生关死劫，有个可靠可商量可信任的人。

朱峰说他马上到。

峨嵋看着小狗们吃饱挤在一起累极睡着。

朱峰赶到。

他镇定握住峨嵋的手，坐在她身边。

不一会儿兴一出来，梳洗过后，恢复旧貌，看到另外有人，吓一跳，靠住墙壁。

峨嵋连忙说：“兴一，你记得朱先生。”

她有点羞惭，“啊，是朱先生。”

“朱先生是个可靠的人，我找他来商量。”

兴一怯怯站一旁，“朱先生，我该怎么办？”

朱峰这时已明白整件事。

他这样说：“很高兴你俩信任我。”

“朱峰，少说废话。”

“只有两条路可走。”

“兴一已经逃出，无论如何不会回去。”

“民政署会追索她。”

兴一答：“同伴已帮我拆除身上追踪器，我不会连累王小姐。”

“你的同伴很有办法。”

“他们同情我。”

“那么，你只可继续逃亡，像一切逃犯，你需要资源。”

兴一沮丧，“我身上只有三百元。”

朱峰微笑，“我第一次离家出走，袋里有三千元，以为一年半载都花不完，谁知走到街口，就被两名持刀匪徒劫走。”

“朱峰，你说完没有？”

“峨嵋，把你所有现款取出给兴一。”

“明白。”

朱峰自己掏口袋把一卷美钞取出。

“你身上带着许多现钞。”

“我猜你有紧急事才叫我，我以为我俩要私奔。”

愁眉百结的峨嵋与兴一笑出声。

天大乱子，地大银子。

“兴一，都会其实有许多走失的机械人呢，你若与常人混在一起，做个普通市民，躲在最明显之处，很难被人发觉，闹市光怪陆离，谁会注意到一个平凡爱狗女子，我们替你租一间小公寓，备几张有关证件，你便可以找一份工作，只是，请别再在王小姐寓所附近出现。”

“明白。”

两人把所有现金交兴一。

兴一怔怔看着他们，“你俩真是好人，我祝你们白头偕老。”

峨嵋没好气，“你完全像真人，我大可放心。”

朱峰坐到计算机面前，与邱罗合作，替兴一找住所，“记住，同房东说，住客有狗。”

不到一会儿，就找到合适住所，说明第二天早上住客先付三个月租金，门匙在管理处。

“朱峰，感激你。”

朱峰微微笑，“别客气。”

“兴一，你去休息。”

“王小姐——”

“别再多讲。”

“王小姐，还有时间，我帮你做几个菜。”她进厨房。

峨嵋垂头，“朱峰，我冒昧把你牵涉在内。”

“都要白头偕老了，还说这些。”

峨嵋说：“都是感情累事，兴一为小狗，我为兴一，你为我。”

朱峰微微笑，“第二代小狗叫什么名字？”

“阿一阿二，还有名字呢。”

“容我给它们名字。”

“请。”

“一只叫高手，另一只叫巧手。”

兴一听见，“谢谢朱先生。”

这时，天已蒙蒙亮。

朱峰说：“兴一，来，带着小狗，我送你到新居。”

峨嵋替兴一准备一箱替换衣裳。

“振作，兴一，记住，你有本事，情况比那些少不更事离家出走闯进虎穴的无知少女好得多。”

“王小姐，希望将来我俩还能见面。”

“兴一，当我年迈，行动不便，你回来帮我推轮椅。”

兴一一怔，露出讶异神色，然后才说：“你有朱先生。”

“我不那么肯定，他不会老，也许，他会另外找年轻伴侣。”

兴一掩嘴。

“怎么了？”

“再见，王小姐。”

峨嵋再次落下眼泪。

邱罗告诉峨嵋：“民政署追索弃置机械人，每一具都需登记，皆因机械零件分拆出售，比完整出厂新货还值钱，而且，不保证不法之徒把零件拿来做何种用途。”

“邱罗，你会聊话题了。”

“我见王小姐嫌我笨，努力进修。”

“太好了。”

“昨日我读到一项关于人脑的研究。”

“迄今为止，人类对于自身的脑袋，可以说几乎一无所知。”

邱罗笑，“这一则比较有趣，报告说，人类出生时，并无灵魂，有些人，一直到老，也无感情、良知、触觉，这一切，是在成长过程中形成的。”

这时，朱峰向她报告，兴一已经安顿妥当，“我先回家休息，稍后再见。”

峨嵋轻轻说：“邱罗，我得更衣上班，下次才与你聊灵魂一事。”

“明白。”

“对了，邱罗，我可有灵魂？”

“王小姐，我可以肯定你拥有美丽灵魂。”

“谢谢你，邱罗。”

这名新声友渐渐变得像以前的昆仑那般油滑与讨人欢喜，他也长了灵魂。

回到办事处，同事纷纷议论机械人偷跑新闻，原来昨夜一组七人逃狱，不知怎的，破解量子枪死锁功能，活转，逃逸，全无所踪，猜想有组织建立地下信道掩护，巧妙协助。

“为什么要逃走”“向往自由”“自由？你觉得我们自由吗？朝九晚六，为一份牛工死锁一世”“他们活转来了”“活不长，这个功利社会一定吞噬他们”。

峨嵋忙着整理小组内部文件，忽然看到：“王峨嵋，加入本署五年，工作成绩甲级，思考独立，与同事和睦相处，人事部正考虑晋升……”

峨嵋以为看错。

她转运了，上头在考虑她升级，她用力吐出一口乌气。

下班，朱峰接她。

峨嵋挽着他的手臂，再三道谢，“昨夜的事，突兀无比，竟不像真的。”

“峨嵋，你可疲倦？若有精神，我想请你到我办公室参观，稍后，到舍下喝杯咖啡。”

峨嵋惊喜。

朱峰办公室在国防部飞机库侧一间小小建筑物里，需配戴特别证件入内，室内摆着各式引擎螺旋实物与图样，分明是设计部，朱峰此刻担任文职，做研究改良。

屋顶足高三十余呎，天花板挂着飞机模型。

峨嵋抬头细细观赏。

“这是我的桌子。”

桌上一尘不染，计算机就是他的桌面，足足四乘六。

这时有同事出来与他招呼。

“他们是夜更，我们走吧。”

接着，车子驶往近郊。

噫，峨嵋纳罕，“这是一个废置火车站。”

“我住在三卡[1]火车里。”

什么？

朱峰说的是真话。

---

[1] 即载货火车。

只见路轨上停着三卡火车，四周草地略做修饰，开满各色野花，傍晚，花香蒸起，蜜蜂嗡嗡，宛如绿野仙踪。

峨嵋惊喜，走上小小铁质折梯，打开门，正是她在图像中见过的白色客厅，因打长拍摄，故此宽大。

啊，厨房是火车的餐卡[1]，不锈钢浴室也属原装，最有趣是长窄卧铺，以及原有空气调节器与灯光。

朱峰告诉她，由十多个同事帮他改装而成住所。

书房最大，有透明车顶，这一列车，叫星火快车，夜间行驶，供游客抬头观星。

峨嵋叹为观止："我怎么没想到。"

"你喜欢就好。"

峨嵋喝着咖啡，"我不走了。"

"欢迎你。"

终于走运。

"峨嵋，我想把我的事跟你说一下。"

"现在是欢迎将来的时候。"

"我怕耽搁。"

---

[1] 即餐车。

峨嵋大力搓揉他面孔，“你女友已经自动送上门，有点新趣表现可好，诉什么衷情，不要听。”

朱峰紧紧抱住女友，深深叹息。

峨嵋累极睡到半夜醒转，一睁开双眼，看到透明天花板一天繁星，像密镶钻石首饰一般闪烁，她把双臂枕在头下，这朱峰恁地懂得享受生活，与此君在一起，乐趣无穷，足够过三辈子，可惜，她生命有涯。

她轻轻走出卧室，发觉朱峰在计算机桌前操作。

听到声响，他转过头，“起来了。”

她伏到他背脊上。

看到桌上有一方大理石纸镇，上边刻着字，一读，是Genius is only great patience[1]，他说：“我的教授赠我的。”

“朱峰，我们结婚吧，制造几张必需文件，前去登记。”

“阿姨不喜欢我。”

“不必理她，到了她那个年纪，任何事都要反对。”

“你只得她一个亲人，一定要和睦相处。”

---

[1] 天才仅仅是巨大的耐性。

“她有牌搭子，那才是亲戚。”

他亲吻她的手，“我们上班去。”

这一段日子，王峨嵋觉得她是世上最快乐的人之一，无牵无挂，享受生活，世上好似没有什么难得倒她，每天喜洋洋。

同事安第斯母亲病重卧床，愁眉百结，峨嵋如此劝她：“算好的了，请勿淌眼抹泪，试想想，这病不是不能医，只不过调理需时，你父亲经济颇为丰裕，子女无后顾之忧，大家在一起有商有量，反而促进感情，来，拿些正面能量出来，我祝令堂早日康复。”

同事一听，果然是事实，抱着峨嵋道谢。

过一个月，她便正式升级，搬到较舒适办公室，她并不特别盼望晋升，但是人人升上，她坐原位，十分尴尬，噩梦顿生。

这下子放下心。

一日，约好朱峰在小公园看幼儿玩耍，她坐长凳上等，一边吃冰淇淋。

峨嵋不大喜欢那种特别聪明漂亮精灵能干的天才儿

童，相反，她觉得孩子应该笨笨的，多嘴，爱笑，天真。

她面前正有那样几个小孩，玩得一脸一手脏，高声叫嚷，不知说些什么。

她看得津津有味，忽然耳边有熟悉声音："王小姐，你越发喜欢孩子了。"

啊，这是兴一声音。

她一怔，抬头，一个穿黑色帽斗外套的女子坐到她身边，"在等朱先生可是？"

"兴一，你怎么出现了？"她吓一跳。

兴一垂头，握住她手，"王小姐，我有话说。"

"你不必谢我，你出来见我，有某些凶险。"

"但是我不把话说出，对不起良知。"

峨嵋微笑，什么事如此严重，连良知二字都搬出。

"自家一人住小公寓还习惯否？"

"很好，我有小狗做伴，已找到工作，帮邻居看孩子、收拾以及守门，我又不用做膳食。我自由了。"

"你有什么话快说吧。"

"王小姐，你三岁时我就到你家。"

“这么早？”

“你看，”兴一出示平板计算机上两人合照，“三岁、四岁、五岁、六岁我们在迪士尼乐园。”

照片里的小王小姐泡泡脸，笑得见缺牙，相当可爱。

峨嵋感叹，“我也做过孩子，我爸妈呢？”

“唉，吵架闹架打架。”

终于分开是好事。

然后，是较大照片，七岁八岁九岁十岁，每年生日，兴一都与峨嵋合照庆祝切蛋糕，峨嵋感动，这些照片，好似只有兴一保存下来。

“王小姐，这些是我的珍贵的回忆。”

照片里的王峨嵋，一年比一年长大，十五岁那年，已是亭亭少女，双颊仍然有些泡泡，已露出清丽之态，她中学毕业照相当神气。

原来是兴一陪她共度月夕花朝。

然后，十九岁生日，照片中多了一人。

他只得半边脸，兴一仿佛存心没把他全身拍进去。

“咦，这是谁？”

“王小姐，你不记得？”

峨嵋只看到半边剑眉与一只星目，这是个十分英俊年轻的男子。

兴一给她看另一张全头照片。

啊，峨嵋腰下忽然无故刺痛，这是谁，为什么看到他的脸容宛如腋下被利刃刺一刀？不，不，那是旧创，一下子又受到袭击。

她一凛，手中平板计算机险些落地。

她失声，“谁，这是谁？”

“王小姐，你当真不记得也好。”

“不，不，我记得。”

这年轻男子有一双会笑的闪亮眼睛，发线额中央一个桃花尖，左颊含浅浅酒窝，骤眼看有三分像朱峰，但朱比他正气稳重。

峨嵋只觉腋下越来越痛，她掩住胸口喘气，刹那间她想起这个人的名字：“松得海，他叫松得海！”

兴一点点头。

“这人，与我什么关系？”

兴一脸上露出怜悯的表情。

电光石火间，峨嵋明白了，“我俩曾经深爱过。”

她泪流满面，她不记得详情，但那痛楚，却像昨天那般清晰，利刃还在体内没有取出，她不由得抓住兴一的手，“告诉我，这是怎么一回事？”

“他与你共度两年零七个月光阴，五月来，九月走，王太太与我从来没喜欢过他。”

啊，峨嵋抹眼泪，“为什么我如此伤心？为何眼泪像自脸上每个毛孔钻出？那有何大不了？”

“王小姐，廿一岁的你，走到地下铁路隧道，看着迎面而来的列车，纵身跳下路轨。”

峨嵋惊怖，尖声说：“我不是那样的人！”

“这是事实，看。”

照片中王峨嵋躺病床上，浑身搭着维生管子，头顶用胶盔罩住。

“这不是我。”

“救起后你整个脑盖爆裂，实时宣布死亡。”

峨嵋伸手摸自己头顶，厚厚头发，头颅无恙，“兴一，你说什么鬼话？你有毛病，你受了何种刺激？我好好活着，我——”

“王小姐，你不再是你，医生把你救活，但脑部组织已不能再用，王小姐，你被换上电子线路，王小姐，你与我一样，是机械人。”

王峨嵋嚯一声站起，“走，兴一，我不要再见你，走。”

“王小姐，你如此恩待我，我不想守住这个秘密，你一直是衷心笑实验室的杰作，你的主诊医生是尔泰，你是本市首名机械与肉身混合人。”

峨嵋气极，“你给我走。”

一只大手按住她肩膀，“峨嵋。”

她转身看到朱峰。

“你听到多少，你可是全知道了？多么荒谬，电子人脑！那发电机可需要推动整幢核子潜艇那么大，兴一在胡说什么？”

兴一已经离去，她把平板计算机留在长凳上。

朱峰一声不响坐下阅览，峨嵋坐在一旁观看，朱看到的，她全盘收到。

她浑身发凉，她看到一则脑部手术真相摘录："她，王峨嵋，脸部渐渐消肿，笑嘻嘻，头盖被连接在一座庞大电子仪上，电线、计算机板、讯管、灯泡，闪闪发亮，她好似毫无痛苦，最惊人的是，她双手捧着一副鲜粉红色人脑，纹路清晰可见，脑外层前灰白质、海马区、前额叶、脑枕叶，以及脑干……"

峨嵋瞪大双眼。

她不觉害怕，这是她，她捧着自家的脑子。

接着，是各式各样手术步骤进行程序，清清楚楚，记录着她旧生命结束后，新生命的起源。

最后，是一幅机械脑的影像，头发般细的电磁体排列如牙刷，这还只是控制步行的人工操纵部分。

朱峰忽然说："啊，峨嵋，怪不得你那么笨，实在人力不能胜天工。"

峨嵋气极，"你这机械人，你在说什么话，你比我更不济事，手足全可以剥下。"

这样一讲，变相是承认事实：王峨嵋真正身份，是机械肉身。

她的声音变得细微几乎听不见，“都瞒着我，等我以为什么事也没有发生过，却原来我是世上最严重的残疾人。”

伤心兼惊怖，她似一个孩子般哭出声，闻者心酸，朱峰更陪着落泪。

公园里孩子们听见哭声，纷纷围上，可爱幼儿富同情心，又好奇，纷纷打听：“为什么哭，什么地方痛”“我叫我妈妈来帮你”。有一个小女孩替峨嵋抹眼泪。

大人就比较警惕，“这位小姐，可要看医生？”把孩子们带走。

朱峰扶着女友上车，把她裹在毯子里不放。

以后怎么办？

朱峰忽然想起尔泰说的话，那几个字在他脑海亮起，“朱峰你是我第二个最佳设计”，他当下便疑心，第一名是谁。

第一名是王峨嵋。

朱峰说不出话。

两人在停车场的车内拥抱良久，好端端的蓝天忽然下雨，落在车顶啪啪响。

警察前来探望，“先生，没有事请把车驶走，你不止停了三十分钟。”

朱峰只得把车驶回那三卡火车。

峨嵋浑身颤抖，朱峰斟出拔兰地[1]，两人共饮。

半晌，峨嵋沮丧地说：“为什么把我救回？”

朱峰忽然发怒，“这是世上最忤逆的话。”

“峰，我们找尔泰说个明白。”

“我已致电尔医生，她下班即来。”

尔泰已站在门口，她看到好友悲苦模样，不由得叹气，“你终于知道真相了。”

“应一早告诉我。”

“早想在你脑上登记，但人工大脑皮层效果未能百分百臻达理想，于是只得删除一些不那么重要的事件。”

“松得海不重要？”

“那人是令人作呕的一堆废物，当然无用。”

这时尔医生伸手按摩峨嵋的左耳框，渐渐她觉得松弛。

---

[1] 拔兰地：白兰地。

她说：“兴一也会这一招。”

“该处穴道叫人肌肉松弛。”

“我还是人吗？”

“你是人，朱峰也是人，我亦是人，我们略有不同之处，但都是人，你不能说深度近视患者不是人，或是安置人工心脏者不是人。”

医生的话具权威性。

“峨嵋你不是本市唯一类似人种，最小一名是六岁的格蕾斯，我可以介绍她给你认识。”

“格蕾斯怎么了？”

“枪击意外，暴徒的流弹打中她头部。”

峨嵋用手托住脸。

朱峰接着按摩她双耳。

峨嵋仍然落泪，“朱峰全知道了，他不会再要我。”

“胡说。”

朱峰看着她，“你要我我就要你。”

“尔泰，你存心介绍朱峰给我，何故？”

尔泰答：“因见我杰作孤苦。”

“为什么松得海长得像朱峰？”

“因为王峨嵋你就是喜欢那样的男子，你下指令要下意识把朱峰做成俊男。”

“我都记不起如何迷恋松得海。”

“那真是一袋超级秽物，事发后竟避而不见，你在医院大半年，他可一次也没出现，后来，得知他逃到北美洲。”

腋下仍然痛楚，但为着什么，已不复记忆。

“我的旧脑呢？”

“与其余生化废物一起扔掉。”

“原以为可以泡在福尔马林里留作纪念，或是在网上拍卖。”

能说这样的话，尔泰放下心，同时，为她的设计骄傲。

“不要担心，民风渐渐开放，各式各种人都有生存权利，一样可以做好市民，贡献社会。”

朱峰默默喝酒。

“朱峰，轮到你说话了。”

“我？”

“你不是有话要对王峨嵋讲？”

“她今天已经听够了。”

尔泰气结，“峨嵋，同这个懦夫分手。”

峨嵋惊异，“峰，你有何话要说？”

朱峰喝尽手中的酒，“我讲，我讲。”

尔泰说：“我出去散步三十分钟后回转。”

她没有走远，站在小园子里，雨停了，远处居然挂着一道彩虹。尔泰叹气，这大自然已经亿万年，人类命运幸与不幸在它眼中根本不算一回事，太阳明朝还是照样升起。

雨后空气是那样清新，蚯蚓自潮湿泥土翻滚现身，两只粉蝶飞近火车卡窗户。尔医生想起那个神话：哪只是山伯，哪只是英台？

自窗口看进去，只见朱峰与峨嵋面对面坐着，朱峰像是会腹语，嘴唇微微牵动，一番话似已在心中反复练习多次，难度只在开口，一旦克服这一关，一切顺利，也不要去理后果。

他一直絮絮说下去，尔医生不会读唇，也辨出卢山、昆仑，与朱峰几个发音。

医生叹口气。

她留意峨嵋表情，这痴情可怜的女孩，却没有太多意外神色，只是微微扬着眉毛角，似笑非笑。

医生先是错愕，然后电光石火间心思通明：她一早知道，王峨嵋早已知真相，作为朱峰亲密女友，她已知道他不是全机械。

王峨嵋仍然明敏。

只见她享受着朱峰的坦诚陈词，欣赏他全盘招供，仔细聆听，并不阻止。

三十分钟几乎过去，朱峰诚惶诚恐，若能流汗，一定头脸背已泡在汗里，他懊悔、内疚、伤心，把五脏六腑都掏出表白。

能叫一个男子这样，也是难得的事，奇是奇在忏悔的他仍然英轩俊秀，一点猥琐感觉也无。

终于，他握着峨嵋双手，把脸埋在她手里，好像已没有力气抬头做人。

尔医生在窗外看着，不禁感慨，朱峰也很有一套，刚柔并重，收放自如，不过不怕，峨嵋能够收拾他，因为他真心爱她。

三十分钟到了。

医生看到峨嵋的嘴型：“我一早知道。”

朱峰猛然抬头。

她伸手抚摩他面孔，与他紧紧拥抱，再说些什么，医生看不到。

她轻轻敲门进内，低声说：“看，不都讲清楚了吗，我告辞了，以后，再也不必到衷心笑实验室找我，我已调职到儿童医院做研究，你们俩请好好过日子。”

她转身离去，自觉功德圆满。

有吗，他们会平安长远相处否，他们会否像常人那样经不起时间考验，终于越走越远，导致分手？

尔医生忽然觉得疲倦，驾驶小汽车离去。

朱峰与峨嵋却好几天没离开火车卡。

他俩向办公室告假，把住所内所有食物吃光光，连果酱炼奶都不剩，肚子奇饿，才沐浴更衣走出乐园。

峨嵋换上朱峰衣裤，像小孩穿大人衣服，十分可爱。

一出火车，便看到有四只毛球朝她飞滚过来，那是四只小动物，四脚离地，耳朵飞扬，高兴地汪汪叫，扑到峨嵋怀中舔她面孔。

它们还记得她的气息。

峨嵋不禁呼喊它们名字：“多宝多财，高手巧手。”

四只狗差不多大小，缠住他们不放。

“兴一，你在何处？”

但是兴一没有露面，他们知道她就在附近，为着避免麻烦，不出来相见。

峨嵋扬声：“生活一定很好吧？小狗们身体健康，我等感到安慰，这世界也只有狗与小小人才如此无忧无虑，叫人高兴。”

话还没说完，四只狗已飞身跃下小溪游泳。

峨嵋站在一边观赏，它们把一群小鸭子追得呱呱叫。

忽而一声呼啸，狗闻声游上岸往树林奔去，是主人叫它们撤退。

朱峰微笑，“比孩子们听话。”

峨嵋提高声音：“有空时来探访。”

兴一没有回答。

只余风沙沙吹动树叶声。

“你看兴一多么禅。”

他们在街外饱餐一顿，又捧许多新鲜食物回火车，峨嵋说：“我想回家独处数天。”

即使是爱侣，独处时间也非常重要。

朱峰点头，“我如常接你下班。”

回到公司，同事都在讨论一件事。

“呵，峨嵋回来了。”

“问她投 · 票还是 × 票。”

“什么事？”

“市府将举行公投：但凡满廿一岁成年人，无论是谁，均可合法登记结婚。”

峨嵋惊喜，“什么时候决定？”

“下周一投票，周三揭晓。”

“已经筹备十年八载，不知有什么值得如此无谓周详。”

“考虑到社会风气。”

同事没好气，“警方熟悉帮会人物闹事枪声噗噗又不见急急纠正风气。”

“我对婚姻制度丝毫没有信心，也不信它对男女有何益处，我本人永远不会结婚，但我认为谁要是选择结婚，就该让他们结婚。”

有人鼓掌，“说得好。”

“你呢，峨嵋？”

峨嵋老实说：“我都没见过愉快的婚姻，要不光明凄凉地分手，要不在阴暗底下苦苦经营，但得不到的往往最好，你越不让一些人注册，一些人越是要去。”

“结婚也有益处。”

“说来听听。”

“对方一走，所有身外物自然合法都属于另一方。”

“咄，我自己身外物多得无处摆放。”

整个上午都在谈论这件事。

这样说来，峨嵋可与朱峰办理正式手续。

她吁出一口气。

柒·

爱的欢愉，只得刹那，

爱的悲伤，终身不忘……

工作异常繁忙，市府新团队专用小甜头慰劳市民，隔一段时间推出讨人喜欢的新措施笼络群众，算是亲民。

接着一项大型计划是筹备大学学费全免，先在医科实施，都市缺少医务人才，优异生为着筹不到巨额学费放弃学业，诚属不幸。

一直做到傍晚，一盏孤灯，峨嵋仍在草拟文件。

有人叫她："峨嵋。"

她以为是朱峰，轻轻说："我今晚要去见母亲。"

那人回答："我送你。"

峨嵋把文件锁好。

"看，为保密又全盘恢复手写。"

“你升得这样高了。”

这语气有点奇怪，峨嵋抬起头。

呵，这不是朱峰，她立刻站起，警惕地看着那男子。

“是我，峨嵋。”

“你怎么进来的？”

“守门的服务员还记得我是王小姐朋友。”

这便是机械人不妥当之处，他们不懂转弯，不知什么叫此一时彼一时。

峨嵋看清楚他的脸容，更加吃惊。

“你不记得我了？”

她作不得声，双手发抖。

记得，怎么不记得？

峨嵋都想起来了，记忆亮起，内心痛楚，她几乎站不稳。

“峨嵋，你好吗？”

峨嵋忽然愤怒，我好吗，你问我可好？刹那间想起有些女子忍无可忍动手杀人，一直刺百余刀，她现在有点明白动机。

她听见她声音轻轻说：“你怎么找了来？”

“我听说你已经痊愈，所以来看你。”

“我很好，多谢关心。”

“峨嵋，是我不好。”

“不，是我看不开，给亲友带来极大痛苦困扰，全是我不好。”

“峨嵋，看到你这样理智，我很高兴。”

他走近一步。

看得更仔细了。

他骤眼看仍然英俊，发线后退一些，胖了三十磅，填满脸上轮廓，变得俗气，西服略紧，这不是旧衣裤，而是他不相信已经要改尺码，他整个人显得油滑。

峨嵋觉得他有求而来。

她干脆问：“你不是来叙旧的吧？”

“峨嵋，明人眼前不打暗语。”

峨嵋知道万幸，他不是来要钱，他父亲的生意一路顺风，他的经济一向不成问题。

“请说。”

“看到你无恙我真放心——”

“请说。”

“峨嵋，我手中有一份文件，请你签署。”

“何种文件？”峨嵋纳罕。

“我想正式申请与你离异。”

峨嵋发呆，“什么？”

“好来好去，何必拖下去。”

“你说什么，离婚？”

“正是，对方已催我多次，再也不能拖延，我才来找你。”

“慢着——”峨嵋把她所谙粗话全说出，“我曾与你结婚？”

他吃惊，“峨嵋，你不是连这个也不记得了吧？我俩私奔往拉斯韦加斯[1]注册兼度蜜月，回来不久，你，你受了重伤，婚约名存实亡，我另有发展，但法律上，我，我不想单方面申请离异——”

峨嵋越听越惊怖，她双手掩面，后退，脚步踉跄，碰到家具，险些跌倒。

鬼迷心窍！

怎么会同这种人结婚。

---

[1] 拉斯韦加斯：拉斯维加斯。

一时失足还可委赖年少无知。结婚？

她瞪大双眼，一颗心像是要自胸中跃出，她苦苦按住。

他看到这种情况，搔搔头，“峨嵋，不要为难我，我也是逼不得已。”

峨嵋忽然听到自己的声音：“是，我不会阻挡你喜事，你把文件放下，我找律师看过，马上签署，叫人送回你处。”

她站直，没有趾高气扬，也并不垂头丧气。她平视他，不卑不亢，并无现鄙夷之色，不喜，也不悲，只是心中庆幸，这人已经不是她的烦恼，她已甩难。

他大喜过望，放下文件名片，“那么，再见，等你好消息。”

像一只坑渠老鼠，得到一块腐肉，他匆匆窜逃，长长的黑色尾巴掀起油垢秽物，一直拖出门口。

他一走，峨嵋双臂撑着写字台，浑身僵硬。

半晌，才吸进一口气，静静站直。

她听到轻轻的鼓掌声。

峨嵋不由得吆喝：“你，专门偷听人家说些什么，还不出来。”

自办公室门外走进的正是朱峰。

峨嵋得势不饶人，“你听到什么？看我不把你双耳拧下白焓送啤酒吃掉。”

朱峰温柔地走到她跟前，“王峨嵋本色原来如此残酷。”

峨嵋伏到他怀中紧紧抱住。

“可怜的小灵魂。”

峨嵋低声说：“谁都会以为他是来赔罪、道歉、求救赎，但不，他要办喜事，他又要结婚了，故此请我不要留难他，不要记仇，不要小气，切勿阻挠。”

“嘘，嘘，你做得全对，不能再好。”

“自头到尾，他不觉有错，他只看到他自己。”

世上原来真有这样难以形容的人，不，不，世上原来真有鬼迷心窍的王峨嵋。

她轻轻总结：“如今我双眼已能视物。”

“我陪你去喝一杯。”

朱峰并没有立刻现身教训那人，因为他知道，这件事，必须由王峨嵋一个人解决。

她示弱，抑或坚决，她要拖拉，或是把过去放下，都凭她自身。

是的，世——上——无——人——可——以——帮——她。

人生就是那么孤苦。

最爱她，愿意为她挡枪弹的朱峰也爱莫能助。

若果王峨嵋不甘心，定要争回一口乌气纠缠不已，那么，一定留不住朱峰，也没有将来。

他们到酒吧坐下，峨嵋对酒保说：“整瓶放下。”朱峰取笑，“取多一瓶给我。”

有人挤到他们二人当中，“情侣？”

峨嵋点头。

“一对，那多闷。”

朱峰知道他要说什么，用力把他一挤，他出位。

“唷，不就不，何必动粗。”悻悻离开。

朱峰问：“还要坐下去？”

峨嵋答：“我在看这些寂寞的人。”

“别理别人，你有我。”

“是的，朱峰你说得对。”

“身上某处还觉疼痛否？”他指她的心脏。

峨嵋答：“只有在笑的时候。”

她喝了好几杯。

她仍有不忿，“怎么同那样一号人物结的婚！”

“爱情盲目。”

“爱情有智障。”

朱峰问：“还去阿姨家吗？”

“一身酒气，过两日吧。”

他们俩离去，朱峰把车子转到自动驾驶，紧抱女友。

回到家，峨嵋用滚烫热水淋浴，皮肤发红，犹如宰猪，这层皮可以揭走换过就好了。

这倒也不难，先前衷心笑实验室的尔泰医生可以做到，但是内心那个乌溜溜不停隐隐冒浓血的深洞呢？面积不大，像拇指大小，永不痊愈，探进去，暗红如熔岩，缓缓蠕动，像有生命般可怖。

她掩着胁下躺到床上。

实在是累了，合眼便睡着，还是做梦了，看到自己衣着时髦，妆扮整齐，笑眯眯，双手像捧碗那样小心翼翼捧着一副人脑，在闹市里来回穿插。途人好奇问："是人脑？""不，"她回答，"猪脑。"

醒来，还记得那是本市最热闹的银行区，"猪脑子不错。"她喃喃复述。

朱峰接上班，看到峨嵋脸容吓一跳，一夜之间，她憔悴下来，这一关不好过。

她握他的手一下，表示可以应付。

第一件事，把文件带到律师处给专家过目。

"王小姐，文件里没有机关，只要你放弃任何追究权利。"

"对方用什么原委要求离异？"

"不可冰释的误会。"

峨嵋立刻签署，轻轻对律师说："I am damaged goods."

律师答得好："We all are."

迅速命专人把文件送回对方处。

回到办公室，机械地处理工作，趁中午，回娘家说话。

王妈仍坐麻将台上，峨嵋佩服她与假人搓牌也穿戴整齐，好一个君子慎独。

牌友纷纷开口："王小姐来了""王小姐今日精神欠佳？""王小姐真孝顺"。

峨嵋知道开关在哪里，伸手啪一声关掉，三个假人的操作表情骤然停顿半空，看上去有点滑稽。

王妈问："这是干什么？"

峨嵋坐下问："你为什么不告诉我，我曾经结过婚？"

王妈的脸挂下，"因为我从来没资格过问你王小姐的事，我一提，你当我仇人一般憎厌，我不知你结婚、离婚，我不知任何事，我只盲目地做你母亲，扮演一个角色，对你说：无论发生什么，这儿仍是你的家。"

峨嵋不语。

"原以为换过脑子的你会改变想法，谁知一有事仍然向我算账，别忘记你身上还有五十巴仙因子属于你父亲。"

"他在何处？"

"我不知道，我的愿望是这一生一世再也不要看见那个人，我还有十多步要走，平静挨到终点已经够幸运。"

峨嵋悲从中来，握住母亲的手流泪。

"别哭，别哭，今天天气很好，已值得庆幸，你那朱先生可有陪你一起？”

“妈妈，我们都又穿又烂，苦苦挨日子。”

王妈已说不出话。

峨嵋把牌友的开关掣开启。

“哟，王小姐，我们又不去别家，我们不会讲是非”“是呀，三个臭皮匠，顶一个诸葛亮，有什么事大家商量”“别见外”。

峨嵋温和说：“对不起，你们说得对，我先走一步，你们赢多一点。”

她告辞。

下楼梯时踏空一步，险些摔跤。

尔医生找她。

“你好，创造主。”

“我猜到你心情欠佳，这样吧，你到儿童医院探访。”

“损手烂脚的人看到更加残缺的人才会知道感恩，可是这样？”

“正是。”

峨嵋吁口气。

到了儿童医院，只见诊所装修得像小学课室，事实上也有孩子们在补课，尔泰迎出，“跟我来。”

她们先到义肢部，看到小孩学习用假手执笔及玩游戏，有一个才三四岁的男孩用假脚踢球，灵活自如，令人叹为观止。

峨嵋坐到他身边。

他问她：“你有何不妥？”

“我只来探访。”

他又去练踢球，脸上笑嘻嘻丝毫不见忧虑。

尔泰叫她：“到这边。”

另一间房间，放着氧气箱，峨嵋罩上白袍，看到幼婴熟睡，真有点残忍，脑部摘除，用仪器维生。

她退后一步，尔泰微笑，“是你的同类，不必害怕，有你做例子，我们信心十足。”

“科学怪医，”峨嵋喃喃说，“我们是科学怪人。”

幼婴忽然睁开碧蓝双眼，峨嵋感动，探近说：“宝宝，我们是科学怪人。”她握住他的小手，幼婴放心再度入睡。

“为什么救活他？他本无意识，他只是一只蛹。”

尔泰答：“你不是他父母，你当然那样讲。”

“在为他制造机件吗？”

“不，人工为他培养真实人脑。”

“我的天。”

“今日院方招待电视台拍摄人工培养心脏步骤，你可同时参观。”

“我不要看。”

尔泰笑，“千载难逢的机会啊。”

峨嵋戴上口罩进实验室，一大队摄制人员，有个年轻医生正在讲解，她站到后角。

医生说：“过程很简单，首先，取得一颗心脏，”他自冰箱取出心脏，“把心脏原有每一颗细胞都洗净。”他把心肌放入瓶里浸药水。

真实心脏并不是一个红心，峨嵋发觉它的大动脉比想象中更粗壮。

旁观者鸦雀无声，医生说下去：“然后，注入维生营养素。”

“那是什么？”

“那其实是猪的肾脏，经过提炼，磨成粉状，渗入溶剂，制造全新细胞，不过，要教授新细胞学习跳动，必须通电。”

峨嵋看着玻璃瓶内跃动的心脏，有点不舒服。

那英俊的医生说：“将来，每种器官都可以复制。”

峨嵋悄悄溜走。

尔泰在她身后问：“怎样？”

“医生不愿病人离世，想尽方法出尽百宝挽救，其实，死亡是极自然的一件事。”

“那么，要医科何用？”

“尔泰，老老实实，像我这样的人，能存活多久？”

尔医生十分坦白，“不知道，科学虽然发达，但生命有它的轨道。”

“我这颗脑子没有期限？”

“十至十五年。”

峨嵋点点头。

“别气馁，正在研究更新款型号。”

“拜托。”

尔泰送峨嵋出医院。

那边医生同大队走过，他说："院方需要更多拨款……"

朱峰来接女友，峨嵋一看到他便喜上眉梢，所有烦恼拨到一边，嘴角往上扬。这朱峰，穿一件淡蓝色衬衫，配一条又破又旧又宽的卡其军裤，但一路朝她走近，已尽露英轩之态，说不出地好看，啊，不止峨嵋一个人那样想，其余女士，也目不转睛注视朱峰。

尔泰怪羡慕，"形影不离啊。"

朱峰握住女友的手。

"该结婚了吧。"

朱峰点点头。

"请你做证婚人。"

"义不容辞。"

朱峰挽着女友的手。

"儿童医院定期招待记者预备年度筹款。"

"国防部可有此打算？"

朱峰笑，"国防部飞行员每一具头盔都造价五十万美元，怎么个筹法？"

"你那架试飞战斗机，又是什么型号？"

“F35s。”

“英伟的飞行员朱峰。”

“也有人叫我们炮灰。”

峨嵋连忙说别的：“医院里有一个婴儿与我同病相怜。”

“这是院方撒手锏，用小病人叫市民大发慈悲之心。”

婴儿……峨嵋忽然发呆。

“你累了，可要回家休息？”

“我要去公司。”

伏办公桌前做到半夜，朱峰送来消夜，众同事欢呼，“有男友真好”“也看是什么人”“朱峰你可有兄弟”，说个不停。

峨嵋仍在想：婴儿，为什么婴儿触动她的心？

那一夜她睡不好，索性整理衣柜。

少了兴一，什么都不知放哪里，就穿那几件现成衣裳。

她问声友邱罗：“兴一可有告诉你我秋冬衣物放何处？”

“王小姐，许久没听到你声音，据记录，你与前声友昆仑每天至少谈话三小时，而我呢，一个月不到十分钟。”

峨嵋不知多老实，“我有男友就不打扰你了。”

“唉，这回子找什么？”

“秋冬衣物。”

“没记录，王小姐你随便买几件新的好了。”

“喂。”

“我再找找看。”

全屋图则都在他记录里，逐处搜查，忽然说：“书房左边近门书架底有只暗格，你看过没有？”

“那种暗格能有多大，装不了多少东西。”

“王小姐我替你提供新款时装式样。”

“我且去看看那抽屉。”

她走进书房，真惭愧，角落都织起蛛网，她趋近一看，一大堆数百只小蜘蛛，刚出生比芝麻还小，挤成一堆，听见声响，惊慌地蠕动。

峨嵋不怕昆虫，轻轻说：“我一下就走。”

小蜘蛛安静下来，噫，比人类尤其是少女们明敏得多。

她找到暗格，不足一呎高，三呎宽，最多藏两件大衣。

拉开抽屉呆住。

都是些什么?

她移出抽屉拿到计算机面前，给邱罗一起看。

“咦，怎么都是小衣服?”

峨嵋也觉纳罕，小小雪白手织毛衣连裤子与帽子手套成对。

“那么小，好可爱，哈哈哈。”

真的，还有小小毯子、毛毛玩具、铃铛、鞋子。

邱罗说：“都是中性颜色，可见还不知婴儿性别。”

说得真确，这是谁的孩子?

邱罗也问：“这是为谁家婴儿准备?”

峨嵋的心一凛。

“王小姐，为什么衣物玩具均没有送出?”

“我累了，我想休息。”

“王小姐，不要嫌弃我这个声友，有空多聊天。”

“不要多心。”

她关熄所有的灯，坐在安乐椅上，集中精神，意图把记忆中所有蛛丝马迹都追搜出来。

但是找不到任何有关这个幼婴的记忆。

如果有，一定已在尔医生妙手之下全部摘除。

因此，追问尔医生，也不会得到任何答案。

她的左后脑像针刺般痛，不得不叫她休息。

第二天傍晚，她让邱罗替她查一件新闻。

“请指示，王小姐。”

“数年前，有一宗年轻女子跳到地下铁路轨道的新闻。”

“我的天，是失足？”

“一定是失足，邱罗，有关女子的意外一切都是失足。”

“有否详细日期？”

“一切靠你。”

“明白，我立刻开始工作。”

峨嵋淋浴更衣阅报，廿多分钟之后，邱罗“吁”的一声，他有消息了。

“对比十年内三百多宗新闻，唉，那么多女子失足，真始料未及。”

“邱罗。”

“是，是，有三宗比较接近你的要求，请看。”

第一宗，是一个久病厌世的三十岁女子，失救，不是她。

第二宗，只得十六岁，也不对。

第三宗，廿一岁，相片中人，峨嵋认得，是她自身。

“王小姐，为什么面相如此熟悉，一双大眼如满怀心事？”

还有一张现场照片，地下铁路轨道附近围满人群，热闹地观看意外，可以清晰地看到站名：回转站。

“谢谢你，邱罗。”

她取过外套，罩住运动衣裤便出门。

她对司机说：“去回转站。”

“王小姐，该处是一个复杂的九反之地。”

“我不是问你意见。”

“可否找朱先生作陪？”

“有许多事，我们必须独自应付。”

“带着量子枪否？”

“在身边。”

司机不情愿放她下车。

峨嵋走下地道，一进入陡斜楼梯，已闻到排泄物恶臭，两边墙壁画满涂鸦。

非繁忙时间地下铁路由另一帮人占据。

她看到回转站三字。

真讽刺，回转，回头是岸，苦海无边。

当年的王峨嵋不知有否看到这两个字，也许，她误会是轮回站。

记忆中她从来没到过这个车站。

她一生都属中产，自小有若干机械工人代劳，不用劳动，或是用公共交通工具。

只见一节节铁路列车飞驰而过，带起阵阵阴风，把垃圾废纸卷起，真像另外一个世界。

列车停止，乘客上车。

就是这里。

她曾自此处跃下，企图终结宝贵生命。

她呆视路轨，呵，这需要何等样的勇气，当时年轻的她一定觉得生不如死。

是什么叫她如此绝望？

不是纯因为那个人吧。

即使是无知少女，也知道失恋创伤终究获得痊愈，一切会得过去。

峨嵋呆呆站在轨道边沉思。

不远角落有一个少年在拉提琴讨钱，他的曲子是一首法国民歌：“爱的欢愉，只得刹那，爱的悲伤，终身不忘……”如泣如诉，然而途人并没有多加施舍。

峨嵋怔怔聆听。

忽然有人搭住她肩膀，她抬头一看，是朱峰。

他来得及时，峨嵋正觉双腿疲乏，需要可靠手臂扶持，她靠到他身上。

他一声不响，扶着她上楼梯，回到地面，原来红日炎炎，太阳升出，峨嵋十指又暖和转来。

他与她上车，司机说：“好了好了，朱先生，你找到王小姐了。”

原来又是老好司机通风报信叫朱峰来接。

两人都没有说话。

司机自作主张，“太阳尚有余晖，我载你们到沙滩小坐。”他启动车子。

坐长凳上，两人还是不说话。

孩子们穿着泳衣到处跑，活泼肉肉的小身躯说不出地可爱，高声欢笑。

峨嵋轻轻说："怎么到处都是孩子，市政处还抱怨出生率越来越低，看着又不像。"

婴儿……

峨嵋忽然仰起头，看到日光里去，双眼受到刺激，落下泪水，她连忙低头。

朱峰轻轻说："你是要寻找过去？"

峨嵋不出声。

"过去的事如何回得来。"

"我只想知道得多一点，我对自身是那般陌生。"

"也许，那不是好事，大家都想你忘记。"

"朱峰，感激你来搭救，你是我生命中沙仑玫瑰，谷中百合。"

两人回到家，朱峰做碗面给她吃，峨嵋在沙发上熟睡。

朱峰与尔泰联络。

"怎么样？"

“整个人落形，我还记得当初见她，王峨嵋是何等活泼淘气，笑嘻嘻，心不在焉，此刻，她肩上仿佛有千斤重担。”

“让她自己解决。”

“我看着十分难过。”

“有你这样的知己，王小姐已够幸运。”

“你看我们这一对：她缺脑有身，我有脑无肢。”

“社会上各色各样的人都有。”

“这么说来，我俩还是天生一对。”

“天作之合，朱峰，站她身边，支持她。”

他转头看熟睡的峨嵋，她嘴角含笑，还似个孩子，睡梦里仿佛没有烦恼。

朱峰有事，他得去检查身体。

医务人员视查过后，“接驳十分理想，细胞已视义肢与人工皮肤为同伴，共同和谐生长。”

朱峰点点头。

“很快，只有你双腿才可以随意穿上卸下，脸部、颈项、肩胸，都与神经骨骼联系，成为一体。”

“明白，即是说，假脸再也剥不下。”

“哈哈，不日成为真脸。”

假作真时真亦假。

“朱先生，我跟着尔医生工作有三年，与你也很熟稔，怎么看，你都不像是一个对外貌有虚荣心的人，为什么选择如此华美俊秀的外形？”

朱峰冲口而出：“我爱的人喜欢这样子。”

“原来如此，你为着讨好她。”

“可以这样说。”

“那是一个可爱活泼年轻的女子吧？”

“全中。”

“女子的心多变，万一，过了几年，她不喜欢这个样子了，你又怎么办？”

朱峰失笑，“不会，人类爱美之心永恒不变。”

“细胞会老却。”

“那时彼此都长了内涵，不再计较皮相。”

“朱先生，你信心十足，希望所有病人都向你学习。”

“是，我生性乐观。”

两个人都笑出声。

那一边，峨嵋陪母亲在商场购物。

多时没有结伴闲逛，峨嵋不大习惯，默默跟随。

时装店服务员乖巧地问：“王小姐陪姐姐选新装？”

王太太立即认定这间店价廉物美，由真人招待客户，值得光顾。

王妈把店里新货通通抖出试穿，峨嵋坐沙发上等她，一边四处浏览。

“噫，你们卖童装？”

“预备做母女装，穿上可爱。”

峨嵋不喜小人打扮华丽似大人，小孩，穿工人裤与白T 恤就好。

店员笑嘻嘻，“王小姐可要看看？”

“十画都没有一撇。”

峨嵋静静坐一旁等母亲试穿，“很好”“不错”“衬得起气色”……心里却想：老妈姿色同从前是不能比了，她此刻这种年纪很难选颜色与式样，但，只要不太裸露，都可以随心所欲。

她买了好几只大袋。

“以前有兴一帮手拎——”

话还没说完，朱峰已经出现，笑着把大袋小袋都接过。

他们一家人笑着离去，店员甲同店员乙说：“今天写了王太太这张票我可以有交代。”乙说：“王小姐的男友真漂亮，又好笑容，服侍未来丈母娘不遗余力。”“唉，天下会有那样好看的男子。”“王小姐前任男友松先生也英俊，记得吗，把她名字文在胸口，还让我们欣赏呢。”“之后分手，那文身怎么办？”“可用激光洗净。”

“王小姐并非绝顶美女——”“但是王小姐待人接物何等上格和善，这么些年来，对我们客客气气，过时过节，准备糖果送上，这是做大家媳妇的材料。”“这是真的，因此觉得她越来越好看。”“王氏母女豪爽，从不退货。”这才是重要原因。

另外有客人进门，她俩才放下艳羡之心。

街外人，哪里知道，各人有各人苦处。

峨嵋陪母亲吃下午茶，王太太碰见朋友，索性坐到那一桌，谈个不停。

峨嵋说："别催她，让她与真人说说话。"

"当然。"

她自己可是一口蛋糕也吃不下，含到嘴，都像极甜的糨糊，一口伯爵茶倒还算清香。

"常常陪阿姨出来？"

"一年至多一次，我想着都羞愧。"

"子女长大总有自己生活。"

峨嵋把手按在他手上，"朱峰，我愿与你共度余生。"

他微笑，"不是一早已经说好了吗？"

王太太叫他们过去介绍给诸位阿姨伯母。

"好事近了吧？""要问他们。""快了快了。""王太太可放下心事。"

在旁人眼中，没有再匹配的年轻男女了，并排站在一起，金童玉女般笑脸盈盈，讨人欢喜。

朱峰提早替两张桌子结账，这是百年不变的好规矩，王太太十分满意。

就这样吧，她唏嘘，人生哪得十全十美，就这样也过得去了。

这样一想，对朱峰又添几分好感。

他们让王太太回家休息。

“老妈今日好似还高兴。”

“看得出已经软化。”

“年纪越大，越要面子。”

朱峰微笑。

“那好像是活在世上吃苦日久的附带权利：老人可以放肆、任性、什么话都不妨直说、发脾气、使性子、僵着待小辈迁就。”

朱峰赔笑不语。

“我们老了也能那样。”

朱峰说：“当然不行，三十年东风，三十年西风，待我俩老了，社会风气又流行迁就少年，我们永恒吃力不讨好。”

“那么两老躲到深山避开他们。”

朱峰把下巴轻轻搁在峨嵋头顶，“随你。”

爱人与被爱真幸福。

衷心笑

捌·

她相信关系可以持久，
因为，他找不到另外一个她，
她也找不到另外一个他。

王峨嵋却还有一件要紧的事要做。

她同邱罗说："帮我找一名优秀妇科医生。"

"噫，王小姐，可是婚前身体检查？"

"别多事。"

"什么叫优秀，可是名医？"

"要爱惜病人。"

"那么，大学医学院的主任医生最合适。"

"请替我安排一下。"

邱罗搜索一下，"有了，妇产生育科科长薛医生，女性，性格和善，三十四岁，我替你预约下个月十五日星期三。"

“请届时提醒我。”

“当然，王小姐，现在，下盘棋如何？”

峨嵋笑，“我不会下棋。”

“唷。”

“我俩还需要时间磨合。”

“明白。”

到了预约时间，峨嵋上门去，那薛医生比想象中更要年轻，听说是个天才，十二岁进医学院。

峨嵋最同情天才，最好能不为人发现，自由自在地聪明，否则，一定吃苦，可以想象薛医生全无童年，一直与成年人打交道，一早学会明争暗斗，功课排山倒海，人人等着她出错，然后，没错找错，鸡蛋里挑骨头。

峨嵋坐在医生面前，嗫嚅说：“我来检查身体。”

医生微笑，“特别是生殖系统。”

“是，是，瞒不过你法眼。”

她让病人躺下，先用古法：“让我们看看。”医生纤长手指按她全身皮肉。

“嗯，”她意外，“王小姐——”看到病人瞳孔里。

峨嵋点点头。

医生不禁说："你是我头一个此类病人，你不能照磁影，让我去找古老爱克斯光[1]机器。"

她用手按摩病人下腹，"照经验，应当正常。"

手机般大小机器来了，接上，医生详细照视，"我猜得对，器官完全正常，人体真是奇迹。"

峨嵋又点点头。

"但是，你知道，全身激素全部由脑部控制分泌，你可有与主诊医生谈过，你的新脑有无包括这一项功能？"

"她是尔泰医生。"

"原来是鼎鼎大名的尔泰医生，真未想到她的实验已达如此境界，不过，我们妇科也不赖，可以注射各类内分泌，保证胎儿以为母体正常。"

峨嵋心想：这孩子未出生就被蒙在鼓里。

"我们还在进行一项体外培胎实验，王小姐，你是理想参与者。"

"那胎儿——"

---

[1] 爱克斯光：X 光。

“胎儿也是实验一部分，仪器是代母。”

峨嵋冲口而出：“为什么要那样做？”

薛医生一怔，“人类求进步的天性促使我们做科学实验：为什么研究海洋生物，为何探索宇宙奥秘，这些，都为着满足人类进展。”

“医生，不能无为吗？”

“那么，王小姐，你为何来看医生？”

峨嵋词穷。

“你可以放心与伴侣说：王峨嵋绝对可以拥有亲生子女，过程可能复杂一点，但我保证婴儿健康活泼，并且你们能够选择性别，以及头发眼珠颜色。”

峨嵋吁出一口气。

“王小姐，科学昌明，凡事不要想太多。”

“谢谢你医生。”

“我期待再次见你。”

峨嵋又叹口气，在医生眼中，她简直是白老鼠、标本人。

“医生，我还有一个请求。”

“请讲。”

“医生，我想知道，我以前可曾怀孕，胎儿又长到什么程度。”

薛医生睁大双眼。

“我知道，病人本身应该知道，但我偏偏不复记忆。”

“啊，让我替你详细检查，那大概是多久之前的事？”

“我怀疑约五年前，在尔医生之前。”

医生说：“不要紧，身体有记录，我可以准确告诉你。”

看护走进做抽血及抹片工作。

“我知你很心急想知道答案，但细胞做出精确口供需时，四十八小时后才可得知结果，你先回去吧。”

峨嵋垂头。

“那是过去的事，无论人类如何用功，都始终无法唤时间回头，不能挽回，多想无益，甚至知来也无益，我觉得王小姐你需要一个心理医生。”

“谢谢你医生。”

“不客气。”

“我可以走了吗？”

“今日与明日才最重要，今日谨慎，明日不会后悔，思虑令你心情不得舒畅。”

峨嵋告辞。

细胞有记忆。

峨嵋在路边等朱峰。

她喜欢路边，许多风景，她是观众，好整以暇，东张西望，那边有年轻母亲抱肉嘟嘟婴儿与长者对话，女佣站一边侍候，婴儿抓紧母亲衣襟，唯恐摔下，没想到小小人也有戒心，真可笑，其实大人小人均听天由命罢了，大可放开怀抱。

那边一个英俊少年手握鲜花糖果正在撮哄女友，那女孩尖脸大眼高鼻，每隔一会儿眨眨眼睛，完全像机械娃娃，但峨嵋知道她是真人，假人不可能这样假，假人自然得多，假人不会做得如此工整生硬与一味可爱。

新型号房车自动停住电召主人，穿着高跟鞋的小姐啪啪啪走近，车门打开，她上车，扬长而去。

峨嵋忽然感恩，她今日还在人世，视网膜看到的影像可以连接到脑部演绎成风景，真得多谢尔医生的科技。

这是她第二次机会，要好好把握。

朱峰来了，“想什么？”

“忽然长了脑，要好好利用。”

“我与王阿姨谈话，她说了一个小时。”

“为什么不知会我？”

“她不想你在场。”

“说些什么，我成年后与她总共谈话时间加一起也没有一个小时。”

“主要是交代财产问题，她送你一幢公寓作为妆奁，叫我们住得舒服些。”

——王太太说：“听说你们住火车卡，靠太阳能发电，蓄雨水饮用，我不出手，你俩或会考虑在山洞茹毛饮血。”

峨嵋问：“你们在何处聊天，她的牌友可在身边？”

“就在麻将房，牌友仔细聆听，但完全没有加插意见，真是万幸，只在阿姨略为过火之际使一个眼色。”

啊，品格不知高过多少好事之徒。

怪不得越来越多人选择与机器打交道。

峨嵋握住朱峰的手，严格来说，他俩也有一半是机械。

“真未想到你家境优渥，而阿姨如此慷慨。”

“我亦不知。”

“我见你持久辛勤尽力工作，满以为你是一般白领，可是阿姨说，你并不需要那份月薪，你大可优哉游哉过日子。”

峨嵋微笑，“每天晒太阳会焦皮烂额。”

“她定下你的月例，但据说你全数捐到了宣明会。”

“那不是一笔很大数目。”

“阿姨又说，让我小心你的财物，莫叫人蒙骗，很多时候，付出去的永不回头。”

峨嵋微笑，“她是一个没有工作能力的寡母，身边钱财，对她来说，非常重要，那即是一般人口中的棺材本，可是坏人阴毒，喜撬老年人这些积蓄。”

“她的语气比她真实年纪苍老，她的意愿是我俩有大事最好通知她一声，她有个朋友，子女恋爱结婚生子全不知会长辈，一旦财绌，嘭一声跳出气势汹汹讹诈。”

王太太举了许多欺老案件为例，各有巧妙，目的只有一个，最黑色幽默的是一对中年夫妇，近日被公司裁退，子女大学毕业仍住家中，七十岁父母却要供奉，逼得那位太太说：“可否自杀？”

朱峰说：“我从不知钱财或缺少钱财会带来这么大烦恼。”

他们去看过那层嫁妆楼宇。

峨嵋顿时觉得大难不死，必有后福。

“假如兴一与我们在一起就好了。”

“兴一已经自由，我们应该为她庆幸。”

“我的小公寓可要退租？”

“阿姨说：‘各人的王老五之家不妨留着，吵架之际可有个去处。’”

峨嵋问：“你会与我吵架？”

“我想不会，我有个秘方，是深呼吸从一数到十。”

峨嵋一想到自身再世为人，根本不想吵闹。

翌日，她接到医务所通知：“阁下报告做妥，请约见薛医生。”

峨嵋立刻联络。

“你可想与医生面对面谈话？”

“必须。”

医务所空气有点冷冽，峨嵋老觉得她没穿够衣服，双手冰冷。

“王小姐，你好。”

医生坐到她对面，“别紧张，你想知道的数据，全在这里了，首先，王小姐，你在五年零三个月之前，的确曾经怀孕。”

峨嵋脸色灰败，“孩子呢？”

“胎儿在十一星期之际流产，她是个未生儿。”

“是女胎。”

“验明是女孩。”

“何故流产？”

“王小姐，相信你也知道，胚胎若觉环境不适合成长，许多会自动流产，有时连母体也不察觉。”

“十一周，有心跳了吧？”

“应该有。”

她把日期核对了下，流产不久，她走到地下铁路，纵身跃下。

她瘫痪在椅子上。

“王小姐，我已替你代约一位心理医生，她可以与你分析谈话。”

“胚胎呢？”

“胚胎是生化废物，已为院方处理。”

“他们没有灵魂？”

这时有人敲门，心理医生进来，“峨嵋，我是刘医生，让我回答你：其实，我们均无法证实灵魂一说。”

峨嵋凄苦地看着医生娟秀五官。

助手递一杯热可可奶给峨嵋。

好似她所需要，只是这杯热饮。

薛医生说：“你俩慢慢聊，有事叫我。”

刘医生说：“峨嵋，可以了解你受到了极大困扰。”

峨嵋已乏力说话。

刘医生知道得颇多，“可以想象，当年你爱惜这个胎儿，愿意抚养，失去她之后，你产生无可控制抑郁，以致轻生，峨嵋，当时你应即刻求助。”

峨嵋喉咙干涸，喝一口热饮，它真的有效。

“我会开一些药物给你，让你心理与生理准备从头开始，不是我悲观，我们除出重新出发，并无选择，你说是不是？”

峨嵋紧握双手，刘医生观点有趣，别具一格。

她说：“真没想到尔泰医生的研究已经如此成功，我等惭愧。”

“尔泰已往儿童医院做研究。”

“听说她与小组将打造世上最优秀一代，把最佳因子注入胚胎：漂亮、聪明、智慧、健康、善良，让他们管理社会。”

峨嵋惊骇。

“把懒惰、自私、愚昧这些劣根性全部剔除。”

“懒惰也有因子？”

“你没听说‘你那么懒全像你爸’这种话？”

峨嵋啼笑皆非，“这些超人，会得快乐否？”

“尔医生那组人会肯定他们生活愉快，凡事迎刃而解，没有烦恼。”

“我的天，那，他们还算人吗？”

“当然是人，与你一样，只是不同种类的人，不过，他们的造价甚高，非富裕家庭不能负担。”

“多不公平。”

“社会不公平现象已存在长久，一直以来，背景优渥子弟都得到良好教育、各种栽培，在社会较易出人头地。”

刘医生轻轻拍打峨嵋的手，“说到你，你也有特殊优势，叫我羡慕。”

“呵，刘医生。”

“我建议我俩每周谈话，但我知你不会认同。”

“你全猜中。”

“倔强是好事，百折不挠。”

峨嵋用手大力搓脸，五官渐渐恢复知觉，一定要倔强地生活。

薛医生与助手进来，给峨嵋一包药物。

“是何种精神科药物？”

“老好多种维他命[1]以及无腥鱼肝油丸。”

“谢谢。”

---

[1] 即维生素（Vitamin）。

“峨嵋，求助并非懦弱行为。”

“明白。”

但是，她却不打算把这一天的经历告诉母亲或是朱峰。

母亲的责任在女儿廿一岁成年之际已经完毕。

而朱峰，他负责他们的将来，不是过去。

王峨嵋与朱峰定好日子注册结婚，在报上发表简洁启事。

真没想到那么多亲友前来祝贺观礼：两人的同事全挤在注册处，“他们一定不会请客，所以要在这里祝贺他们。”

忽然之间，四团毛球汪汪连声滚进大堂，在峨嵋膝下不住扑跳。

峨嵋抬头，兴一到了。

她躲在什么地方，为什么不露脸？

“朱先生，朱太太，请到这边签名。”

仪式在你推我挤之下完成。

朱峰一直用左臂护住王太太，右臂护住峨嵋，一点也不气恼，微笑着，高高兴兴护花。

他扬声，“大家请移步往蓝天堂酒馆喝一杯，已订座及付账。”

峨嵋一怔。

朱峰接着轻轻说：“我们不用出现，他们不会知道。”

峨嵋掩嘴而笑。

再转头，四只小狗已经不见。

兴一似神秘女侠，越来越有一手。

回到火车卡，朱峰说：“结婚了。”

他累得一侧头便睡着。

他躺下格，峨嵋在上格。

过一会儿，她想，已经结婚，于是她挤到下格，躺到朱峰身边。

他并没有醒转，鼻气呼呼，不知恁地，峨嵋落下泪来。

两个残缺的人，终于在一起生活，她相信关系可以持久，因为，他找不到另外一个她，她也找不到另外一个他。

后　记

Ad interim[1]

这一对的生活也不是没有挑战。

每天应付生活，对任何人种来说，都会筋疲力尽，接着气粗声大。

两人工作都忙，开头为争取见面时间，把可以放的假期全部预支，又再向同事借假，此刻都得偿还，周末全需开工。

家务无人打理，头痛。

几个机器家务助理试工，都不叫他们满意，美国制造的金属家佣粗手大脚只会做汉堡、炸鸡以及烧猪排，吃得脸上长痘。

荐工所说：“没有别的牌子，朱太太你容忍些，孩子

[1]　意思为暂时，临时。

们喜吃那些。”

峨嵋逐个辞退，蜘蛛型机械工叫她害怕。

脏衣服堆积如山，朱峰有洁癖，一天换两三件衬衫，洗都来不及洗。

救命。

然而，忽然有一天，朱峰建议到火车卡小住两日，避一避静。

两日过后，回到新居，发觉公寓三房两厅一露台焕然一新，屋内摆着白色栀子花，原来夏季又到。

全屋一尘不染，衣服全洗烫干净挂在橱内，冰箱里有各式京沪小菜，桌上一大壶金银菊花茶，用来解暑。

峨嵋几乎流泪，“莫非妈妈来过？”

“是她的家务助理，以后每周相帮一次。”

“我俩几乎离婚。”

“你那么靠不住？”

“家里乱得不敢回来。”

“你看你多么经不起考验。”

“原来最折磨人的是生活细节。”

她开启浴室灯光，“唷，连灯泡都换过，以前，只有兴一手脚如此敏捷。”

这个危机总算解决掉，那家务助理甚至会得做疙瘩沪菜，如葱烤塞肉河鲫鱼。

峨嵋恁地感激母亲大人。

联络好几次，母亲都在街外活动。

一日，她说：“我在参观福地，你要不要来？”

Carpe diem[1]

峨嵋向朱峰发牢骚：“那是什么意思，觉得人世无味，盼望早登极乐，是我不孝之故？”

“你误会了，王小姐，这是阿姨的智慧：凡事亲力亲为，不去麻烦下一代，自选福地，自付费用，到时候，只需一声通知，即有专人前来办妥一切，这是值得效法的一件事。”

“这不是等于告诉子女，她行将就木吗？”

“此事迟早会得发生，无须逃避。”

“不，不。”

“你看你，不舍得便趁现在多去看阿姨。”

---

[1] 意思为活在当下，及时行乐。

但是王太太应酬繁忙。

她在锦荣福地找到母亲。

那像一座极大的公园，丛林大树参天，永不落叶，绿茵处处，只是少了嬉戏孩童。

每隔一段路有一张长石凳供访客休息。

王太太说："就是这一福地。"

"为什么有好几个位置？"

"将来你们贤伉俪用得着。"

"老妈，"峨嵋流泪，"生养死葬应由我们负责呀。"

"你们哪儿有时间？"

"想到这些我好不心痛。"

"痴儿。"

叹人间美中不足今方信，"刚有好日子过，又遇生离死别。"

王太太到管理处交上支票。

管理员说："王小姐，我们这里背山面海，景观优美，碑文全部妥当安装，整洁斯文，你一定喜欢。"

像介绍推荐人间居所一般。

王太太说："我约了赵钱孙太太她们玩草地滚球，你若不怕晒黑，可一起来。”

“我回家休息。”

回家哭得眼肿。

朱峰说：“阿姨刚强，才会自理身后事，你看你，还不用担苦差就手脚放软哭个不停。”

“你不再爱我，肆意批评。”

“每天下班去探访她。”

Corrigenda[1]

第二天下班，她买了糕点回娘家，开门进屋，看到三名牌友正在聊天。

“王小姐来了，正好加入一起游戏。”

“家母呢？”

“出去打球，她最近冷落我们，医生叫她出外呼吸新鲜空气运动四肢，别老孵家里不动，这下子可难为我们。”

王太太忘记门开关。

“你们干什么？”

---

[1] 意思为需要改正之处。

“搓三人麻将，你说，多荒谬。”

峨嵋只得笑。

她进厨房做一大杯咖啡。

“这些日子，就你们陪着家母？”

“是呀，我们上天入地无所不谈，她连金先生趣事都告诉我们。”

峨嵋不出声。

“她说金先生后期老向她要钱，原来是独自到跳舞厅看脱衣舞，其实那些舞娘全是假人，剥光来做毫无廉耻，多奇怪，假人看假人。”

“好了好了，王小姐会不高兴。”

“王小姐落落大方。”

“王小姐并不歧视我们，王太太说，她女婿一半是机械人，是不是，双腿全是假的。”

峨嵋一声不响喝咖啡。

“那位朱先生恁地英俊，但听说全身烧伤，皮肤也是人工，王小姐，是不是？”

峨嵋不置可否。

这三个牌友已经成精，把自人类处听的消息融会贯通、消化再造，编成是非，换句话说，同好事之徒，一点分别也无，更青出于蓝。

峨嵋替他们可惜，学坏学得这么快。

“王小姐，王太太嘀咕你怎么肯嫁那么一个人，其中一定有原因，我们是老朋友，知道什么也不会传出去，但说无妨。”

峨嵋轻轻说：“这——”

他们露出好奇反应，头探近，要听仔细点。

“王小姐，你可有见过朱先生真相，你可知他原形如何，你没有好奇心？”

峨嵋张嘴，像是要讲话。

他们更加专注。

峨嵋趁他们不备，迅速伸手，啪一声把开关掣熄掉。

那三个说是非的机械人动作停在半空，他们头发已经凌乱，衣衫脏旧，王太太并无专心加以打理他们。

峨嵋轻轻站起，拔掉插头，断绝电源。

她在厨房抽屉找到一枚小电钻。

她启动电钻，吱吱发响，她把机械牌友的假发摘掉，露出天灵盖，电钻刺入搅动，发出轻微火花，啪啪声。

连做三次。

她拆开这三具机器，把诸零件放进垃圾袋，分几次取出扔掉。

留下字条：“妈妈改变消遣习惯真是好事，牌友牌桌已经扔掉。”

她忙出一身汗。

把是非之辈处理掉，大快人心。

她不动声色回到家。

在门口，忽见细小人影一闪。

峨嵋警惕。

“什么人，出来。”

那人躲在一角，“对不起。”

峨嵋一听那声音，心酸放软，“兴一，是你。”

Alter ego[1]

小个子缓缓走出，仍不愿接近，“王小姐好记性。”

“兴一，你怎么换了身躯？”

---

[1] 意思为密友，至交。

“女工那具不方便，我索性叫熟人换一具男孩二手躯壳。”

峨嵋心酸，“你看你，多褴褛。”

“朱先生也那么说。”

“什么，他比我早见过你？”

“是他把我找来帮忙做家务。”

“这个人找死，竟瞒着我。”

“王小姐，真想不到你见到我如此高兴。”

“过来，兴一。”

她俩紧紧拥抱。

“你搬回来，我俩互相照顾，像以前一样，我替你打扮，你做菜我吃。”

“我每周来做家务一样，我喜欢住外边。”

“外头冰冷。”

“我已习惯。”

“你出去多久了？”

“一年有余。”

“四只小狗可好？”

兴一垂头，“王小姐，多宝已经不在。”

“啊。”

“你说得对，短暂相聚，别离甚苦。”

“不说这些负能量之话，兴一，你我重逢，高兴还来不及。”

“我还得小心躲避民政署追索。”

“我立即回总部把你的记录完全摘除，只当你从来不存在。”

“王小姐，那是犯法的事。”

“你别管我。”

接着，她召兴一入屋，替她梳洗，整理容颜，这时才发觉她拥有十二三岁少年躯体，穿上朱峰的白衬衫卡其裤，虽然大了几号，看上去倒也清爽神气。

兴一与王峨嵋重逢，也高兴得不得了，在外见识过这些日子，她可以毫不犹疑地说：坏人比好人多，但世上至少有王小姐与朱先生真心爱惜她。

朱峰回来，看到兴一，有点尴尬。

峨嵋说：“我原谅你。”

朱峰说：“皇恩大赦。”

司机送兴一回去，诉苦：“我呢，我几时也换一个躯壳？”

兴一没好气，“你想换成什么？”

“月份牌美女：长鬈发、大胸脯，会像啫喱那样震荡，细腰……”

“越发猥琐你。”

“成日坐在驾驶位多闷。”

“现在有全自动车子。”

“兴一，你不喜欢我。”

“咄，你在乎什么，你我又无可能结婚。”

“朱先生与王小姐结婚那天，两人可甜蜜了，对望着也不说话，可是喜滋滋不停地笑，人类真奇怪，喜怒哀乐，毫不隐瞒。”

“所以他们是人类。”

“聪明、非常精灵，不然怎么研发我们，但是太过滥情，浪费大量时间精神，不能专注进化。”

兴一亦好奇，“他们来自何处？”

“他们也有创造主。”

“好似亿万年都无甚改进他们构造。”

“他们研究基因儿童已有多时。”

“啊，怕要完全淘汰原有因子。”

“你怕什么，兴一？你只是一名家务助理。”

“司机，闭嘴。”

Errare est humanum[1]

刘医生再次见到王峨嵋，有点意外。

“噫，王小姐，幸会。”

“我有难题。”

“你这么聪敏的人，有事一定可以先进行自我开解。”

峨嵋不出声。

“坐下慢慢说。”

“我的事，你与薛医生都知道。”

“你的秘密很安全。”

峨嵋吁出一口气。

“新婚生活想必愉快。”

“超过所想所求。”

“这是我想听到的话。”

“但是，有一件事。”

“峨嵋，贪多无益。”

[1] 意思为人无完人。

“不，不，我只是想知道。”

“峨嵋，好奇杀死猫。”

峨嵋气馁，“医生你玻璃心肝，透明肚肠，没开口，你已什么都猜到。”

“你还想知道什么？你可以顺利怀孕，经过若干手续步骤，便能得到最乖巧听话伶俐有天赋的孩子，我们已成功剔除婴儿夜哭因子，育婴轻松得多。”

峨嵋微笑。

“还有什么疑问？”

峨嵋再三思考，终于开口：“朱峰的全身皮肤，都属人造。”

“见过的人都啧啧称奇，据说由你亲自督导设计，这为如意郎君四字重新做了批注。”

“但是，医生，底下的真实朱峰模样，是何种相貌？”

刘医生一听，脸色顿变，沉默不语。

“医生，如果他对我俩关系有信心，应当有勇气以真面目示我。”

医生气恼，“现在我开始明白为什么男子会觉得女性麻烦讨厌，要了星星还要月亮，可是这样？”

“但，一辈子对着假皮相——”

“你不耐烦可以离开他，他与尔医生已经做到最好，你还有什么不满意，做皮影戏，好歹别戳穿纸幕。”

“那不是真人。”

“你又可是真人，朱峰若提出同样要求，王峨嵋，你只是一具行尸，每个人都有过去，take it or leave it[1]，怎可咄咄逼人，强人所难。”

峨嵋低头。

“从未见过如此贪婪不合情理的人，我要讲的已全部讲完，王小姐，我不愿再担任你的心理指导，请另聘高明。”

“你应当帮我。”

“王小姐，请即刻放弃该不良意愿。”

峨嵋不知道应该怎么做。

夜深，她辗转反侧，机械人离间谗言不住在她耳畔重复：你可有见过朱先生真相，你可知他原形如何。

你可有好奇心？

“王小姐，你听过白素贞的故事吧？”

---

[1] 意思为要么接受要么放弃。

“那只是一则神话。”

“还有赛姬遭她母亲挑拨：‘你不想看看那黑暗中来见你的爱人真相，可能是只怪物呢。’赛姬终于忍不住，点着蜡烛，看到爱神丘比特原形，原来是秀美无匹的少年人，惊喜之下，烛油滴醒丘比特，飞逸无踪，永生不能见面。”

刘医生站起送客。

在医务所门口，峨嵋虚弱地说：“他爱我，他不会离弃我。”

刘医生不再说话，只是瞪着她，好似不明白这冰雪聪明的人工脑女子怎么会在爱欲中变得如此愚昧，真相，什么是真相？人类唯一真貌是在胎中优哉游哉自由荡漾之际，一出娘胎，面对强光高声气压，顿时不适哭泣，不得不做出适应，那已不是真相。

刘医生不欲对峨嵋多讲，看着她离去。

有医德的她与尔泰通话。

尔泰听后怔住作不得声。

“你的杰作。”

“你声音为何带揶揄之意，幸灾乐祸？”

“这是人类天性，我妒忌呀，见你出错，人工思维居然也贪得无厌，嘻嘻。”

尔医生说：“我马上钻研设计图，照说，朱峰一切由她设计，连胸肌的面积实度都一丝不苟，她为什么要看他真貌？”

“你找她谈话，以免造成不可冰释的误会。”

“明白。”

那边王峨嵋回到事务所，第一件事，便是帮兴一一个大忙，她找来心腹同事，通过多重手续，终于成功把兴一这个机械工人的记录完全摘除，过程并非太过复杂，同处理一架废车一样，世上已没有兴一存在。

不过，哲学家会有疑问：由始至终，兴一，她到底存在过吗？

第二件要事，她找来另一名可信同事，追溯朱峰来历。

“他是国防部要员，需要破解多重密码。”

“没有解不开的密码。”

“王小姐，有一句话不知该不该说。”

“说。”

“朱先生是你配偶，这等于从前找私家侦探追踪丈夫一样，实属愚昧。”

“我不是要你的意见。”

“外边有黑市地下组织或有能力破解。”

“请速联络他们。”

“王小姐，三思。”

峨嵋只得点点头。

为何有如此强烈好奇心，她自己也不能解释。

秘密档案还没有找到，尔医生要求见面。

峨嵋踌躇，去，还是不去。

她的创造主有呼召力量。

一方面，她把丈夫抱紧紧，朱峰纳罕，“这是为什么，你越发像个小孩？”

峨嵋不出声。

“你最近有点古怪，情绪低落，许多人在热闹婚礼过后恢复日常生活都会有反高潮寂寞。”

峨嵋趁他睡熟，坐在一角，在幽暗光线下看他。

朱峰侧着身，睡态都漂亮，他有不老不皱的肌肤、手肘、膝头，脚底全无老茧，看到妻子用磨砂膏洁肤，视为奇事。

他的呼吸声不高不低，甚至悦耳，都经过设计调校，这是一个完人。

半夜，消息来到。

街外专业人员如此报告："朱峰君资料绝密，只查到，朱君左边太阳穴近发线有一微小空隙，可用工具撬开面具，内部机关可瓦解全部义肢，但，对朱君会造成生命危险。"

啊。

她一连数晚查视丈夫发线，找许久，才看到一颗肉痣有可疑，就是这里，这是他的开关，用一枚较粗的钢针，或可把他撬开。

真的要那么做？

朱峰做错什么，要命丧在一个如此鲁莽的女子手里。

峨嵋心悸没有动手。

她尽一切努力赶走心魔，情绪略为稳定，对朱峰更加痛惜，百般迁就，甚至表演她那手不能下咽的厨艺，又把白衬衫全熨得蛋壳色。

她也储蓄足够勇气去见尔医生。

尔泰冷冷地说："你终于来了。"

峨嵋摊摊手。

"你的情绪有问题。"

"已尽量克服。"

"还是做得不够好，你找人打进我的数据库可是，对方很有办法，已经取得若干信息。”

峨嵋不出声。

“你没听过老掉牙的一句话：夫妻间最要紧是信任。”

“我也渐渐想通。”

助手斟咖啡进来。

“朱峰若果知道，会伤心绝顶。”

峨嵋羞愧垂头。

“告诉我，是什么人教唆你那么做？”

“我自己魅由心生。”

“幸亏你一贯没有委过他人的习惯。”

峨嵋缓缓喝着咖啡。

“你可知我找你何事？”

“狠狠教训。”

她忽然打一个哈欠。

然后，放松四肢，舒服地一侧头，闭上双眼。

尔医生站起，助手进来。

她熟手把王峨嵋搬上轮椅，罩上氧气，盖上薄被。

助手先行，尔医生跟在身后通过走廊，往升降机。

两人都沉默没有说话。

这是一所儿童医院，升降机内有一骑在三轮车上的幼儿，正打点滴，戴着医护头盔，很明显做过手术不久，她好奇看着峨嵋。

半晌问："姐姐睡觉？"

助手点头。

他又说："今日我生日。"

升降机门一开，只看到七彩气球，他的亲友大声高呼："生日快乐。"

他被簇拥而去。

尔医生打开一间实验室门，推进病人。

助手与她把峨嵋抬上手术台。

两人仍然没有说话。

医生替峨嵋梳理头发，在头顶一处，找到一点黑斑，用尖锐刀尖轻轻一撬，由气压控制的天灵盖缓缓升起，露出内容。

只见内里无数细微得肉眼不能细视的零件，有点微微闪亮，正在操作。

接到荧幕放大，总算看到纹路色彩，犹如在太空拍摄地图，清晰可见山脉河流。

尔泰出声："这里。"

"是完全截断吧？"

"不，只堵塞十分之一头发那么宽。"

"但，这样，病人始终拥有若干记忆，天性会叫她抽丝剥茧，追踪真相，那多麻烦。"

"完全堵塞，她会像一具机械人。"

"病人根本一早是机械人。"

"她不觉得。"

"真奇怪可是，丈八灯台，照得见别人，照不见自身，还有，兄弟眼中一根刺他看得一清二楚，自身眼中的梁木，视而不见。"

尔医生得意微笑，"完全像真人。"

助手取过仪器，在那位置轻微一碰。

王峨嵋的脑盖缓缓合上。

尔泰吁出一口气。

助手说："天衣无缝。"

尔医生答："同天工比，差远了，像刚才电梯里六岁四〇一号病童，他的脑袋，每十年需要换一次，若是女孩，七八年便要更新。"

“因女性思维功能缜密高超得多。”

“正是。”

他们把王峨嵋扶起，搬出轮椅，推出手术室。

然后，帮她坐好。

当然，不忘换一杯咖啡。

助手出去继续她的工作。

隔了一会儿，峨嵋醒转，她睁开双眼，有点纳罕，“我刚才说到哪里？”

尔医生若无其事提醒，“王阿姨六十大寿，你要请客吃饭。”

“是，是，家母只打算邀请你及她几个朋友，你一定要拨冗，我们只有一桌，少一人不可。”

“为什么不热闹些？”

“六十岁了，黄昏岁月，不想大搞。”

尔医生点点头。

“我不多说了，我要替她打点首饰衣衫，咦，我的电话呢？朱峰可有找我？”

她喝一口咖啡。

有人敲门，正是朱峰到了。

峨嵋嗲腻走近，半个人挂在丈夫身上，笑嘻嘻，一只手搓他耳朵。

尔医生看不过眼，“大庭广众，肉麻当有趣，实在看不下去，要如此肉酸才嫁得出去，不如不嫁。”

“你妒忌。”

尔医生笑，“可不是，我妒忌。”

峨嵋高高兴兴挽着朱峰手臂离去。

王峨嵋，从头到尾，不是一个活着的人。

图书在版编目(CIP)数据

衷心笑 / (加) 亦舒著 . —长沙：湖南文艺出版社，2017.7
ISBN 978-7-5404-8123-0

Ⅰ . ①衷…　Ⅱ . ①亦…　Ⅲ . ①长篇小说 – 加拿大 – 现代　Ⅳ . ① I711.45

中国版本图书馆 CIP 数据核字(2017)第 119046 号

上架建议：畅销・小说

ZHONGXIN XIAO
衷心笑

作　　者：[加] 亦舒
出 版 人：曾赛丰
责任编辑：薛　健　刘诗哲
监　　制：毛闽峰　赵　萌　李　娜
特约监制：刘　霁　郑中莉
策划编辑：李　颖　沈可成　谢晓梅
文案编辑：王苏苏
营销编辑：贾竹婷　雷清清
封面设计：张丽娜
版式设计：李　洁
出版发行：湖南文艺出版社
　　　　　（长沙市雨花区东二环一段 508 号　邮编：410014）
网　　址：www.hnwy.net
印　　刷：北京天宇万达印刷有限公司
经　　销：新华书店
开　　本：775mm × 1120mm　1/32
字　　数：115 千字
印　　张：8
版　　次：2017 年 7 月第 1 版
印　　次：2017 年 7 月第 1 次印刷
书　　号：ISBN 978-7-5404-8123-0
定　　价：38.00 元

质量监督电话：010-59096394
团购电话：010-59320018